Saori Linon

Abenteuer in der Welt der Hexen

Katinka Meerkat

Impressum:

ISBN: 9783754681749
Lektorat/ Korrektorat: Sina Frambach, www.wortmagie-lektorat.de
Illustrationen: Adobe Stock
Covergestaltung: Morlin Lorenz
Text:/Idee: Julia Bugdoll
Albert-Schweitzer-Str. 9
86916 Kaufering
Gedruckt in Deutschland
Die Deutsche Nationalbibliothek verzeichnet diese Publikation in der Deutschen Nationalbibliografie.

Herstellung und Druck über tolino media GmbH & Co. KG,
Albrechtstr. 14, 80636 München. Printed in Germany.
Fragen zu Produktsicherheit an: gpsr@tolino.media.

Für Nia

Es gibt eine Waffe, den Fluch zu beenden.
Willst du sie besitzen, musst du dich an ihn wenden.
Doch ist er versteckt und nicht leicht zu orten.
Findest du den weinenden Baum,
öffnen sich die Pforten.
Ein Doktor ist es, gib vor ihm acht,
eine Armee ohne Puls über ihn wacht.'

INHALT

1. „Tobi ist mein Problem.“ ... S. 5
2. „Was kann das bedeuten?“ ... S. 13
3. „Wo sind wir hier?“ ... S. 21
4. „Du glaubst den Mist doch nicht etwa?“ ... S. 27
5. „Warum müsst ihr immer streiten?“ ... S. 37
6. „Bei Vollmond fängt das Weinen an.“ ... S. 42
7. „Nichts wie weg hier!“ ... S. 54
8. „Dein Mut gefällt mir!“ ... S. 65
9. „Der Tunnelfunk funktioniert einwandfrei.“ ... S. 75
10. „Wenn er dich im Knast verrotten lässt, ist das für ihn noch gnädig.“ ... S. 84
11. „Du alter Mistkerl!“ ... S. 88
12. „Bei Morgengrauen werden sie den Haien zum Frühstück vorgeworfen.“ ... S. 93
13. „Ich dachte, die fressen uns auf.“ ... S. 101
14. „Das klingt wie ein Helikopter!“ ... S. 106
15. „Was wollen die von uns?“ ... S. 113
16. „Was soll uns der kleine Kerl schon antun?“ ... S. 128
17. „Da kommt ein riesiger Wolf auf uns zu!“ ... S. 136
18. „Jetzt weiß ich, was Armee ohne Puls bedeutet!“ ... S. 148
19. „Sind das nicht die Sprengstoffpilze?“ ... S. 158
20. „Wer zur Hölle ist Jimu?“ ... S. 167
21. „Ich werde das Loofhirn auf keinen Fall essen.“ ... S. 178
22. „Ein Schneckentaxi wäre jetzt cool!“ ... S. 187
23. „Wer oder was greift uns an?“ ... S. 200
24. „Oh mein Gott! Sie wird mich austrinken!“ ... S. 206
25. „Egal was es ist, du kannst es allein essen.“ ... S. 211
26. „Der Riss in meinem Haus ist schlimmer als er aussieht.“ ... S. 215
27. „Wenn man solche Freunde hat, braucht man keine Feinde.“ ... S. 219
28. „Die Qualen und Schmerzen ihrer Opfer machen sie stärker.“ ... S. 223
29. „Denkt ihr, das ist wirklich alles passiert?“ ... S. 234

Epilog ... S. 238

Über Katinka Meerkat ... S. 240

1. Kapitel

„Tobi ist mein Problem"

Irgendwo mussten sie doch sein. Breze hielt es kaum noch aus. Er war extra eine Stunde früher aufgestanden, um sie zu finden. Vielleicht im Abstellraum? Nein, zu offensichtlich. Er ging in den Flur. Eigentlich musste er nur denken wie sie - was wäre ein gutes Versteck? Auf Zehenspitzen schlich er zu der großen, braunen Truhe, die neben dem Bücherregal stand. Eine alte, schlichte Holzkiste ohne Verzierungen, auf der Vorderseite befand sich lediglich ein goldenes Schnappschloss.

Vor vier Jahren hatte Breze die Antiquität auf dem Flohmarkt entdeckt und so lange auf seine Mutter eingeredet, bis sie ihm die Truhe gekauft hatte. Die dreißig Euro dafür konnten sie sich eigentlich nicht leisten, aber er bekam sie trotzdem. Wahrscheinlich zum Trost, denn seine Mutter wusste, dass sich Breze schuldig fühlte, weil sein Vater ausgezogen war. Auch wenn sie ihm immer wieder erklärte, dass es andere Gründe gab als die Geschichte mit der Schule damals.

Jetzt öffnete er den schweren Deckel und blickte in das Chaos, welches in der Truhe herrschte. Inzwischen war die Kiste nur noch ein Ablageort für „Dinge ohne festen Platz“ und davon gab es viele. Fußballsammelkarten, die er eigentlich nicht mehr brauchte, ein Kinderfernglas, mit dem man nie etwas erkennen konnte, weil eine Scheibe zerbrochen war oder zwei Bälle ohne Luft. Breze holte sein Handy aus der Hosentasche und schaltete die Taschenlampe ein. Dabei schaute er kurz auf die Uhr im Display: 06.35 Uhr. Nur noch fünfundzwanzig Minuten, bis seine Mutter aufstehen und ihn erwischen würde. Er musste sich beeilen. Unter einer alten Decke wurde er endlich fündig. Doch wie bekam er die Verpackung, die er so lange gesucht hatte, jetzt aus der Truhe, ohne Lärm zu machen? Vorsichtig griff Breze mit Daumen und Zeigefinger zu und zog langsam. Er schaffte es beinahe lautlos und schloss den Deckel. Dann ging er zurück in die Küche, holte sich aus dem Geschirrschrank seine bunt gestreifte Lieblingsschüssel, setzte sich an den Küchentresen und ließ die erbeuteten Honigpops aus der Pappschachtel in seine Schüssel rieseln.

Er schaute noch einmal auf sein Handydisplay: 06.39 Uhr. Nur noch gut zwanzig Minuten. Genüsslich begann Breze zu essen und überlegte dabei, wie lange die „Gesundheitsphase“ seiner Mutter wohl diesmal andauern würde. Denn zu Hause gab es nur noch Vollkornprodukte, Sojamilch und das Schlimmste: keinen Zucker mehr. Wenn das so weiter ging, würde Breze wieder Konsequenzen ziehen müssen. Er war bei dem ersten „Gesundheitstrip“ seiner Mutter gerade einmal vier gewesen. Doch Breze hatte damals keine Lust auf Dinkelbrot und Grünkernpflanzerl, also weigerte er sich zu essen. Nur Brezen wollte er noch haben. Und das hatte er ganze zwei Jahre lang durchgezogen. So war Breze zu seinem Spitznamen gekommen. Julius nannte ihn schon lange keiner mehr. Sogar die Lehrer sagten Breze zu ihm und einige seiner Mitschüler kannten seinen richtigen Namen nicht einmal.

Als Breze seinen letzten Löffel Honigpops in den Mund schob, klingelte auch schon der Wecker im Schlafzimmer seiner Mutter. Aus dem ersten Stock rief sie verschlafen: „Hase, aufstehen!“

„Ich bin schon unten!“, antwortete Breze aus der Küche.

„Ich komme gleich runter und mache dir Frühstück“, entgegnete seine Mutter.

Ja, schon klar, dachte Breze, Sojaquark mit Obst und Reisflocken.

„Ich habe keinen Hunger und muss heute früher los. Ich habe

Leia versprochen, sie vor der Schule abzuholen“, log Breze, kniff seine Augen zusammen und hoffte, dass ihm seine Mutter dies abkaufen würde. Zum Glück konnte sie ihn gerade nicht sehen. Sie sah ihm immer sofort an, wenn er nicht die Wahrheit sagte. Normalerweise log Breze auch so gut wie nie, aber er hatte jetzt keine Lust auf eine Diskussion mit seiner Mutter.

Mit Konflikten konnte er nicht gut umgehen, lieber ging er jedem Streit aus dem Weg.

Im ersten Stock blieb es ruhig, vielleicht war seine Mutter wieder eingeschlafen. Sie hatte Nachtschicht im Krankenhaus gehabt, in dem sie als Hebamme arbeitete und war deshalb erst vor Kurzem ins Bett gegangen.

Breze wusch seine Schüssel ab und stellte sie zurück in den Schrank, dann schnappte er sich seinen Rucksack, der an der Garderobe hinter der Eingangstür hing und verließ nach einem kurzen Blick in den Spiegel das Haus.

Statt Unterricht war heute ein Klassenausflug zu einer Ausgrabungsstätte am Marienhof geplant. Dort wurden bei Tunnelarbeiten Katakomben aus dem Mittelalter entdeckt. Und das mitten im Zentrum von München. Da diese so gut erhalten waren, durften sie zu Lehrzwecken besichtigt werden.

Breze öffnete das rote Gartentor und sah sich noch einmal um. Er mochte das winzige Haus mit gerade einmal siebzig Quadratmetern auf zwei Stockwerken, welches sie von seiner Oma geerbt hatten. Es reichte für ihn und seine Mutter. Mehr konnten sie sich auch nicht leisten, seit sich seine Eltern getrennt hatten. Das Haus war ein wenig schief und erinnerte ihn an ein Hexenhaus aus dem Märchen. Gelb war es, mit roten Fensterläden und einem kleinen Garten rundherum.

Breze schloss das Tor hinter sich und bog nach rechts ab, geradewegs auf die kleine Bäckerei zu, die nur wenige Meter entfernt lag und die er jeden Tag besuchte. Er hatte kein Geld dabei, aber das brauchte er auch nicht. Herr Kapp, der Besitzer des Ladens, schenkte ihm jeden Tag eine frisch gebackene Breze. Als Dank für die Berühmtheit, die der Bäcker vor neun Jahren durch Breze erlangt hatte und die bis heute anhielt. Die Geschichte von dem vierjährigen Jungen, der sich seit Monaten nur von Brezen ernährte, die er in dieser Bäckerei kaufte, hatte in jeder Münchner Zeitung gestanden.

Beim Öffnen der Tür klingelte fröhlich ein Glöckchen, wie es früher üblich gewesen war. Es gab auch keine automatischen Schiebetüren oder gar eine Klimaanlage. Das mochte Breze an der Bäckerei besonders, denn es schien, als wäre hier die Zeit stehen geblieben. Er stellte sich in die Schlange. Fünf Leute waren vor ihm dran und es roch nach den frischen Semmeln, die Herr Kapp gerade aus dem Ofen holte. Als er Breze erblickte, strahlten seine Augen

„Breze!", rief der Bäcker und lächelte. Dabei wackelte sein Schnurrbart auf und ab. „Mein bester Kunde ist da! Sei nicht albern! Du musst dich doch nicht anstellen! Komm nach vorne, ich packe dir schnell deine Breze ein."

Breze lächelte nervös, als ihn die anderen Kunden wie einen berühmten Schauspieler anstarrten. Er nahm seine Tüte entgegen und bedankte sich, bevor er, noch immer irritiert von der vielen Aufmerksamkeit, den Laden verließ und dabei mit jemandem zusammenprallte. Als er sah, in wen er da gelaufen war, stellten sich seine Nackenhaare auf. Es war Tobi mit seinem Kumpel Marc. Ausgerechnet. Tobi war eine Klasse über Breze und der übelste Schläger der Schule. Breze schluckte.

„Sag mal, spinnst du? Hast du Tomaten auf den Augen, du Penner?", blaffte Tobi.

Breze brachte kein Wort heraus. Da war sie wieder, die Angst vor Konflikten. Tobi war allerdings auch einen halben Kopf größer als Breze und deutlich kräftiger. Seine dunkelbraunen Haare hingen ihm über die Augen. Er strich sie mit den Fingern aus seinem Gesicht und wollte gerade mit der anderen Hand ausholen, als Breze einfach losrannte. Er spürte, dass sie ihn verfolgten, doch bis zur Schule war es nicht mehr weit, also lief er einfach weiter, so schnell er konnte. Nur noch wenige Meter, dann hatte er es geschafft

Doch als er vor der Schule eintraf, warteten Tobi und Marc bereits auf ihn. Sie mussten eine Abkürzung genommen haben. Tobis Augen blitzten wütend auf, als er langsam auf Breze zuging.

„Na, du Feigling, was machst du jetzt? Hier ist Ende Gelände." Tobi lachte siegessicher.

„Es tut mir leid … ich wollte nicht …", stammelte Breze nervös.

In dem Moment öffnete sich das Schultor und der Direktor kam mit zwei weiteren Lehrern heraus. Breze war erleichtert, noch nie hatte er sich so sehr gefreut, den Leiter der Schule zu sehen.

„Du bist so gut wie tot. Das nächste Mal erwische ich dich!", fauchte Tobi Breze zu.

„Der Ausflug zur Ausgrabungsstätte startet in wenigen Minuten", sagte der Direktor, während er versuchte, die Schüler mit ausgestreckten Armen wie eine Schafherde zusammenzutreiben.

„Stellt euch alle in Zweierreihen auf den Pausenhof."

Alle? Breze hatte gedacht, nur seine Klasse würde an dem Ausflug teilnehmen, nicht die ganze Schule. Er blickte vorsichtig zu Tobi, der mit seinen Freunden in der Mitte des Pausenhofes stand und ihn breit angrinste. Breze begann zu schwitzen.

Als ihn plötzlich jemand von hinten ansprang, erschreckte er sich dabei so sehr, dass er laut aufschrie.

„Was soll das?", motzte Breze, als er sah, dass Leia ihn so überfallen hatte.

Seine beste Freundin sah ihn verdutzt an. „Was hast du denn für ein Problem?"

„Tobi ist mein Problem."

Leia kniff die Augen zusammen und schüttelte den Kopf. Das tat sie immer, wenn sie nicht verstehen konnte, dass Breze nicht so selbstbewusst und schlagfertig war wie sie.

Sie rückte ihr blaues Cap zurecht, unter dem sie ihre kurzen, hellblonden, fast weißen Stöpsellocken versteckte. Leia war immer der Meinung, dass sie adoptiert war und eigentlich eine schwedische Familie haben musste, denn ihre Eltern hatten beide braune Haare. Breze mochte ihre freche Kurzhaarfrisur, mit der sie auf den ersten Blick aus der Menge herausstach. Er hingegen wirkte mit seinem straßenköterblonden Fransenschnitt, den er gefühlt schon immer trug, eher unscheinbar.

Brezes Blick fiel auf Leias schwarzes T-Shirt mit einer Großaufnahme von Prinzessin Leia und musste grinsen. Sie trug es nicht etwa, weil sie so ein großer Star-Wars-Fan gewesen wäre oder weil sie ihren eigenen Namen so schön finden würde, sondern um ihren Mitschülern zu zeigen, dass es sie nicht kümmerte, was sie hinter ihrem Rücken über sie redeten. Leia war die Tochter des Direktors, da war die Figur „Prinzessin Leia“ natürlich ein gefundenes Fressen für die anderen Schüler, die mit ihrer selbstbewussten Art nicht klarkamen. Und das waren fast alle.

Leia riss Breze aus seinen Gedanken.

„Du musst endlich was gegen Tobi unternehmen, sonst hört der nie auf, dich zu mobben.“

„Was soll ich denn tun? Glaub mir, ich kenne ihn besser, als du denkst. Der hört nicht auf.“

Der Direktor räusperte sich, dann sprach er mit strenger Stimme: „Wir gehen jetzt zur Ausgrabungsstätte. Paarweise. Wer die Gruppe verlässt, wird unverzüglich nach Hause geschickt und bekommt eine Mitteilung an die Eltern. Es ist eine Ehre für uns, dass die Stadt uns erlaubt, den Ausgrabungsort zu besichtigen, das solltet ihr zu schätzen wissen.“

Die gesamte Schule machte sich auf den Weg. Das klingt nach viel, doch beim Wolf-Limberger-Gymnasium handelte es sich um eine kleine Privatschule, in der es höchstens zehn Schüler pro Klasse gab. Sie bestand also aus knapp neunzig Schülern, die jetzt zur U-Bahn-Haltestelle Haderner Stern schlurften, um von dort aus mit der U6 bis zum Marienplatz zu fahren. Danach würde es zu Fuß weitergehen bis zu der Ausgrabungsstätte am Marienhof.

Sie stiegen in die U-Bahn ein und Breze setzte sich mit Leia jeweils an einen Fensterplatz. Er mochte es, die Leute zu beobachten, wenn der Zug in den nächsten Bahnhof einfuhr. Einige liefen hin und her, weil sie nicht genau wussten, wo der Zug stehen bleiben würde, während andere, erst kurz bevor sich die Türen wieder schlossen, von den Bänken aufstanden und gerade noch in die Bahn sprangen.

Die beiden Plätze neben Breze und Leia blieben leer, die Freunde waren nicht sehr beliebt bei den anderen Schülern. Leia, weil sie die vorlaute Tochter des Direktors war und sich nicht unterordnen wollte, und Breze, weil er anders war als die anderen Schüler, die zwar reiche Eltern hatten, aber schlechte Noten schrieben. Damit sie dennoch ihr Abitur erreichten, wurden sie für rund tausend Euro im Monat in kleinen Klassen unterrichtet und wer noch etwas drauflegte, konnte die Lehrer nachmittags für einen exklusiven Privatunterricht buchen. Für Brezes Vater hingegen war die Privatschule eine Notlösung, denn eigentlich hätte er seinen Sohn gerne auf der Sebastian-von-Wanderstein-Schule gesehen, einem Eliteinternat, das nicht jeden aufnahm. Um es dort hinzuschaffen, benötigte man einen IQ von über 130, den Breze mit seinem Wert von 128 knapp verfehlte, ein Grenzgänger sozusagen. Deshalb lehnte ihn die Schule ab, obwohl er mit einem Jahr in ganzen Sätzen sprechen und mit vier Jahren fließend hatte lesen können. Dreimal zwang Brezes Vater ihn, den Test zu wiederholen, das Ergebnis blieb jedoch immer dasselbe.

Eine normale Schule kam für seinen Vater, der in der Immobilienbranche viel Geld verdiente, nicht infrage, deshalb ging Breze jetzt auf das Wolf-Limberger-Gymnasium. Das monatliche Schulgeld war das Einzige, das sein Vater für ihn zahlte, weiteren Unterhalt bekamen er oder seine Mutter nicht und Breze wusste, sie war zu stolz, es einzufordern, obwohl es ihnen zustand.

Seit sein Vater vor vier Jahren ausgezogen war, bestand kein Kontakt mehr zwischen ihnen. Nicht einmal auf den Brief, den Breze ihm geschrieben hatte, dass er die sechste Klasse überspringen durfte, kam eine Reaktion. Die Hoffnung, sein Vater wäre stolz auf ihn, hatte er inzwischen aufgegeben.

Der Sprung von der fünften Klasse in die siebte war auch der Grund dafür, weshalb ihn die anderen Schüler von da an mieden. Vielleicht waren sie neidisch. Breze hatte sich in dieser Zeit sehr verloren gefühlt. Zu schlecht für die Hochbegabten, aber zu gut für den Durchschnitt. Bis er in der siebten Klasse dann Leia kennenlernte. Sie war ein Jahr älter als er, was ihre Freundschaft aber keineswegs störte.

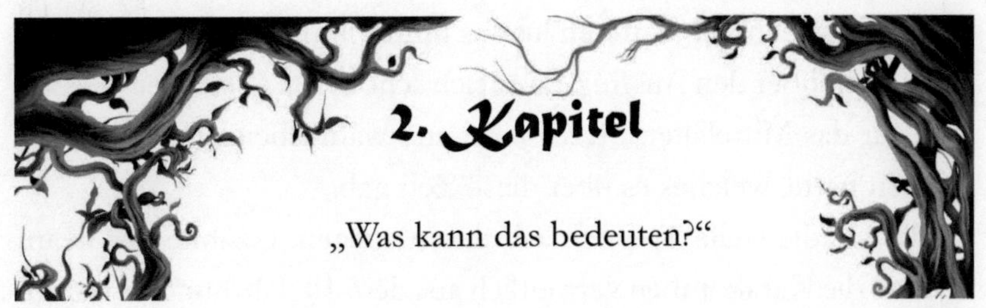

2. Kapitel

„Was kann das bedeuten?“

Sie stiegen am Marienplatz aus und gingen, vorbei am Neuen Rathaus, die letzten Meter zu Fuß. Breze fragte sich, warum es immer noch das „Neue Rathaus“ genannt wurde, es stand schließlich bereits seit 1905. Man könnte es auch das „nicht mehr ganz so neue Rathaus“ nennen. Breze musste grinsen. Er stellte sich vor, wie der Bürgermeister in der früh zu seiner Frau sagte: „Schatz, ich gehe jetzt zur Arbeit, ins ‚nicht mehr ganz so neue Rathaus‘.“

Breze sah die Ausgrabungsstätte schon von Weitem. Um die fast siebentausend Quadratmeter große Fläche waren Bauzäune aufgestellt. Vor dem Zweiten Weltkrieg hatten auf dem Platz Wohnhäuser und Geschäfte gestanden, doch die waren alle weggebombt worden. Nach dem Krieg hatte sich die Stadt lange nicht einigen können, was mit dem Platz passieren sollte, der zuerst als Parkplatz genutzt worden war und dann später als Grünfläche zum Entspannen und Erholen gedient hatte. Vor acht Jahren hatten dann die Grabungen für den neuen S-Bahn-Tunnel begonnen, die durch einen spektakulären Fund unterirdischer Katakomben aus dem Mittelalter gleich wieder gestoppt wurden.

Ein Mitarbeiter der Stadtverwaltung wartete bereits auf die Schüler und begrüßte Leias Vater. Die Kinder wurden ignoriert, als ob sie nur ein lästiges Anhängsel des Direktors wären.

Und da heißt es immer, die Jugend hätte keine Manieren mehr - scheint ebenso für Beamte zu gelten, dachte Breze.

Der Mann von der Verwaltung sperrte das Schloss am Bauzaun

auf und die Schüler trotteten lustlos hinter ihm her. Breze hingegen freute sich über den Ausflug, da er sich schon, seit er ein kleines Kind war, für das Mittelalter interessierte und wahrscheinlich jedes Buch gelesen hatte, welches es über diese Zeit gab.

Als sie die steile Treppe nach unten stiegen, erzählte der Beamte, dass die Katakomben vermutlich aus dem 14. Jahrhundert stammten. Das Sonderbare daran war, dass sie noch nie irgendwo erwähnt wurden, obwohl sich die Tunnel über mehrere Kilometer unter der Erde Münchens erstreckten. Allerdings so tief, vierzig Meter unter der Erde, dass man sie jetzt erst bei den Bauarbeiten zu dem neuen S-Bahn-Tunnel entdeckt hatte.

„Mann ist das kalt!", flüsterte Leia und zog Breze näher an sich heran. So nah, dass er ihr Shampoo riechen konnte, welches eine Mischung aus Ananas und Kokosnuss zu sein schien. Ihr Parfum dagegen enthielt Moschus.

Eine interessante Mischung, dachte Breze, wenn auch nicht gerade eine angenehme.

Dass die Gerüche nicht zusammenpassten, dafür konnte Leia nichts, denn sie wusste weder wie Kokosnuss noch wie Moschus roch. Leia litt unter einer angeborenen Riechstörung, eine Art Blindheit nur bei ihrem Geruchssinn. Sie wusste nicht, wie Lavendel duftete oder ein frisch gebackener Kuchen oder in der Pfanne angerösteter Knoblauch. Doch es hatte auch Vorteile. Sie konnte ins Badezimmer gehen, nachdem ihr Vater gerade auf der Toilette war und es störte sie nicht, wenn Breze vergessen hatte Deo zu benutzen.

Unten angekommen stand die Gruppe in einem mit Steinen gemauerten, langen und gewölbten Gang. Breze war gespannt, ob sie echte Skelette sehen würden oder Malereien an den Wänden, die Geschichten darüber erzählten, was die Menschen im Mittelalter erlebt hatten. Baustrahler beleuchteten den Weg, Fackeln wären Breze lieber gewesen. Die Scheinwerfer zerstörten die Vorstellung, dass hier früher vermutlich hunderte Leichen gelegen hatten. In Zeiten von Pest und Cholera versuchte man die Krankheiten besser in Schach halten zu können, indem man die Toten so tief wie möglich unter der Erde versteckte. Verbrennen war aus religiösen Gründen oft nicht erlaubt.

Der Gang endete in einem etwa zweihundert Quadratmeter großen Gewölbesaal mit sieben Säulen in der Mitte des Raumes. Von hier aus führten zwei weitere Gänge in unterschiedliche Richtungen. Der Beamte blieb stehen und erzählte mit seiner monotonen, genervten Stimme hauptsächlich von den Vorteilen des neuen S-Bahntunnels.

„Hier fanden doch schon früher Bauarbeiten statt. Warum blieben die Katakomben so lange unentdeckt?“, fragte Breze interessiert und ignorierte das Getuschel und Kichern seiner Klassenkameraden.

„Bei den Bauarbeiten der ersten U-Bahn-Strecke in Bayern wurde in den 60er Jahren zwar ein Tunnel entdeckt, man hielt ihn aber für eine Art Lagerraum, da der Tunnel in einer Sackgasse endete“, antwortete der Beamte.

Oder aber es wurde vertuscht, um die U-Bahn-Strecke rechtzeitig fertig zu bekommen, mutmaßte Breze.

„Jetzt zeige ich euch noch einen weiteren Raum, der als eine Art Museum für S-Bahn-Fans hergerichtet wurde. Anschließend gehen wir wieder nach oben“, drängte der Beamte.

Was? Das kann es doch nicht schon gewesen sein, dachte Breze. Er wollte noch so viel sehen.

Die Gruppe verschwand in den Gang auf der linken Seite des Raumes, nur Breze rührte sich nicht.

„Was ist los? Hast du Schiss?“, wollte Leia wissen.

„Quatsch. Ich habe mich nur nicht tagelang auf den Ausflug gefreut, um mir dann ein S-Bahn-Museum anzuschauen“, sagte Breze trotzig.

„Und was machen wir jetzt?", fragte Leia abenteuerlustig und grinste ihren Freund breit an.

Breze überlegte und betrachtete die drei Tunnel, die aus dem Raum führten, wovon einer derjenige war, aus dem sie gekommen waren und der Zweite zu dem Museum führte. Er würde zu gerne wissen, was sich hinter dem Dritten befand. Und wenn man sie erwischen würde? Leia versuchte, Brezes angespannten Blick zu deuten.

„Wenn du einen anderen Weg nehmen willst, ich bin dabei. Mein Vater wird uns schon nicht suspendieren. Mich nicht, weil ich seine Tochter bin und dich nicht, weil dein Vater viel Geld für dich zahlt. Ich werde einfach sagen, ich musste auf die Toilette und du wolltest mich nicht allein gehen lassen und da haben wir den falschen Tunnel genommen", flüsterte Leia, denn der Raum hallte stark.

Breze nickte und sie betraten den Tunnel auf der rechten Seite des Raumes. Ohne Beleuchtung war dieser ziemlich finster und sie konnten schon bald ihre Hände vor Augen nicht mehr sehen, weshalb sie nur langsam vorankamen. Jetzt wünschte sich Breze die Baustrahler zurück.

Zum Glück fiel ihm ein, dass an seinem Haustürschlüssel eine kleine Taschenlampe hing, die er sofort aus seinem Rucksack kramte und einschaltete. Sie war nicht besonders groß und der Lichtkegel leuchtete nur noch schwach, aber besser als nichts. Plötzlich wurde es hinter ihm deutlich heller, Leia hatte die Taschenlampe ihres Smartphones eingeschaltet. Breze ärgerte sich. Warum hatte er nicht daran gedacht?

Inzwischen sah es vor ihnen genauso aus wie hinter ihnen. Nur dass der Weg, den sie gingen, immer schmaler wurde und leicht abfiel. Breze sah sich die Wände genauer an, die inzwischen nicht mehr aus Steinen gemauert, sondern viel unregelmäßiger aus einer Art Lehmgemisch beschaffen waren. Er war sich sicher, dass dieser Tunnel um einiges älter war als der Rest der Katakomben. Der Tunnel wurde immer enger, sodass Leia hinter Breze laufen musste und nach einer Weile kamen sie nur noch voran, wenn sie seitwärts liefen. Ein modriger Geruch kam ihnen entgegen, der nach verfaultem Wasser oder irgendetwas Ähnlichem roch. Breze kam nicht darauf, woran ihn der Geruch erinnerte, Leia fragen konnte er ja nicht. Die Mauer war eiskalt und nicht gerade glatt und Breze überlegte, wie er seiner Mutter die Löcher in seinem T-Shirt und den zerkratzten Rücken erklären sollte.

„Vielleicht drehen wir lieber um“, sagte er und versuchte mit einer Hand die Wand vor jedem Schritt abzutasten, damit er auf die kommenden Schrammen wenigstens vorbereitet war. Ausweichen konnte er nicht, dafür war es zu eng.

„Du wolltest Knochen sehen und die suchen wir jetzt auch. Mach dir keine Sorgen, es gab keine einzige Abzweigung, also finden wir auf jeden Fall wieder zurück. Wir gehen einfach so lange weiter, bis es nicht mehr geht. Ich glaube, da vorne wird es heller“, beruhigte Leia ihn und sie hatte recht. Ein Ende des Tunnels war in Sicht. Breze konnte nicht sagen, wie lange sie durch den Gang gelaufen waren, es konnte eine halbe Stunde gewesen sein oder länger, es kam ihm auf jeden Fall ewig vor. Er war erleichtert, als der Tunnel wieder breiter wurde und in einem kleinen Saal mündete. Nicht so groß und pompös wie der, in dem sie mit der gesamten Schule gewesen waren, aber dennoch interessant. Der Raum, der etwa fünf Meter hoch war und keine Gewölbedecke hatte, wirkte nicht wie von Menschenhand gebaut, sondern war eine Art Höhle. Ganz oben war ein kleines Loch, durch das sanftes Licht strahlte.

„Was meinst du, woher das Licht kommt? Wir sind mindestens vierzig Meter unter der Erde“, wunderte sich Leia. Breze fiel nun auch ein, woher er den modrigen Geruch kannte. Vor wenigen Tagen schaute er mit seiner Klasse Kanalarbeitern bei der Arbeit zu.

„Ich denke, wir sind unter der Kanalisation. Bei unserem Ausflug letzte Woche roch es genauso und dort war alles hell beleuchtet, damit die Kanalarbeiter ihre Arbeit machen konnten“, antwortete Breze.

Die beiden gingen näher an die Höhlenwand heran, die mit Skizzen und buchstabenähnlichen Zeichen übersät war. Breze kannte sich mit alten Schriften aus, aber solche kryptischen Symbole hatte er noch nie gesehen.

„Was kann das bedeuten?“ Leia ging näher an die Wand heran und berührte sie.

„Die Symbole sehen aus, als ob sie leuchten. Und sie sind nicht aufgemalt, sondern fühlen sich eingestanzt oder graviert an.“

Breze ging zwei Schritte zurück, um die Wand im Ganzen betrachten zu können.

„Die Zeichen scheinen Buchstaben zu sein, aber definitiv nicht deutschen Ursprungs.“ Breze ging in seinem Kopf alle altdeutschen Buchstaben durch. „Ich kann keinen einzigen auch nur ansatzweise zuordnen, allerdings wiederholt sich die Reihenfolge. Ich denke, es sind immer dieselben Wörter.“ Breze dachte angestrengt nach. „An der Wand steht bestimmt hundertmal derselbe Satz. Und die Schrift wird zum Ende hin größer und krakeliger. Es wirkt immer bedrohlicher. Vielleicht eine Warnung.“

Leia schluckte. „Langsam wird mir das Ganze zu unheimlich. Wir sollten zurückgehen. Mein Vater hat bestimmt schon gemerkt, dass wir nicht mehr bei der Gruppe sind.“

Breze war einverstanden und sie machten sich auf den Weg zum Höhleneingang, als plötzlich eine Gestalt am Tunnelende stand. Breze fiel vor Angst sein Haustürschlüssel samt Taschenlampe auf den Boden. Schnell hob er ihn wieder auf. Das Gelächter, das aus dem Dunkel kam, hallte durch die ganze Höhle. Breze und Leia erkannten sofort, wer vor ihnen stand.

„Verdammt, was machst du denn hier?“, rief Leia. Vor lauter

Schreck hörte sich ihre Stimme ungewohnt schrill an. „Bist du uns gefolgt?"

„Ich habe Breze doch versprochen, dass er noch eine Abreibung von mir kassiert. Und was wäre ich denn für ein Mann, wenn ich mein Versprechen nicht halten würde?" Tobi ging langsam auf Breze und Leia zu.

„Mann? Tut mir leid, wenn ich da laut lachen muss." Leia versuchte zu lachen, doch es klang unsicher.

Tobi fühlte sich trotzdem bedroht. „Pass nur auf, Prinzesschen. Du bist die Nächste, wenn ich mit dem da fertig bin. Und das wird schnell passieren", sagte Tobi siegessicher.

Breze brachte kein Wort heraus, als Tobi weiter auf ihn zuging, ganz langsam, als würde er es genießen, die Panik in Brezes Augen zu sehen. Dieser ging jedoch rückwärts, bis er spürte, dass er mit dem Rücken an die Wand stieß und schloss die Augen. Jetzt war es also so weit. Er war Tobi ausgeliefert und musste nun für alles bezahlen. Breze spürte, wie sein Herz immer schneller schlug, bevor er einen Schrei hörte und die Augen wieder aufriss.

Leia war auf den Rücken von Tobi gesprungen und versuchte sich wie beim Rodeo festzuhalten. Tobi drehte sich wild im Kreis und versuchte Leia abzuschütteln, doch gegen eine Leistungsturnerin, die ihre muskulösen Beine um seine Hüften klammerte, hatte er keine Chance. Lediglich ihr Cap fiel auf den Boden und explosionsartig sprangen ihre Stöpsellocken in die Luft. Wäre die Situation nicht so ernst, hätte das Szenario zum Schreien komisch ausgesehen.

Und dann geschah es. Eine Kleinigkeit, die das gesamte Leben der drei von Grund auf verändern sollte. Beim Kampf mit Leia trat Tobi auf einen in den Boden eingelassenen Fußabdruck, den keiner bislang bemerkt hatte. Daraufhin folgte ein seltsames Geräusch, welches sich anhörte wie ein Schwarm Fliegen oder ein riesiger Ventilator. Dann öffnete sich grollend die Wand mit den seltsamen

Symbolen, an der Breze gerade noch gestanden hatte. Etwas sog ihn ins Dunkel. Tobi und Leia versuchten noch, sich irgendwo festzuhalten, aber es war zu spät. Auch sie hatten keine Chance gegen die starke Anziehungskraft und verschwanden hinter der Wand, die sich daraufhin wieder verschloss. In dem dunklen Tunnel verlor Breze die Orientierung und wusste nicht, ob er in die Tiefe stürzte oder es weiterhin geradeaus ging. Das surrende Geräusch wurde immer lauter, gleich würde sein Trommelfell platzen. Durch den Druck konnte er nicht einmal die Arme heben, um sich die Ohren zuzuhalten.

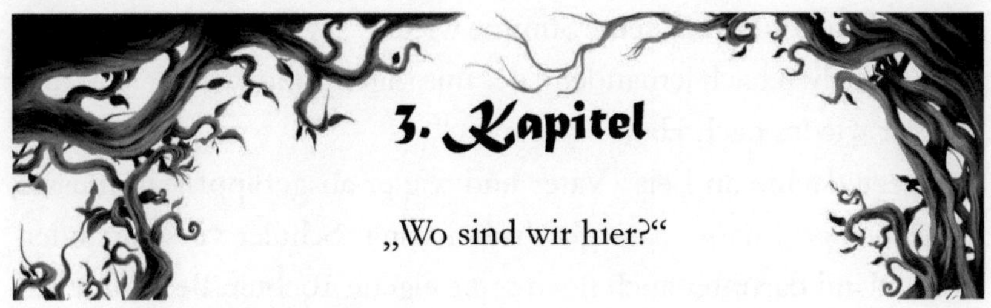

3. Kapitel

„Wo sind wir hier?“

Plötzlich wurde es hell und Breze konnte sich wieder bewegen. Er ruderte wild mit den Armen, als er sah, dass er auf eine Wiese zustürzte. Kurz vor dem Aufprall hielt er sich schützend die Arme vors Gesicht, landete aber unerwartet weich im Gras. Breze stand sofort auf.

„Leia“, schrie er. „Leia.“ Er bekam keine Antwort.

Ein starker Wind, der wie aus dem Nichts kam, warf ihn zurück auf den Boden und neben ihm landete Tobi im Gras, an dessen Rücken sich Leia immer noch festklammerte.

„Geh jetzt endlich runter von mir, Lockenkopf“, schrie Tobi Leia an. Die rollte sich ab und blieb, alle Viere von sich gestreckt, im Gras liegen.

„Ich war mir sicher, dass wir sterben“, sagte sie langsam, aber viel zu laut, denn durch das surrende Geräusch dröhnten ihr immer noch die Ohren.

„Vielleicht sind wir auch längst tot“, entgegnete Tobi.

Leia stand auf und sah sich um. „Also ich fühle mich sehr lebendig. Wo sind wir hier? Nach München sieht das nicht mehr aus.“

Auch Tobi, der seine Wut auf Breze vorerst auf Eis gelegt zu haben schien, stand auf und sah sich die Umgebung an. Bis auf einen Wald, den man in weiter Ferne erkennen konnte, gab es rundherum nur meterhohes Gras, so weit das Auge reichte. Leia kramte in ihrem Rucksack und zog ihr Smartphone hervor. Kein Empfang, nicht einen Balken. Dasselbe auch bei den beiden Jungs.

Endlich fand Breze seine Stimme wieder: „Wir sollten uns auf die Suche machen nach jemandem, der uns sagen kann, wo wir sind und wie wir wieder nach Hause kommen."

Breze dachte an Leias Vater und wie er ausgeflippt sein musste, als er bemerkt hatte, dass gleich drei seiner Schüler verschwunden waren. Und darunter auch noch seine eigene Tochter. Bestimmt sah er es als persönlichen Angriff, als pubertierende Rebellion. Vielleicht war es das auch. Breze hatte schon lange das Gefühl, dass Leia ihrem strengen Vater, der ihr immer alles vorschrieb, gerne eins auswischen würde. Klavierunterricht, Leichtathletik, Ballett, Fechten, nichts davon hatte sie sich selbst ausgesucht. Breze vermutete, er wollte sie einfach aus dem Haus haben. Seit Leias Mutter vor zwei Jahren ans letzte Ende von Deutschland – nach Flensburg – gezogen war, wusste er vielleicht einfach nichts mit ihr anzufangen. Noch ein Punkt, der sie miteinander verband, denn er wusste, wie es war, von einem Elternteil im Stich gelassen zu werden. Leia erzählte zwar, dass sie ihre Mutter ein wenig verstehen konnte, denn ihr Vater hatte auch seiner Frau ständig Vorschriften gemacht. Aber dass sie sie nicht mitgenommen hatte, konnte sie ihr nicht verzeihen. Inzwischen telefonierte sie kaum noch mit ihrer Mutter.

„Was machen wir jetzt?", riss Leia Breze aus seinen Gedanken.

„Ich würde vorschlagen, wir gehen in den Wald. Vielleicht finden wir einen Förster, der uns weiterhelfen kann. Wer weiß, wohin die anderen Wege führen", sprach er weiter.

„Wohl kaum in die Wüste und im Wald werden wir bestimmt keine Zivilisation vorfinden", motzte Tobi.

„Ich bin auch für den Wald", stimmte Leia Breze zu. „Tja, zwei gegen einen, Cowboy." Leia musste grinsen, als sie sah, wie Tobi mit mürrischem Gesicht Richtung Wald loslief.

Der Weg durch das hohe Gras, welches ihnen teilweise bis über die Schultern reichte, war anstrengend und nach etwa einer Stunde waren sie dem Wald zwar deutlich nähergekommen, hatten ihn aber noch immer nicht erreicht.

„Die könnten hier auch mal wieder Rasenmähen", versuchte Leia die angespannte Situation aufzulockern, aber niemand lachte. „Habt ihr in euren Rucksäcken eigentlich was zu trinken dabei? Ich brauche jetzt mal eine Pause", sagte Leia und ließ sich ins Gras fallen. Sie holte aus ihrem Rucksack eine Flasche Wasser heraus, die sie für den Ausflug zur Ausgrabungsstätte mitgenommen hatte. Auch Breze trank gierig von seiner Kokoswasser-Schorle, die seine Mutter nach ihrer Schicht im Krankenhaus für ihn bereitgestellt hatte. Leia reichte ihre Flasche an Tobi weiter. „Hier, trink was."

Leia wusste, dass Tobi zu Hause auf sich gestellt war. Er lebte bei seinem Vater, der kaum Zeit für ihn hatte und vermutlich dachten weder er noch Tobi daran, für den Ausflug eine Brotzeit einzupacken, denn er hatte nicht einmal einen Rucksack dabei. Dankbar nahm er einen großen Schluck aus ihrer Flasche

„Wisst ihr, was ich komisch finde?", fragte Leia.

„Nein, Lockenkopf, aber das wirst du uns bestimmt gleich verraten."

„Seht euch den Wald mal ganz genau an. Entdeckt ihr einen grünen Baum? Es gibt nur Gelbe, aber keinen einzigen Grünen und wir haben Sommer."

Breze hielt sich die Hand über die Augen, um besser gegen die blendende Sonne sehen zu können.

„Stimmt, ich finde auch, dass der Wald seltsam aussieht. Das können wir uns gleich genauer anschauen. Ich vermute, in einer knappen halben Stunde sind wir da", sagte Breze und stand auf. „Lasst uns weitergehen."

Je näher sie dem Wald kamen, umso mehr fiel Leia auf, dass Breze und Tobi sich veränderten. Sie sprachen kaum ein Wort, wirkten nervös und beschleunigten ihre Schritte. Was war nur mit den Jungs los? Sie betrachtete die beiden genauer und dann, als Breze sie direkt ansah, fiel ihr auf, was sie noch störte. Seine Pupillen waren vergrößert. Beinahe wie Zombies liefen Breze und Tobi auf den Wald zu.

„Könnt ihr mir mal sagen, was mit euch los ist?“, rief Leia, ohne eine Antwort zu bekommen. Sie versuchte sich Breze in den Weg zu stellen, doch der stieß sie grob zur Seite. Nur noch wenige Meter bis zum Wald. Leia hatte ein ungutes Gefühl. Verzweifelt überlegte sie, was sie jetzt tun sollte, aber mehr als um Hilfe zu schreien fiel ihr nicht ein, deshalb tat sie genau das.

„Duck dich!“, rief eine fremde Stimme plötzlich hinter ihr. Ohne zu wissen, was los war, warf sich Leia reflexartig ins Gras. Ein Bumerang flog über sie hinweg und knallte gegen Brezes Kopf. Breze fiel zu Boden und blieb regungslos liegen. Das Gleiche passierte mit Tobi.

„Bist du verrückt?“, kreischte Leia und rannte zu Breze, als der Unbekannte näherkam. Er trug eine alte Stoffhose, die über und über mit Flicken übersät war, ein weißes Hemd, das schwarz vor Dreck starrte und darüber eine rote Weste. Auf seinem Kopf mit den struppigen, braunen Locken trug er eine graue Schiebermütze, die auch schon bessere Tage gesehen hatte. Leia schätzte ihn nicht viel älter ein als sie selbst. Sein Gesicht sah freundlich aus, aber Leia war zu aufgebracht, um das zu erkennen. Sie fühlte Brezes Puls, der stark, aber regelmäßig pochte, setzte sich erleichtert neben ihren Freund und strich ihm über die Wange. Sie hatte das Schlimmste befürchtet, doch weder Breze noch Tobi hatten auch nur einen Kratzer und auf den ersten Blick auch keine größere Beule

„Ihr scheint nicht von hier zu sein, sonst wüsstet ihr, dass man dem Wald ohne Mohnsamentrunk nicht zu nahekommen darf!“

Leia sah den Unbekannten verwirrt an. „Was meinst du damit? Was ist in dem Wald?“

„Es ist nicht in dem Wald. Es ist der Wald. Wir nennen ihn Malyn Uffern. Das bedeutet so viel wie gelbe Hölle. Die Bäume sondern einen süßlichen, berauschenden Duft ab. Wer ihn einmal in der Nase hat, wird in den Wald gezogen und bisher ist noch niemand wieder herausgekommen. Nur mit dem Mohnsamentrunk ist man immun dagegen, deshalb wundert es mich, warum du nicht berauscht bist.“

Leia überlegte, ob sie einem Fremden eine so persönliche Antwort geben sollte

„Sag mir erstmal, wer du bist!“, antwortete sie stattdessen.

„Mein Name ist Hänsel“, stellte sich der Unbekannte vor und verbeugte sich.

„Ich bin Leia“, sagte Leia und entschied sich, mit der Wahrheit herauszurücken. „Ich habe eine angeborene Geruchsstörung, das bedeutet, ich kann nichts riechen. Und ich kann auch nicht alles schmecken.“

Die Behinderung, was es offiziell war, war Leia unangenehm, deshalb wechselte sie schnell das Thema.

„Die Jungs, die du ausgeknockt hast, heißen Tobi und Breze.“

„Breze? Interessanter Name“, lachte Hänsel.

„Lange Geschichte“, winkte Leia ab. „Wir haben uns bei einem Schulausflug verirrt und sind hier gelandet. Wir kommen vom Marienplatz. Weißt du, wie wir wieder dorthin zurückkommen? Gibt es hier irgendwo eine S-Bahn-Station oder sowas? Sind wir überhaupt noch in München?“

„Wir sollten erstmal deine Freunde aufwecken und ihnen den Mohnsamentrunk geben. Dann würde ich vorschlagen, ihr kommt mit ins Dorf und ich erzähle euch alles.“

Leia war einverstanden und rüttelte sanft an Breze, der immer noch auf dem Boden lag. Er schlug die Augen auf und bevor er aufstehen konnte, hatte Hänsel ihm das Serum eingeflößt. Verwirrt blieb Breze sitzen und schluckte automatisch. Jetzt war Tobi an der Reihe. Leia setzte sich neben ihn und sah ihn an. Sie dachte daran, dass er schuld an der ganzen Lage war. Sollte sie ihm überhaupt helfen? Bevor sie sich entscheiden konnte, schoss Tobi plötzlich in die Höhe und wollte losrennen. Doch Hänsel war schneller, warf ihn zu Boden und flößte auch ihm den Mohnsamentrunk ein. Als Breze und Tobi wieder Herr ihrer Sinne waren, erzählte Leia ihnen, was geschehen war und Hänsel stellte sich erneut vor, diesmal ohne Verbeugung.

Sie wollten zuerst darüber abstimmen, ob sie mit Hänsel mitgehen sollten oder nicht, deshalb zogen sie sich zurück und ließen ihre neue Bekanntschaft am Waldrand stehen

„Ich sage euch, der hat Dreck am Stecken. Schaut euch doch mal an, wie er aussieht", fing Tobi an.

„Was hat denn sein Kleidungsstil damit zu tun, ob er uns helfen will oder nicht?", entgegnete Leia.

„Ich hatte vorhin recht, wir hätten nicht zum Wald gehen sollen. Deshalb zählt meine Stimme doppelt. Ich bin dafür, dass wir allein weiterziehen. Wir werden schon eine Busstation finden", sagte Tobi fest entschlossen.

„Ich hatte nicht das Gefühl, dass er uns in eine Falle locken will, dann hätte er uns nicht gerettet. Wir sind jetzt stundenlang hierhergelaufen und bis auf den Wald ist nur Gras zu sehen. Außerdem habe ich einen riesigen Hunger. Wir sollten mitgehen", sprach Breze mit ruhiger Stimme.

Das Thema Essen überzeugte plötzlich auch Tobi, der ebenfalls am Verhungern war. Als sie Hänsel die Nachricht überbrachten, dass sie mitgehen würden, war ihm die Freude ins Gesicht geschrieben.

„Die anderen werden Augen machen. Wir haben nicht so oft Besuch, eigentlich nie."

Und sie machten sich auf den Weg.

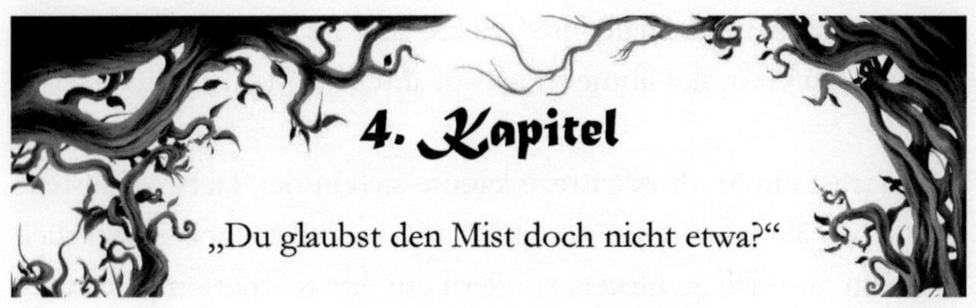

4. Kapitel

„Du glaubst den Mist doch nicht etwa?“

Als sie am Wald vorbeikamen, hörten sie ein seltsames Gluckern und Krächzen aus dem gelben Dickicht und Breze war heilfroh, dass sie Hänsel getroffen hatten. Wer weiß, was sonst geschehen wäre. Nach einer Weile tauchte ein weiterer Wald vor ihnen auf

„Ihr müsst keine Angst haben. Das ist ein ganz normaler Wald. Hier wird euch nichts passieren“, versuchte Hänsel die drei zu beruhigen, als er sah, dass sie langsamer wurden.

„Wer sagt denn was von Angst? Ich habe vor nichts Angst“, blaffte Tobi.

Der Wald sah mit seinen grünen Bäumen auf den ersten Blick unauffällig aus. Die Vögel, die auf den Ästen saßen, jedoch nicht. Sie leuchteten neonorange, hatten spitze, gezackte Flügel und der Schnabel war in etwa so groß wie bei einem Tukan. Auch die Schmetterlinge mit durchsichtigen Flügeln, die um sie herumflogen, hatten Leia und Tobi noch nie gesehen. Nur Breze kannte aus seinem Naturkundebuch solche Glasflügler, die vor allem in Mittelamerika vorkamen. Leia betrachtete einen der Schmetterlinge, der auf ihrer Hand gelandet war, genauer.

„Wunderschön“, sagte sie und versuchte ihre Hand nicht zu bewegen, damit das Tier nicht wegflog. „Sie sehen mit den durchsichtigen Flügeln so zerbrechlich aus.“

„Das dient ihrer Tarnung“, erklärte Breze. „Bei den Glasflüglern scheint der Hintergrund einfach durch, dadurch sind sie für ihre Feinde nur schwer zu erkennen.“

„Wie bei den Chamäleons?“, hakte Leia im Flüsterton nach, sie wollte ihren Gast, der immer noch auf ihrer Hand saß, nicht erschrecken.

„Das ist ein Mythos.“ Breze kannte sich in der Tierwelt bestens aus. „Chamäleons können zwar ihre Farbe verändern, aber sie machen das nicht, um sich zu tarnen, sondern um ihre Körpertemperatur zu regulieren oder um mit anderen Chamäleons zu flirten.“

Als sie weitergingen, konnten sie auf einer Lichtung mehrere Hütten erkennen und auch Menschen, die dort herumliefen.

„Wir sagen zu dem Ort einfach nur Basis“, erklärte Hänsel. „Aber das werden wir euch alles gleich erzählen.“

„Wer ist wir? Wie viele seid ihr denn?“, wollte Leia wissen.

„Im engen Kreis würde ich sagen, etwa einhundert. Es gibt aber auch noch die Einsiedler. Ich glaube, das sind um die fünfzehn Leute. Sie nennen sich die Skulks. Denen sollte man aus dem Weg gehen, aber wir sehen sie eigentlich nur zum Essen.“

Die Hütten, an denen sie vorbeiliefen, waren winzig, mehr als ein Bett passte vermutlich nicht hinein. Es gab welche, die aus dicken Ästen gebaut waren, die sahen einer klassischen Hütte, so wie man sie kennt, noch am ähnlichsten. Es gab aber auch runde Lehmhäuschen, die bewohnt zu sein schienen und sogar eine riesige Baumwurzel wurde als Unterschlupf genutzt. Aus allen „Häusern“ kamen jetzt die Menschen heraus, die Neuigkeit über die drei Fremden hatte sich schnell verbreitet. Es waren Männer, Frauen, Alte, Junge und sogar Kinder unter den Waldbewohnern. Auch sie waren seltsam gekleidet, in alten, teilweise kaputten Kleidern.

Sie gingen weiter, bis sie an einen großen Holzbau kamen, der anders aussah als der Rest im Wald. Er war etwa zweihundert Quadratmeter groß und sah deutlich professioneller aus. Die Hütten im Wald wurden nur mit Naturmaterialien gebaut, vermutlich mit bloßen Händen, aber in den Brettern des großen Holzbaus steckten Nägel, auch wenn diese sehr alt zu sein schienen.

Sie betraten das Haus, verfolgt von den Waldbewohnern. Drinnen sahen sie sich um. Es gab Holztische und Stühle und es roch noch nach Essen. Der Ort erinnerte Breze an die Mensa in der Schule.

„Ihr solltet euch lieber setzen. Was ich euch jetzt erzähle, wird euer Leben für immer verändern“, begann Hänsel geheimnisvoll.

Leia und Breze sahen sich irritiert an. Was hatte das zu bedeuten? Sogar Tobi war so gespannt, dass er nichts sagte und sich zu den anderen auf einen der Holzstühle setzte. Die Waldbewohner versammelten sich um die drei und betrachteten sie neugierig.

Hänsels Stimme war laut und klar, als er erzählte: „Der Ort, also besser gesagt, die Welt, in der wir uns befinden, heißt Saori Linon, was so viel wie ‚freie Welt‘ bedeutet. Vor vielen hundert Jahren lebten hier verschiedene Spezies friedlich miteinander, bevor der Ort von einer Gruppe Hexen entdeckt und für ihre eigenen Zwecke benutzt wurde. Für ihre Rache an den Menschen und…“

„Hexen? Andere Welt?“, unterbrach ihn Tobi. „Du willst uns wohl für dumm verkaufen? Vielleicht kannst du die zwei Kleinen erschrecken, aber mich nicht. Ist das hier die Versteckte Kamera?“

„Ich verstehe nicht, was du damit meinst, aber wir alle konnten es am Anfang nicht glauben. Wir sind auch nicht von hier“, antwortete Hänsel.

„Wann und wie seid ihr denn hergekommen?“, fragte Leia aufgeregt. Ihre Stimme zitterte.

„Jeder von uns wurde von einer der Hexen in die Falle gelockt und betäubt. Als wir aufwachten, waren wir hier, in diesen fremden Klamotten. Und das ist auch der Grund, weshalb alle so aus dem Häuschen sind. Ihr seid anders, wenn auch seltsam gekleidet.“

Leia sah an sich herunter. Sie trug das ‚Prinzessin Leia‘ Shirt, schwarze, kurze Jeans und ihre weißen Chucks. Nicht so außergewöhnlich, fand sie. Auch Breze und Tobi trugen ein T-Shirt und normale, kurze

Hosen. Wenn auch Tobis Jeans ziemlich ramponiert war, gewollt vermutlich.

Doch dann erzählte Hänsel etwas, dass das Ganze erklärte. „Wir kommen aus unterschiedlichen Zeiten. Der Älteste von uns stammt aus dem 18. Jahrhundert. Das ist einer der sieben Zwerge.“ Er zeigte auf einen etwa zwölfjährigen Jungen, der an der Wand lehnte und ihnen zuwinkte. „Ich selbst bin 1960 geboren.“

„Wenn das wirklich wahr sein sollte, warum seid ihr dann so jung?“, wollte Breze wissen.

„In dieser Welt gibt es so einiges, was wir nicht verstehen. Niemand von uns hier ist auch nur einen Tag älter geworden.“ Alle Menschen im Raum nickten.

„Und warum seid ihr hier? Ich meine, was soll das Ganze? Was wollen die Hexen von euch?“, fragte Breze.

„Kennt ihr die Märchen, in denen Hexen vorkommen, wie Hänsel und Gretel, Schneewittchen oder Dornröschen? Sie sind alle wahr. Die Hexen, die uns hier gefangen halten, wollen ihre Schwestern rächen, die damals ums Leben kamen. Deshalb müssen wir die Geschichten von damals jeden Tag immer und immer wieder aufs Neue nachspielen, nur mit einem anderen Ende als in den Büchern steht.“

Breze war unschlüssig, ob er die abenteuerliche Story von Hänsel wirklich glauben sollte.

„Und was passiert, wenn ihr euch weigert?“, hakte er nach.

„Wenn sich auch nur einer nicht ans Protokoll hält, bekommen wir alle nichts zu essen. Wer ein zweites Mal gegen die Regeln verstößt, verschwindet und wir sehen ihn nie wieder. Dann kommt ein Ersatz und alles geht wieder von vorne los.“

„Das müssen wir jetzt erst einmal verdauen“, sagte Leia, „könnt ihr uns einen Moment allein lassen?“

Die Waldbewohner verließen die Holzhütte und nur Breze, Leia und Tobi blieben zurück.

„Du glaubst den Mist doch nicht etwa?“, fing Tobi an.

„Findest du es nicht auch komisch, dass wir aus einer Höhle gesogen werden und irgendwo im Nirgendwo landen? Ohne Handyempfang, mit einem Wald, der einen in Trance versetzt und Tieren, die wir noch nie gesehen haben?“, argumentierte Breze.

„Das kann alles eine logische Erklärung haben.“

„Und welche?“

Tobi fing an zu stottern: „K-Keine Ahnung, aber Hexen sind auch keine.“

„Ich habe Hänsel tief in die Augen geschaut und ich bin mir sicher, dass er nicht lügt“, sagte Leia.

„Und das weißt du, weil du Psychologie studiert hast?“, blaffte Tobi Leia an.

Breze ging dazwischen: „Es nützt nichts, wenn wir uns jetzt gegenseitig angreifen. Wir haben sowieso keine Wahl. Wir müssen erstmal hierbleiben und uns alles anschauen und dann versuchen wir einen Weg nach Hause zu finden. Sollen wir wieder abstimmen?“

„Wozu? Ihr haltet doch sowieso zusammen und meine Meinung interessiert keinen.“ Tobi ging zur Tür, drehte sich dann aber noch einmal um.

„Kommt ihr jetzt? Ich habe keinen Bock allein durch den Wald zu irren und außerdem einen riesigen Kohldampf.“ Breze und Leia grinsten sich an und gingen dann mit Tobi zu den Waldbewohnern nach draußen.

„Und?“, fragte Hänsel, als er die drei kommen sah. „Glaubt ihr mir?“

„Wir haben uns entschieden, die Glaubensfrage zu vertagen und trotzdem erst einmal bei euch zu bleiben“, fasste Leia ihre Besprechung zusammen.

Breze sah sich um, in der Hoffnung, eine Vorratskammer oder ein Lager zu entdecken. „Wir haben seit Stunden nichts gegessen.

Habt ihr vielleicht noch was für uns übrig?"

„Leider nicht."

Breze versuchte in der Menge zu erkennen, wer das gesagt hatte. Er entdeckte ein dünnes, blasses Mädchen, etwa so alt wie Tobi, mit zwei langen, geflochtenen Zöpfen aus schwarzen Haaren.

„Von den Hexen bekommen wir zweimal am Tag zu essen. Was nicht gegessen wird, verschwindet wieder, damit wir uns keine Vorräte anlegen können. Aber es dauert nicht mehr lange, bis das nächste Mahl auf dem Tisch steht", sprach das Mädchen. „Ich bin übrigens Gretel."

„Wir zeigen euch erstmal unsere Basis und wo ihr heute schlafen könnt", sagte Hänsel und zeigte in den Wald hinein. „Das Einzige, das wir von den Hexen bekommen haben, ist der Speiseraum, den ihr bereits gesehen habt. Alles andere haben wir selbst gebaut. Ohne Werkzeug und nur mit Materialien, die wir finden konnten."

Hänsel begann seine Führung bei den Unterkünften und zeigte auf einen Bau aus Stöcken und Stroh.

„Hier wohnen Schneewittchen und Dornröschen. Wie ihr sehen könnt, das schönste Haus im Wald."

Die drei warfen einen Blick in das Innere. Es war nicht größer als ein Zelt und in der Mitte lagen zwei, mit einem Laken abgedeckte Strohbetten. In die Innenwände waren verschiedene Blumen gesteckt. Sie schimmerten in den buntesten Farben und ließen die kleine Unterkunft gemütlich wirken.

„Unter der Wurzel schlafen die sieben Zwerge. Es ist eigentlich eine richtige Höhle. Ein bisschen dunkel, aber die Kleinen können dort besser schlafen."

„Wer sind denn die sieben Zwerge?", fragte Leia.

Sieben Kinder traten nach vorne und streckten ihre Arme in die Luft, um auf sich aufmerksam zu machen. Sie waren etwa zwischen fünf und zwölf Jahre alt.

„Und ihr seid ganz allein hier? Ohne eure Eltern?“, fragte Leia und ging dabei automatisch in die Hocke. Die Kinder nickten und in ihren Augen konnte Leia den Schmerz und die Trauer darüber sehen. Auch die Kinder, die bereits seit über einhundert Jahren hier waren, vermissten ihre Eltern immer noch. Leia stiegen die Tränen in die Augen.

Eine alte Frau ergriff das Wort: „Wir versuchen ihnen so gut wie möglich eine Familie zu sein. Auch wenn die sieben manchmal richtige Lausbuben sind.“

Die alte Frau grinste und zwinkerte Leia zu.

„Das ist Gilda. Ohne sie wären wir hier aufgeschmissen. Sie kann alles und hat auch unsere Bibliothek gebaut. Die zeige ich euch gleich noch“, erklärte Hänsel.

„Gilda habe ich noch nie gehört. Aus welchem Märchen stammt sie denn?“, fragte Breze und musterte dabei die Alte.

„Nicht alle Tragödien, die stattfanden, haben es in ein Buch geschafft“, antwortete Hänsel.

„Aber ihr habt auch richtige Namen, oder?“, wollte Tobi wissen.

„Ja, natürlich. Ich hieß früher einmal Emil, aber wir sprechen uns nicht mit unseren echten Namen an, damit wir uns einreden können, dass es nur ein Spiel ist, das irgendwann zu Ende geht.“ Hänsel blickte traurig auf den Boden.

„Aber nicht alles hier ist schlecht. Am Abend haben wir viel Spaß zusammen. Da könnt ihr euch drauf freuen“, sagte eine Frau mit einem bodenlangen, blonden Zopf. Vermutlich Rapunzel. „Jetzt solltet ihr euch aber unbedingt unseren Supermarkt anschauen, der ist die Wucht“, fuhr die Frau fort. Supermarkt? Breze, Leia und Tobi sahen sich verwundert an. Rapunzel lachte. „Ok, es ist mehr eine Tauschbörse. Schaut es euch am besten selbst an.“

Auf dem Weg zeigte Hänsel den dreien ihre Unterkunft, ein kleines Tipi kurz vor einer Lichtung. „Es ist nicht riesengroß, aber ich denke, zum Schlafen reicht es für euch.“

„Sieht ganz gemütlich aus“, stellte Leia fest und war froh, dass sie nicht auf dem Boden schlafen mussten, denn auch hier gab es ein Strohbett.

„Du schläfst in der Mitte“, wandte sie sich dann an Breze, um die Schlafordnung gleich festzulegen.

Eigentlich hatte sie den letzten Satz nur leise zu ihrem Freund gesagt, doch Tobi schien es gehört zu haben.

„Keine Sorge, Prinzessin, ich schlafe gerne auf dem Boden“, antwortete er und verließ das Zelt wieder.

Ein wenig beschämt, beim Flüstern ertappt worden zu sein, aber auch erleichtert, dass das geklärt war, gingen Leia und Breze wieder zu den anderen zurück. Jetzt wollten sie unbedingt den Supermarkt sehen, also führte Hänsel sie weiter, bis sie an ein größeres Bauwerk aus Baumstämmen kamen.

„An der Hütte haben wir jahrelang gebaut. Wir haben ja kein Werkzeug, keine Axt oder Säge. Wir konnten nur Baumstämme benutzen, die bereits gefallen waren und aus Steinen haben wir eine Art Beil gebaut, doch damit ging es nur langsam. Als Nägel haben wir spitze Holzsplitter verwendet“, erklärte Hänsel stolz und öffnete die Tür, über der ein Mobile aus Steinen klimperte. „Willkommen in unserem Supermarkt.“

Im Inneren des Ladens gab es aus Ästen gebaute Regale, in denen die Waren lagen

„Wie habt ihr das gemacht?“, staunte Breze und nahm einen Teppich aus dem Regal

„Den haben wir aus Pflanzenfasern geknüpft. Alles, was ihr hier seht, haben wir selbst gemacht.“

Hänsel zeigte den dreien eine Holztruhe, die mit Ornamenten verziert war. Sie sah sogar aus, als wäre sie geschliffen worden.

„Die Truhe hat Gilda gebaut. Sie hat das Holz mit Sand, den wir unter dem Waldboden entdeckt haben, abgeschliffen und mit einem spitzen Stein Muster in das Holz geritzt."

Außerdem gab es selbstgebaute Stühle, Tische, Musikinstrumente wie Flöten, Xylofone aus Holz und eine Art Trommel, Spielzeug wie Holzboote und Pfeil und Bogen und in der Ecke stand sogar ein Fahrrad komplett aus Holz.

Breze bezweifelte allerdings, dass man damit wirklich fahren konnte. Sogar Tobi fiel kein dummer Kommentar mehr ein. „Das ist der Hammer."

„Wer etwas davon haben möchte, muss zum jeweiligen Hersteller gehen und ihn fragen, wogegen er es eintauschen würde. Manchmal ist das auch nur eine Woche Aufräumdienst im Schlaflager oder eine Massage", erzählte Hänsel.

„Jetzt möchte ich euch aber meinen ganzen Stolz zeigen", sagte Gilda und zog Leia in Richtung einer weiteren Tür.

„Dahinter ist ein kleiner Anbau, der erst seit kurzem fertig ist."

Sie öffnete die Tür. „Unsere Bibliothek", rief Gilda stolz.

Leia ging als Erste in den Raum, in dem Regale voll mit hunderten von Büchern standen und blieb mit offenem Mund stehen. Die Bücher sahen nicht so aus, wie Leia sie von zuhause kannte, es waren vielmehr zusammengebundene Seiten.

„Ist das Papyrus?", fragte Breze.

„Du meinst das Papier, das die Ägypter früher benutzten?", fragte Leia.

„Nicht nur die", antwortete Breze. „Das Papier war weit verbreitet und wurde aus der Papyrus-Pflanze hergestellt. Aber wo habt ihr die Pflanzen gefunden? Sie wachsen doch nur am Flussufer." Breze war ganz aufgeregt.

„Einen Fluss haben wir hier nicht, aber einen kleinen See. Die Pflanzen habe ich dort zufällig entdeckt. Sie sehen ein bisschen anders aus als echter Papyrus aus unserer Heimat, aber damit konnte ich trotzdem Papier herstellen“, erklärte Gilda.

„Und womit habt ihr die Bücher geschrieben?“, wollte Breze wissen.

„Wir haben Ruß aus dem Ofen im Lebkuchenhaus genommen und uns aus einem Stock einen Stift geschnitzt.“

„Lebkuchenhaus? Ich glaube immer noch, dass die echt einen an der Waffel haben. Sie waren wohl zu oft im gelben Wald“, flüsterte Tobi Leia zu. Die antwortete ihm nur mit einem strengen Blick und deutete ihm, leise zu sein.

„Darf ich?“ Breze griff nach einem Buch im Regal. Gilda nickte. Die Seiten waren bereits ein wenig vergilbt und an einigen Stellen eingerissen, dennoch konnte man jeden Satz lesen. Es war der erste Band von Winnetou, allerdings nacherzählt, das merkte Breze sofort, denn es war eines seiner Lieblingsbücher.

Auch Tobi ging zum Regal und sah sich ein paar der Bücher an. „Warum macht ihr das alles?“, fragte er.

„Weil wir Menschen bleiben wollen. Und zivilisiert. Wir haben uns geschworen, wir lassen uns nicht brechen.“ Gilda ging zum Kleinsten der sieben Zwerge und streichelte ihm über den Kopf

„Vor allem für die Kinder. Um die muss sich doch jemand kümmern.“

Die danach folgende Stille wurde durch ein lautes Geheule schlagartig unterbrochen. Es klang wie eine Polizeisirene mit Schluckauf. Breze, Leia und Tobi hielten sich die Ohren zu.

„Wir müssen gehen“, schrie Hänsel.

„Wohin denn? Und was ist das für ein Lärm?“, fragte Breze so laut er konnte, doch die Waldbewohner waren bereits auf dem Weg nach draußen.

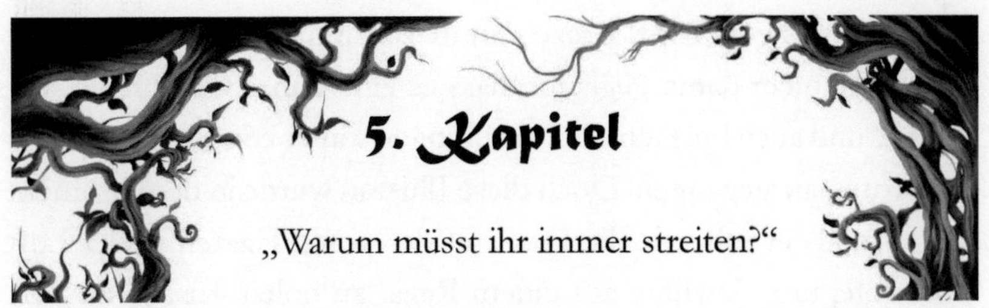

5. Kapitel

„Warum müsst ihr immer streiten?“

Breze, Leia und Tobi folgten der Gruppe, die immer tiefer in den Wald hineinlief. Nach einigen Minuten teilten sich alle auf und sie gingen in verschiedene Richtungen.

„Wir sollten uns an Hänsel dranhängen“, schlug Leia vor. Die anderen beiden waren einverstanden.

Nach einer Weile kamen sie an ein kleines Haus. Breze konnte es kaum glauben, aber es sah tatsächlich aus, als wäre es aus Lebkuchen gebaut worden. Die drei sahen gerade noch, wie Hänsel und Gretel durch die Tür traten.

„Lasst uns zum Fenster gehen und schauen, was da drin los ist“, flüsterte Leia. Geduckt schlichen sie zum Haus und sahen darin neben Hänsel und Gretel noch eine weitere Person, die mit dem Rücken zu ihnen stand. Das musste die Hexe sein. Alle unterhielten sich aufgeregt, durch das Fenster konnte man aber nicht verstehen, was sie sagten. Breze wartete darauf, dass sich die alte Hexe endlich umdrehen würde. Sein Atem ging immer schneller, er hatte schon Angst, die fremde Frau könnte ihn hören. Als diese sich umdrehte, duckten sich die Kinder, um nicht entdeckt zu werden.

Schnell wurde die Neugierde zu groß und sie versuchten vorsichtig über den Fenstersims zu blicken. Breze war irritiert vom Anblick der Frau, denn sie war weder alt noch unheimlich, sie war sogar sehr gutaussehend. Sie hatte lange, feuerrote Haare und leuchtend blaue Augen, soweit Breze das in der kurzen Zeit erkennen konnte. Inzwischen war Hänsel in einem Käfig eingeschlossen und Gretel rührte in einem riesigen Topf. Breze kannte das Märchen, hatte bis jetzt allerdings nicht daran geglaubt, dass es eine wahre Geschichte sein könnte und auch bei Hänsels Erzählungen war er von einer logischen Erklärung ausgegangen. Doch diese Illusion wurde in dem Moment zerstört, als er sah, wie die Frau mit den roten Haaren in der Luft schwebte, um Gewürze aus einem Regal zu holen. Er sah zu Leia und Tobi, die genauso kreidebleich waren wie er und nur noch auf die Hexe starrten.

Was dann geschah, würde Breze sein Leben lang nicht vergessen. Es ging so schnell, dass die drei zuerst nicht verstanden, was eigentlich passierte. Der Gesichtsausdruck der Hexe veränderte sich schlagartig und sie sah jetzt richtig wütend und bösartig aus. Gretel fing an zu weinen und auch von Hänsel konnten sie ein leises Schluchzen hören, als die Hexe den Käfig mit nur einer Handbewegung öffnete. Die Tür knallte gegen das Gitter und Hänsel stieg heraus. Dann fuchtelte die Frau mit beiden Händen in der Luft herum und Hänsel und Gretel schwebten über dem riesigen Topf. Dabei lachte die Hexe so grausam, dass Breze dachte, er würde gleich hyperventilieren. Er merkte nicht einmal, dass sich Leia an seiner Hand festgekrallt hatte.

Dann passierte das Grausamste, das die drei je mit ansehen mussten. Die Hexe senkte die Arme und Hänsel und Gretel fielen in den dampfenden Topf. Die Flüssigkeit schwappte links und rechts über den Rand und die beiden waren verschwunden.

Tobi reagierte als Einziger richtig, indem er Leia den Mund zuhielt, weil er sehen konnte, dass sie kurz davor war loszuschreien. Dann packte er sie und Breze am Arm und zog sie in den Wald.

Sie rannten so schnell, dass Brezes Lunge brannte, als hätte er rohe Chilischoten gegessen, doch keiner traute sich stehenzubleiben. Erst als Leia stolperte und nicht mehr aufstand, ließen sich auch Breze und Tobi auf den Boden sinken. Leia konnte nicht einmal mehr schreien, so kraftlos war sie. Sie lag einfach nur auf dem Boden und starrte auf einen Baum, der eigentlich umfallen müsste, so schief war er. Als sie spürte, wie sich ihre Lungen langsam wieder mit genug Luft füllten, hatte sie wenigstens die Kraft zu weinen. Obwohl Breze und Tobi sie in den Arm nahmen, konnte sie nicht damit aufhören, bis ihre Tränen aufgebraucht waren, es waren gefühlt Stunden vergangen. Erst jetzt wagte sie wieder zu sprechen. „Sie sind tot. So geht die Geschichte nicht aus, das weiß jedes Kind. Da muss was schiefgelaufen sein. Ich verstehe das alles nicht. Vielleicht war das unsere Schuld, vielleicht haben die Hexen sich von uns bedroht gefühlt."

„Wir sollten zurück zur Basis gehen, um zu sehen, ob es den anderen auch so ergangen ist", sagte Breze entschlossen.

„Auf keinen Fall. Da werden die Hexen als Erstes nachschauen, ob es noch Überlebende gibt", entgegnete Tobi.

„Ach, ich dachte, es gibt keine Hexen? Wir gehen auf jeden Fall zurück, vielleicht braucht jemand unsere Hilfe", giftete Breze Tobi an.

„Das war ja klar, der heilige Samariter muss mal wieder die Welt retten. Auch wenn wir dabei draufgehen."

„Ich interessiere mich halt nicht nur für mich selbst, im Gegensatz zu dir."

„Warum müsst ihr immer streiten?", schrie Leia.

„Weil wir Brüder sind!", brüllte Breze zurück, lauter als er eigentlich wollte.

„Was?"

Jetzt war es raus. Zum schlechtesten Zeitpunkt, den es geben konnte.

„Seit wann?", fragte Leia und merkte selbst sofort, dass die Frage keinen Sinn ergab. „Ich meine, wie kann das sein? Wir kennen uns seit über einem Jahr, Breze. Du hast mir nie gesagt, dass du einen Bruder hast."

„Tobi ist vor vier Jahren zusammen mit unserem Vater ausgezogen.

Seitdem haben wir uns kaum gesehen. Höchstens in der Schule oder an Weihnachten. Da haben wir aber nicht miteinander gesprochen. Schmidt heißen ja mehrere in unserer Schule, deshalb hat auch niemand Verdacht geschöpft. "

„Warum bist du ausgezogen, Tobi?"

Nach dem Ereignis im Lebkuchenhaus versuchte sich Leia mit der Bombe, die Breze platzen ließ, abzulenken.

„Das weiß ich eigentlich nicht mehr so genau. Ich denke, weil ich ein ganz gutes Verhältnis zu meinem Vater hatte. Ich war nicht der Schlaubischlumpf der Familie und stand nicht unter Druck. Von mir wurde nichts erwartet", erzählte Tobi.

„Ich dachte immer, du gibst mir die Schuld, dass Papa ausgezogen ist, weil ich durch den Test gerasselt bin."

„Nein, das habe ich nie. Dann hätten sie sich eben wegen etwas anderem gestritten und sich trotzdem getrennt."

Breze war den Tränen nahe. „Warum bedrohst du mich dann ständig in der Schule und versuchst mir Angst zu machen?" Er schluckte.

„Vielleicht, weil ich dich vermisse und ein schlechtes Gewissen habe, dass ich damals ausgezogen bin", rief Tobi. „Früher waren wir fast rund um die Uhr zusammen und plötzlich sehen wir uns nur noch in der Schule und an Feiertagen. Ich wusste einfach nicht, wie ich dir sagen soll, dass du mir so verdammt fehlst. Jetzt weiß ich, dass es der falsche Weg war."

Breze war unsicher, wie er mit diesem Geständnis umgehen sollte. Er könnte Tobi in den Arm nehmen. Oder waren sie zu alt für so was? Er entschied sich für den einfachsten Weg. Er lenkte ab. „Wir sollten wirklich zurückgehen und nachsehen, was mit den anderen passiert ist. Vielleicht finden wir im Lager auch irgendeinen Hinweis, wie wir wieder nach Hause kommen."

„Dann gehen wir eben, Schlaubi", sagte Tobi und sie standen auf. Erst jetzt merkte Leia, dass ihre Beine so stark zitterten, dass sie kaum laufen konnte.

„Ich kriege nicht aus dem Kopf, was im Lebkuchenhaus passiert ist. Wie sollen wir das den anderen nur erklären?" Leia fror, das musste der Schock sein.

„Steig auf Lockenkopf. Ich trage dich Huckepack. In dem Tempo sind wir morgen noch nicht da", bot Tobi Leia an. Die nahm das Angebot dankbar an und sprang auf seinen Rücken. Das hätte Breze seinem Bruder gar nicht zugetraut.

Sie schienen nach dem Mord an Hänsel und Gretel wirklich weit gelaufen zu sein, denn schon nach wenigen Minuten konnten sie die Basis erkennen. Während im Schlaflager tote Hose herrschte, dröhnte aus der großen Holzhütte laute, fröhliche Musik. Breze streckte seinen Arm nach dem Türgriff aus. Er hielt inne. „Sie scheinen da drin ein Fest zu feiern. Wer sagt es ihnen?"

„Ich mach das schon", sagte Tobi.

Leia und Breze widersprachen ihm nicht, sie waren froh, dass er diese schwere Aufgabe freiwillig übernehmen wollte. Als Breze die Tür öffnete, kamen ihnen einige der wild tanzenden Waldbewohner entgegen und wollten sie animieren mitzumachen, doch sie winkten ab. Tobi ging zu den Musikern, die auf selbstgebauten Instrumenten spielten und gab ihnen ein Zeichen, mit dem Spielen aufzuhören. Schlagartig wurde es still.

6. Kapitel

„Bei Vollmond fängt das Weinen an."

„Hallo", begann Tobi mit zittriger Stimme. „Wir müssen euch leider etwas mitteilen…"

„Da seid ihr ja endlich. Wo wart ihr denn? Wir haben uns schon Sorgen gemacht", unterbrach ihn eine bekannte Stimme aus der hintersten Ecke. Leia, Breze und Tobi konnten kaum glauben, wen sie da sahen. Hänsel stand quicklebendig neben Gretel vor einem reichlich gedeckten Esstisch.

„Aber... aber…" stotterte Tobi. „Wir haben gesehen, wie ihr in den Topf mit der kochenden Flüssigkeit gestürzt seid. Das kann keiner überlebt haben."

Die Waldbewohner begannen zu lachen.

„Hätte ich geahnt, dass ihr uns folgen würdet, hätte ich euch vorgewarnt. Kommt mal rüber", rief Hänsel. Die drei gingen verwirrt zum Esstisch.

„Die Rache der Hexen beinhaltet, dass nicht sie sterben oder verjagt werden, sondern wir. Nach unserem Tod wachen wir hier alle zusammen wieder auf und das Essen steht auf dem Tisch", erklärte Hänsel.

„Also sterbt ihr wirklich auf so grausame Weise? Und das jeden Tag?", fragte Leia entsetzt.

„Bis auf einen freien Tag in der Woche. Es ist wirklich sehr schmerzhaft, aber zum Glück schnell vorbei. Bei uns zumindest. Gilda hat es schlimmer erwischt, sie wird erhängt. Das scheint ein langsamer und grausamer Tod zu sein. Danach braucht sie erst einmal ihre Ruhe und Essen geht auch nicht sofort, deshalb kommt sie immer ein bisschen später. Apropos Essen. Ihr müsst am Verhungern sein, schlagt zu. Es gibt genug für alle."

Erst jetzt bemerkte Breze, welche Köstlichkeiten auf dem Esstisch standen. Es gab Spanferkel und gebratenen Truthahn, Pudding in den unterschiedlichsten Farben, sogar in Lila, dazu einen ganzen Berg mit Pfannkuchen, eine dreistöckige Torte, verschiedene Sorten Wurst und Käse, einen riesigen Brotlaib und einen Teller mit leuchtend roten Äpfeln.

„Die sind für Gilda reserviert", sagte Hänsel und deutete auf die Früchte.

„Und wo finden wir Teller und Besteck?", fragte Leia und suchte den Raum ab.

„Haben wir hier nicht. Jetzt dürft ihr mal alle Manieren vergessen und einfach zuschlagen", antwortete Hänsel.

Das ließen sich die drei nicht zweimal sagen. Sie stürzten sich auf das Essen und stopften sich alles in den Mund, was sie in die Finger bekamen. Breze hatte seit den Honigpops am Morgen und der Breze auf dem Weg zur Ausgrabungsstätte nichts mehr gegessen. Heute Morgen! Das fühlte sich für ihn an, als sei es Tage her. Bestimmt suchte die Polizei in den Katakomben bereits mit Spürhunden nach ihnen und seine Eltern standen panisch vor dem Eingang und hofften, dass sie jeden Moment die Treppe heraufkamen. Für seine Mutter war es bestimmt nicht leicht, die Nähe seines Vaters zu ertragen, aber schließlich waren ihre zwei Kinder weg.

Leias Vater machte sich vermutlich große Vorwürfe, dass seine Tochter und zwei weitere Kinder unter seiner Verantwortung verschwunden waren.

Breze sah auf seine vom Pudding rot verfärbten Hände. Noch nie hatte er so gegessen, aber es gefiel ihm. Das Essen tat ihm gut, er wurde davon angenehm müde und auch bei Tobi und Leia erkannte er, dass sich ihre Gesichtszüge entspannten, Leia lachte sogar wieder.

„Ich wette, du schaffst es nicht“, sagte Tobi zu Leia.

„Klar, warum auch nicht?“

„Weil Mädchen sich nicht so gerne die Hände schmutzig machen. Da seid ihr alle gleich“, lachte Tobi auffordernd.

Leia zog eine Augenbraue nach oben. „Da merkt man, dass du echt keine Ahnung von Mädchen hast.“

Leia grinste und steckte beide Arme bis zum Ellbogen in den grünen Pudding.

„Du musst ihn jetzt aber auch essen“, feuerte Tobi Leia an.

Die zog ihre Arme wieder heraus und schleckte sie von oben bis unten ab. Tobi begann so laut zu lachen, dass die Waldbewohner vom Nebentisch zu ihnen herübersahen. So losgelöst hatte Breze seinen Bruder schon lange nicht mehr gesehen.

Zuletzt, als sie vor gut sechs Jahren für ihre Mutter einen Geburtstagskuchen hatten backen wollen und dafür um sechs Uhr aufgestanden waren. Um die Wartezeit des Backens zu überbrücken, hatten sie den Fernseher eingeschaltet. Als ihre Mutter um acht Uhr in die Küche kam, um nachzusehen, woher der Gestank kam, war der Kuchen bereits so verbrannt, dass nur noch ein schwarzer Klumpen übrig gewesen war. Bewusst wurde ihnen das erst, als ihre Mutter sie in die Küche rief und ihnen zeigte, was aus dem Geburtstagskuchen geworden war. Alle drei fingen so laut an zu lachen, dass ihr Vater die Treppe herunterkam und fragte, was zur Hölle in der Küche eigentlich los war. Doch nicht einmal die schlechte Laune ihres Vaters konnte verhindern, dass Breze die Erinnerung als positiv in seinem Kopf abgespeichert hatte.

Er musste unbedingt nach Hause.

„Hänsel, es muss doch einen Weg geben, wie wir wieder in unsere Welt kommen.“

„Das hatten wir alle in den ersten Monaten gehofft und irgendwann haben wir unser Schicksal akzeptiert. Allerdings war das, bevor ihr kamt. Wir sind hier alle auf dieselbe Weise aufgetaucht. Ihr hingegen seid auf einem anderen Weg gekommen. Das ist auch der Grund, weshalb hier heute alle so fröhlich tanzen. Sie haben das erste Mal seit vielen Jahren, einige sogar seit über einem Jahrhundert wieder Hoffnung, den Fluch endlich zu beenden. Wir wissen nicht, was dann passiert. Kommen wir alle wieder zurück in unsere Zeit oder sterben wir? Wir nehmen alles in Kauf. Nichts kann so schlimm sein, wie das hier."

„Aber wo sollen wir anfangen? Was können wir anders machen als ihr?", fragte Breze

„Es gibt eine Grenze, die wir nicht überschreiten können. Sie ist etwa einen Tagesmarsch von hier entfernt. Gerüchten zufolge lebt auf der anderen Seite jemand, der weiß, wie wir den Fluch beenden können. Ich habe es selbst versucht, aber die Schmerzen in meinem Kopf wurden stärker, je näher ich der Grenze kam. Ich hatte das Gefühl, er würde platzen. Vielleicht gelingt es euch. Ihr steht nicht unter der Kontrolle der Hexen."

Gilda kam herein, ging direkt zum Esstisch und nahm sich einen Apfel, dann setzte sie sich in die hinterste Ecke und aß.

„Das macht sie jeden Abend so. Wenn sie ihren Apfel gegessen hat, kann man sie wieder ansprechen", erklärte Hänsel.

„Ich bin dafür, dass wir jetzt mal alles vergessen und die Tanzfläche rocken!", flötete Leia und stand auf. Keiner rührte sich vom Fleck.

„Jetzt kommt schon. Wer weiß, was uns an der Grenze erwartet. Ihr wollt doch euren vielleicht letzten Abend nicht so langweilig verbringen, oder? Komm schon, Breze."

„Auf keinen Fall. Ich kann nicht tanzen", lehnte Breze ab.

Überrascht und ein wenig eifersüchtig sah er, wie Tobi aufstand. „Ich bin dabei", sagte er und nahm Leias Hand. Breze ärgerte sich, dass er nicht über seinen Schatten springen konnte und drehte sich zerknirscht zu Hänsel um, er musste den beiden ja nicht auch noch beim Tanzen zusehen.

„Erzähl mir von deinem früheren Leben. Was waren deine Hobbys, was wolltest du mal werden?“, bat er Hänsel.

„Ich bin auf einem Bauernhof aufgewachsen. Nach der Schule musste ich meinen Eltern immer auf dem Hof helfen, obwohl ich das gehasst habe. Und weißt du, was seltsam ist? Das fehlt mir jetzt am meisten, zusammen mit meinen Eltern die Ställe ausmisten, die Kühe melken oder die Schafe eintreiben.“ Er lachte. „Einmal hat mein kleiner Bruder mit dem Traktor den Zaun beschädigt und um keinen Ärger zu bekommen, hat er es meinen Eltern nicht erzählt. Wir haben es erst am nächsten Morgen bemerkt und ich habe den ganzen Tag gebraucht, um alle Schafe wieder einzufangen.“

Breze sah Hänsel traurig an. Es war bestimmt nicht leicht für ihn von seinem früheren Leben zu erzählen und dabei nicht zu wissen, ob er seine Familie je wiedersehen wird.

„Nach der Arbeit auf dem Hof bin ich jeden Tag mit meinen Freunden Fußball spielen gegangen. Wir waren gar nicht schlecht. Kurz bevor ich hierhergekommen bin, wollten meine Freunde und ich ein Probetraining beim TSV 1861 Nördlingen organisieren. Das ist der Verein, in dem Gerd Müller seine Fußballkarriere startete. Ich weiß nicht, ob ihr ihn in eurer Zeit noch kennt, aber für uns war er der Größte. 1974 hat er das finale WM-Tor geschossen und wir sind Weltmeister geworden.“

„Gerd Müller gehört auch über vierzig Jahre später immer noch zu den Legenden“, schwärmte Breze. „Leider ist er vor ein paar Jahren gestorben.“

„Zu dem Probetraining kam es auf jeden Fall nicht mehr. Jetzt werde ich nie wissen, ob ich auch Fußballprofi geworden wäre.“

Breze wusste nicht, was er darauf antworten sollte und blickte unsicher im Raum umher. In der Ecke gegenüber sah er ein paar Leute sitzen, die ihm bisher noch nicht aufgefallen waren. Sie sahen genauso aus, wie der Rest der Waldbewohner, dennoch waren sie anders, irgendwie unheimlich.

„Mit den Skulks solltet ihr euch nicht anlegen“, sagte Hänsel, als er sah, wohin Breze starrte.

„Was glotzt du denn so blöd? Soll ich dir vielleicht einen Platz anbieten?“, stichelte eine Frau mit langen schwarzen Haaren, während die anderen Skulks lachten. Schnell drehte sich Breze weg. Da war es wieder, sein Herz schlug so schnell, dass er dachte, es würde gleich aus seiner Brust springen.

„Das ist Aschenputtel, eigentlich heißt sie Sascha. Sie ist die Schlimmste von allen, bei der musst du echt aufpassen. Im einen Moment schleimt sie sich bei dir ein und im nächsten Augenblick macht sie sich vor allen über dich lustig, ich spreche da aus Erfahrung.“

„Aber bei Aschenputtel gibt es doch keine Hexe!“, warf Breze ein.

„Das wurde wohl völlig falsch niedergeschrieben. Die böse Stiefmutter soll in Wahrheit eine Hexe gewesen sein, die nach der Heirat von Aschenputtel mit dem Prinzen gevierteilt wurde. Dieses grausame Schicksal muss Sascha immer wieder aufs Neue durchleben und auch wenn ich nicht ihr größter Fan bin, das hat niemand verdient. Du merkst, Gretel und mich hat es da nicht am schlimmsten erwischt. Wir fallen in den Topf und dann ist es vorbei, andere müssen mehr leiden. Aber das hat Sascha bestimmt nicht kaputt gemacht. Ich denke, sie war schon vorher böse.“

Vorsichtig schielte Breze zu dem Mädchen mit ihren pechschwarzen Haaren und den nussbraunen Augen, die auf den ersten Blick eigentlich ganz sympathisch wirkte. Neben Aschenputtel gab es noch eine weitere Frau mit kurzen roten Haaren und etwa zehn Männer, fast alle mit Tattoos übersät. Breze konnte sie nicht genau zählen, sonst hätte er zu auffällig hinsehen müssen und das Risiko, von den Skulks dabei erwischt zu werden und Ärger zu bekommen, war ihm zu groß.

Breze gähnte. „Ich muss jetzt dringend schlafen."

Während er und Hänsel aufstanden, tanzten Leia und Tobi immer noch, doch auch sie waren hundemüde und wollten nur noch ins Bett.

Als Hänsel sie zu ihrem Tipi brachte, gab er ihnen noch etwas zum Nachdenken mit, bevor er sich verabschiedete: „Wenn ihr wirklich versuchen wollt, über die Grenze zu kommen, könnte ich euch morgen nach dem Frühstück ein Stück begleiten. Danach muss ich aber wieder zurück, um meinen Einsatz nicht zu verpassen. Ich bringe euch aber zu einer Freundin, die euch zur Grenze mitnehmen kann. Danach seid ihr auf euch gestellt. Überlegt es euch und gebt mir morgen Bescheid."

Doch Breze, Leia und Tobi waren so müde, dass sie einschliefen, bevor sie darüber abstimmen konnten.

Mitten in der Nacht wachte Breze auf. Hörte er da nicht jemanden weinen? Beim Aufstehen schmerzte sein Rücken, als hätte er auf Nägeln geschlafen. Da Leia und Tobi sich nicht rührten, schlich Breze leise aus dem Tipi und versuchte die Richtung des Weinens zu orten, was schwierig war, es schien überall herzukommen.

„Bei Vollmond fängt das Weinen an", sagte eine Stimme neben Breze. Es war Hänsel. Breze sah zum Himmel auf die blutrote Kugel.

„Der ist immer rot, manchmal heller, manchmal dunkler, aber immer rot. Du darfst nicht vergessen, dass wir nicht in unserer Welt sind", erklärte er weiter.

„Und weißt du, woher das Weinen kommt?", fragte Breze.

„Von uns ist es keiner. Es muss von hinter der Grenze sein. Vielleicht findet ihr es bald heraus. Geh jetzt schlafen, ihr solltet morgen fit sein. Der Weg wird anstrengend."

Für Hänsel schien festzustehen, dass Breze, Leia und Tobi am nächsten Tag aufbrechen würden, um alle zu befreien. Breze traute sich nicht ihm zu sagen, dass sie noch nichts beschlossen hatten, also nickte er nur nichtssagend, ging zurück in sein Tipi und legte sich auf sein unbequemes Bett. Es dauerte eine Weile, bis er wieder einschlief.

Als Breze am nächsten Morgen erwachte, war er allein im Zelt. Auf allen vieren kletterte er aus dem Tipi und blickte verschlafen in den Himmel. Der Schlafplatz befand sich auf einer Lichtung und die Sonne strahlte Breze ins Gesicht. Wenn der Sonnenstand gleich war wie in seiner Welt, konnte er herausfinden, wie viel Uhr es in etwa war. Dafür hielt er seine Hand mit gespreizten Fingern senkrecht und den ausgestreckten Daumen stellte er waagrecht. Anhand des Schattens müsste es etwa neun Uhr morgens sein.

„Breze, na endlich", riss ihn Leia aus seinen Gedanken. „Ich wollte gerade nachschauen, ob die Schlafmütze schon wach ist."

Sie zwinkerte ihm zu und lächelte. Das mochte Breze so an Leia, egal was passierte, sie war schon nach kurzer Zeit wieder fröhlich und verlor nie den Mut.

„Wir sind schon beim Frühstück. Kommst du?"

Breze war kein Frühaufsteher und unterhalten mochte er sich um diese Uhrzeit auch noch nicht, deshalb antwortete er nicht darauf und folgte Leia zur großen Holzhütte. Als sie den Raum betraten, wurden sie von allen gemustert. Breze versuchte zu lächeln, schaffte es aber nur mit dem rechten Mundwinkel, was sehr seltsam aussah. Sie setzten sich und zu seiner Enttäuschung gab es diesmal keinen reichlich gedeckten Tisch, mit allen möglichen Köstlichkeiten. Vor ihnen stand lediglich eine Schüssel mit irgendeiner Art Haferbrei, den Breze lustlos betrachtete. Wenigstens musste er ihn diesmal nicht mit den Fingern essen, so interessant die Abwechslung gestern auch war. Langsam rührte er in der matschigen Pampe herum.

„Toll. Da fühle ich mich gleich wie zuhause", sagte er enttäuscht.

„Zieht Mama wieder ihre Gesundheitstage durch?", fragte Tobi und verzog den Mund. Breze nickte und nahm einen Löffel von dem Brei. Er schmeckte besser als gedacht, nach Zimt und Vanille, dennoch wären ihm seine Honigpops lieber gewesen.

„Unsere Engländer, sie verkörpern die Prinzen von Schneewittchen und Dornröschen, stehen total auf das Zeug."

Hänsel zeigte auf zwei streng frisierte Männer am Tisch neben ihnen.

„So eine Schlaraffenlandtafel gibt es leider nur abends, aber ihr solltet reichlich von dem Brei essen. Wer weiß, wann ihr wieder etwas zwischen die Zähne bekommt."

„Wir haben uns noch nicht entschieden, ob wir das machen", platzte es aus Tobi heraus.

Oh Mann, dachte Breze. Musste er immer so unsensibel sein. Schlagartig wurde es still im Raum.

„Dann solltet ihr euch aber endlich entscheiden und uns nicht vergeblich hoffen lassen", blaffte Rapunzel. „Versteht das nicht falsch, aber es gibt ein paar Leute unter uns, die hatten bereits alle Hoffnung aufgegeben, erlöst zu werden. Sie werden ja nicht einmal älter. Und dann seid plötzlich ihr hier und bringt alles durcheinander. Und das ist positiv gemeint. Jede Veränderung ist gut. Zieht euch doch nach draußen zurück, sprecht euch ab und teilt uns dann eure Entscheidung mit."

Unter den flehenden und teilweise auch vorwurfsvollen Blicken der Waldbewohner gingen Breze, Leia und Tobi Richtung Tür und kurz bevor sie diese erreichten, stellte sich ihnen einer der Zwerge, der kleinste aller Waldbewohner in den Weg.

„Na du bist aber mutig, Winzling", sagte Tobi anerkennend.

„Mein Name ist Peter und ich bin fünf Jahre alt. Ich wurde 1862 in der Nähe von Hamburg geboren und war gerade mit meiner Mutter auf dem Feld, als mich die Hexe entführte. Ich weiß nicht, ob ich meine neun Geschwister oder den Rest meiner Familie, die ich immer noch jeden Tag vermisse, wieder sehen werde, wenn der Albtraum vorbei ist, aber wie Goethe sagte: ‚Wir hoffen immer, und in allen Dingen ist besser hoffen als verzweifeln'. Vielleicht kennt ihr ihn in eurer Zeit noch." Breze nickte und Peter machte den Weg frei, damit sie die Hütte verlassen konnten.

„Gar nicht dumm von dem Zwerg, auf die Tränendrüse zu drücken", fing Tobi an.

„Wenn du mal kurz nachdenken würdest, wäre dir bewusst, dass Peter ein kleines Kind ist, das einfach nur nach Hause will. Er hat bestimmt nicht vorgehabt, auf die Tränendrüse zu drücken!", stellte Leia klar.

„Und jetzt denkt doch auch mal realistisch", mischte sich Breze ein. „Glaubt ihr, die Hexen kommen zu uns und sagen ‚Oh, sorry, war ein Missverständnis, wir bringen euch wieder nach Hause'."

Breze sah die beiden fragend an, doch es kam keine Antwort.

„Einige sind schon eine Ewigkeit hier gefangen, das will ich nicht. Auf keinen Fall. Ich bin dafür, dass wir etwas unternehmen. Wer ist dabei?" Breze hob die Hand. Er war selbst über seine Ansage überrascht. Dass Leia mitzog, war klar, doch auch Tobi war einverstanden. Es fiel ihm zwar schwer, das konnte Breze sehen, aber sie hatten eine einstimmige Entscheidung getroffen.

Leia konnte kaum erwarten, es den Waldbewohnern zu erzählen. Sie stürmte zur Tür hinein und schrie: „Wir sind dabei!"

Im Saal gab es kein Halten mehr. Die Bewohner jubelten und sprangen auf die Tische und Bänke, während der Brei durch die Luft flog und im ganzen Raum verteilt auf dem Boden landete, doch das schien niemanden zu stören. Sogar die grummeligen Skulks schienen erleichtert zu sein, bei Sascha konnte Leia sogar ein kleines Lächeln erkennen.

Hänsel wirkte nicht ganz so überzeugt. „Jetzt gibt es viel vorzubereiten. Jeder geht in sein Schlaflager und sieht nach, was wir unseren

Hoffnungsträgern mitgeben können. Waffen, Essbares, Kleidung. Bringt alles hierher."

Dann griff er nach Brezes Schulter und sprach mit ernster Stimme: „Wir wissen nicht, was euch auf der anderen Seite erwartet, aber ihr müsst herausfinden, wie die Blutrache der Hexen zu stoppen ist."

Breze nickte. Inzwischen kamen die ersten Waldbewohner zurück und trugen allen möglichen Kram, den sie finden konnten. Dornröschen gab ihnen ein selbst geschnitztes Pfeil- und Bogenset, welches Leia in ihrem Rucksack verstaute. Die Zwerge brachten Beeren und essbare Rinde, Gilda eine hölzerne Flöte.

Ganz wichtig für den Kampf gegen mächtige Hexen, dachte Breze sarkastisch, steckte sie aber trotzdem in seinen Rucksack.

„Ich habe hier zwei Feuersteine für euch", sagte einer der Prinzen und gab ihnen zwei faustgroße, dunkelgraue Steine. Auch Gretel wollte ihnen etwas mitgeben, auch wenn sie nichts besaß, also schnitt sie kurzerhand ein Stück von ihrem Kleid ab. Statt bodenlang, reichte es ihr jetzt nur noch bis zu den Knien.

„Ich wollte schon lange diesen spießigen Look ändern", sagte Gretel und zwinkerte ihnen zu. Hoffentlich würden die Hexen sie dafür nicht bestrafen.

„Wir müssen jetzt los", drängte Hänsel. „Wenn ich nicht rechtzeitig zurück bin, bekommen wir heute alle nichts zu essen."

Breze schnallte sich seinen schwarzen Rucksack um und sie verabschiedeten sich von den Waldbewohnern. Als sie losgingen, standen die Menschen am Rand und jubelten ihnen zu oder bewarfen sie mit Blumen. Gleichzeitig war Breze flau im Magen, denn er hasste es, wenn er nicht wusste, was ihn erwartete. Als sie den Wald verließen, musste es bereits Mittag sein, die Sonne stand hoch am Himmel und brannte ihnen auf den Kopf.

Sie liefen über die große Wiese, als in weiter Ferne die gelbe Hölle zu sehen war, doch diesmal waren sie vorbreitet. Hänsel gab jedem, außer Leia, den Mohnsamentrunk. Er schmeckte ein wenig anders, schärfer, als der Mohn, den sie aus ihrer Welt kannten, aber er erfüllte seinen Zweck. Breze fühlte sich nicht benebelt, als sie dem gelben Wald näherkamen, er konnte ihn sich jetzt ganz bewusst ansehen. Lediglich einen schwefeligen Geruch, konnte er wahrnehmen. Er brannte in der Nase und wurde stärker, je näher sie dem Wald kamen. Die Blätter der Bäume leuchteten in den verschiedensten Gelbtönen, von Ockerfarben über Zitronengelb bis Neon war alles dabei.

„Der Geruch wird noch schlimmer", sagte Hänsel, als er sah, wie Tobi und Breze die Nasen krauszogen. „Wir müssen leider durch den Wald durch, nur ein kleines Stück. Doch wir dürfen nicht Gefahr laufen, uns zu verirren, dann nützen uns auch die Mohnsamen nichts mehr. Es gibt das Gerücht, dass der Geruch von den Toten stammt, die der Wald verschlungen hat, aber ich glaube eher, dass verfaulte Blätter den Gestank ausdünsten."

Als sie den Wald betraten, fiel Breze sofort auf, dass weder Äste noch Blätter auf dem Boden lagen und die Erde so aussah, als wäre sie gerade frisch aufgeschüttet worden. Die Blätter wirkten durch ihre gleichmäßige, gelbe Farbe fast wie aus Plastik.

„Eigentlich sind gelbe Blätter ein Zeichen von Schwefelmangel", murmelte Breze fasziniert vor sich hin. „Allerdings sind dann auch die Stiele lila. Das sieht hier nicht so aus."

„Nicht!", schrie Hänsel.

Doch es war zu spät. Breze hatte bereits ein Blatt abgerissen.

7. Kapitel

„Nichts wie weg hier!“

Ein Schrei ging durch den Wald, so schrill und markerschütternd, dass Breze noch lange daran denken würde.

„Lauft“, brüllte Hänsel. Durch das Kreischen war er zwar nicht zu verstehen, die anderen wussten aber sofort, was er meinte und rannten los. Die Bäume schienen sich immer weiter nach unten zu beugen und ihre Äste auszustrecken, um ihnen den Weg zu versperren. Wie Hasen rannten sie im Zickzack durch den Wald und wichen den Ästen aus, die versuchten, sie aufzuspießen. Vor lauter Bäumen konnten sie kaum etwas erkennen. Breze bekam langsam Panik, dass sie es nicht mehr aus dem Wald schaffen würden, denn auch Hänsel sah nicht gerade aus, als wüsste er, wo er hinrannte.

Dann konnte Breze, während er über einen schnappenden Ast sprang, endlich ein Licht erkennen. Sie hatten das Ende des Waldes gleich erreicht. Doch auch die Bäume schienen das zu merken und gaben noch einmal richtig Gas. Jetzt schossen die Baumwurzeln aus dem Boden und griffen nach ihnen. Ein Ast erwischte Leias Rucksack und zog sie nach oben. Sie hing in der Luft und zappelte wie ein Fisch am Haken.

„Spring ab“, schrie Tobi, „du musst aus dem Rucksack raus.“

Leia öffnete schnell ihren Brustgürtel, schlüpfte aus den Trägern und sprang die drei Meter zurück auf den Boden. Sie landete sanft wie eine Katze auf den Füßen. Das jahrelange Training machte sich bezahlt.

Mit offenem Mund sahen sie zu, wie sich mitten im Baum ein

Loch öffnete und den Rucksack verschluckte, samt Leias Trinkflasche, ihrem nutzlosen Smartphone und dem Pfeil- und Bogenset.

Dann war es plötzlich still, der Wald schien zufrieden zu sein.

„Nichts wie weg hier", sagte Leia mit zittriger Stimme und als sie weiter gingen, achtete jeder darauf, kein Blatt zu berühren und auf keine Wurzel zu treten, bis sie es geschafft hatten, heil aus dem Wald zu kommen.

Es wurde heller und Breze konnte bereits das Rauschen eines Wasserfalls hören. Sie gingen über einen schmalen, steinigen Weg, neben dem sich links und rechts riesige Blumenfelder mit exotischen Pflanzen befanden, die Breze noch nie gesehen hatte. Es roch wie in einer Parfümerie und einige Blüten sahen aus, als hätte sie jemand bemalt. Sie waren blau-weiß gestreift oder lila gepunktet. Faszinierend fand Breze vor allem die Blumen, die wild gemusterte Stängel, dafür aber nur schlichte, grüne Blüten hatten.

„Seht ihr die dicken Rohre da hinten, mit den seltsamen Haaren dran? Daraus machen wir unser Papier und da drüben ist unser Mohnlager", erklärte Hänsel und zeigte auf die Blumen rechts von ihnen, die Ähnlichkeit mit dem roten Klatschmohn bei ihnen zuhause hatten, allerdings waren die Blüten so groß wie Kutschenräder. Nach einer Weile wurde das Wasserrauschen lauter.

„Wir sind gleich da, es wird euch gefallen. Die Quellen sind mein absoluter Lieblingsplatz und ich komme beinahe jeden Tag hierher", erzählte Hänsel.

Als sie am Ende des Weges ankamen, konnte Breze nicht fassen, was er da sah. Vor fünf Jahren war er mit seinen Eltern und Tobi auf die Malediven geflogen, aber das war nichts gegen den Anblick, der ihn hier erwartete. Aus einer Felsspalte sprudelte ein Wasserfall hervor und mündete in einen großen See. Das Wasser war so klar, dass Breze den Sandboden und jeden einzelnen Fisch darin sehen konnte. Eingebettet war die Wasserlandschaft in die bunten Blumen, die sie eben schon gesehen hatten und an einer Seite gab es sogar einen kleinen, weißen Sandstrand.

„Wer hat Lust zu baden?“, fragte Hänsel grinsend, „ein wenig Zeit hätte ich noch, bevor ich zurückmuss.“

Es dauerte keine zehn Sekunden, bis sich alle bis auf die Unterwäsche auszogen und Tobi als Erster, mit Anlauf und lautem Geschrei, ins Wasser sprang. Leia schubste Breze hinterher, der eigentlich vorhatte vom Strand aus langsam hineinzugehen und hüpfte dann zusammen mit Hänsel dazu. Zuerst wollte sich Breze beleidigt bei Leia beschweren, aber als er die wunderschöne Unterwasserwelt sah, hatte er das sofort vergessen und tauchte erst auf, als sein Sauerstoff restlos aufgebraucht war. Prustend und nach Luft schnappend sah er sich nach den anderen um, die wie Delphine immer wieder auf- und abtauchten.

„Es ist sauberes Süßwasser, ihr könnt es trinken. Wir holen hier immer unsere Vorräte“, sagte Hänsel und Breze öffnete seinen Mund, um das Wasser hineinfließen zu lassen. Es fühlte sich wunderbar weich an. Breze ließ sich auf dem Rücken treiben und blickte in den Himmel, dabei spürte er, wie die Fische seine Beine streiften. Als er seinen Kopf zur Seite drehte, beobachtete er, dass sie ihn zum Spielen benutzten und lächelte. Einige der Fische waren bronzefarben und schimmerten im Sonnenlicht, andere leuchteten wie ein Regenbogen und hatten eine wilde Mähne auf dem Kopf. Hexenland. Die Frisur sitzt, Drei-Wetter-Taft. Breze mochte die 90er Jahre. Sein Laptop war voll von Werbespots und Musik aus dieser Zeit und er überlegte, ob das für ihn jetzt für immer verloren war, ob sein Leben verloren war. Doch bevor er den Gedanken zu Ende denken konnte, wurde er von etwas nach unten gezogen. Panisch ruderte er zurück an die Oberfläche und blickte in Leias grinsendes Gesicht.

„Du bist schon wieder viel zu ernst.“ Sie bespritzte ihn mit Wasser.

„Na warte, das kriegst du zurück.“ Breze stürzte sich auf Leia und tauchte sie unter. Auch Tobi und Hänsel schmissen sich ins Getümmel und schon gab es eine wilde Wasserschlacht, bis alle vier erschöpft an den Strand schwammen und sich in den Puderzucker-Sand fallen ließen. Breze war kurz eingenickt, als Leia ihn aufweckte und ihm etwas ins Ohr flüsterte, ohne dass die anderen beiden etwas davon mitbekamen.

„Weißt du, dass deine Augen im Licht in allen Farben schimmern? Das finde ich immer so schön. Und ich mag, dass du auf alles eine Antwort hast." Leia nahm Brezes Hand. „Der einzige Grund, weshalb ich bis jetzt noch nicht in Panik ausgebrochen bin, bist du! Ich weiß, dass du einen Weg finden wirst, wie wir wieder nach Hause kommen", flüsterte sie weiter.

Breze war so überrumpelt, dass er verlegen in den Himmel starrte. Er wusste nicht, was er darauf antworten sollte. Er mochte Leia, sehr! Und das wusste sie auch, da war er sich sicher, aber sowas hatte sie noch nie zu ihm gesagt. Er dachte bisher, dass sie ihn nur als Kumpel sah. Sein Herz klopfte schneller und er hatte das Gefühl, furchtbar zu schwitzen, doch dann geschah etwas, das Breze noch mehr irritierte. Leia ging zu seinem Bruder und flüsterte auch ihm etwas ins Ohr. Tobi lachte und Breze verstand die Welt nicht mehr. Was war nur mit Leia los. Er starrte die beiden an, als Leia plötzlich aufstand und im Kreis rannte. Dabei ließ sie ihre Arme hoch und runtergleiten, als hätte sie Flügel.

„Ich kann fliegen!"

„Ok, ihr hattet euren Spaß. Jetzt lasst sie in Ruhe", sagte Hänsel lachend. Mit wem redete er, fragte sich Breze. Ob in dem Wasser irgendetwas Giftiges war? Oder sind die zwei verrückt geworden? Als Hänsel auf Leia zu ging und ihre Haare hochhob, standen Breze und Tobi auf, um zu sehen, was da gerade passierte. Hänsel griff an Leias Kopf und zog etwas hinter ihrem Ohr hervor.

Breze ging näher heran, weil er nicht glauben konnte, was er da sah. In Hänsels Hand befanden sich zwei kleine Wesen. Waren das Meerjungfrauen? Kaum größer als ein halber Zahnstocher zappelten sie mit ihren blau schimmernden Flossen.

„Das sind die ‚Sereas'. Eine Mischung aus Meerjungfrau und Blutegel. Sie saugen sich mit dem Mund am Kopf fest und kontrollieren das Gehirn und alles andere ihres Wirts. Sie sprechen dabei allerdings immer nur die Wahrheit aus. Und manchmal erlauben sie sich einen Spaß dabei."

„Die kleinen Wesen haben also an meinem Gehirn herumgedoktert? Ich erinnere mich an gar nichts. Was habe ich gesagt?", fragte Leia irritiert.

„Du dachtest nur, du kannst fliegen, sonst hast du nichts gesagt", versuchte Hänsel Leia zu beruhigen, sie wurde trotzdem rot. Hänsel schmiss die Meerjungfrauen zurück ins Wasser und wurde wieder ernst. „Ihr solltet euch jetzt bereit machen. Gleich holt euch eine Freundin von mir ab und wir müssen uns verabschieden, ich muss zurück."

„Wer ist deine Freundin?", fragte Breze.

„Sie heißt Raja und ist, sagen wir mal, etwas Besonderes. Sie wird euch bald hier abholen und euch bis zur Grenze bringen", antwortete Hänsel. „Sie hat mir etwas Interessantes über einen Arzt erzählt. An der Grenze gibt es häufig den neuesten Klatsch und Tratsch. Es gibt ein Gedicht über ihn, wie ging das gleich?"

Hänsel kniff nachdenklich die Augen zusammen.

„Jetzt fällt es mir wieder ein:

‚Es gibt eine Waffe, den Fluch zu beenden. Willst du sie besitzen, musst du dich an ihn wenden. Doch ist er versteckt und nicht leicht zu orten. Findest du den weinenden Baum, öffnen sich die Pforten. Ein Doktor ist es, gib vor ihm acht, eine Armee ohne Puls über ihn wacht.'

Prägt euch das gut ein."

„Ein weinender Baum und eine Armee ohne Puls? Wie soll uns

das weiterhelfen?", fragte Breze verwundert.

„Das müsst ihre allein herausfinden", sagte Hänsel, umarmte seine neuen Freunde und verschwand zwischen den Blumen.

Breze, Leia und Tobi setzten sich in den Sand und warteten.

„Meint ihr, wir werden Hänsel je wieder sehen?", fragte Leia traurig.

„Ich will einfach nur nach Hause, der Typ ist mir da ziemlich schnuppe."

Doch der Spruch kam nicht etwa von Tobi, sondern von Breze. Leia und sein Bruder starrten ihn überrascht an. Breze war wütend. Und eifersüchtig. Wütend auf Leia, weil sie nicht nur ihm, sondern auch seinem Bruder etwas ins Ohr geflüstert hatte. Wütend auf Hänsel, weil er die unangenehme Situation hätte verhindern können und er war eifersüchtig auf seinen Bruder. Zu gerne wüsste er, was Leia ihm gesagt hatte. Breze stand auf und entfernte sich von den beiden.

„Sag mal, spinnst du? Was hat dich denn gebissen?", rief ihm Leia hinterher. Breze wollte jetzt nur allein sein. Er lief durch die Blumen, die so riesig waren, dass er nichts sehen konnte. Es erinnerte ihn an die Maisfelder seiner Urgroßtante Berta, die waren mit Sicherheit mehr als drei Meter hoch. Als Tobi und er noch klein gewesen waren, hatten sie in den Feldern am liebsten Krieg der Welten gespielt. Breze musste immer der Alien sein, aber das war ihm egal. Zu Hause waren Kampfspiele streng verboten. Im Maisfeld hatten sie sich so frei gefühlt, wie sonst nirgendwo.

Er legte sich zwischen die Blumen auf den Boden und sah sich die Blüten von unten an. Zwischen den riesigen Pflanzen fühlte er sich klein wie eine Ameise. Die Blumen bewegten sich langsam im Wind, als würden sie ihm etwas vortanzen.

„Das Blumentalent – Die neue Castingshow", blödelte sich Breze in seinem Kopf zusammen. Durch einen lauten Schrei wurde er aus seinen Gedanken gerissen. War das Leia? Er rannte so schnell er konnte durch das Labyrinth aus Blumen. Mist, ist er hier wirklich vorbeigekommen? Dann sah er die Blumen mit den blau karierten Blüten, hier müsste gleich der Ausgang sein. Breze hechtete zurück auf den Weg und lief zum Strand. Als er sah, was passiert war, blieb er so abrupt stehen, dass er fast über seine eigenen Füße gestolpert wäre. Breze starrte zuerst auf Leia und Tobi und dann auf das Wesen, das vor ihnen stand.

Ist das? Nein, das kann nicht sein, dachte Breze.

Hinter dem Wesen zog sich eine meterlange, schleimige Spur über den Sand. Es war tatsächlich eine Schnecke, aber sie musste mindestens zehn Meter hoch sein oder war er doch geschrumpft? Er ging näher und sah, dass Leia und Tobi mit dem Tier sprachen. Das wird ja immer verrückter!

„Das ist Raja", schrie ihm Leia bereits entgegen. „Besser gesagt ‚Die rasende Raja'."

Eine rasende Schnecke? Breze war jetzt bei den anderen angekommen und betrachtete das Wesen misstrauisch.

„Guten Tag." Jetzt sprach das Tier auch noch mit ihm, Breze antwortete nicht.

„Du brauchst keine Angst zu haben. Ich bin eine Freundin von Hänsel und soll euch zur Grenze bringen", sagte die Schnecke mit einer rauchigen, aber sanften Stimme. „Ich würde vorschlagen, ihr ruht euch erst einmal aus. Es wird bald dunkel. Wollen wir aufbrechen?"

„Sollen wir uns ausruhen oder aufbrechen? Du musst dich schon entscheiden", fragte Tobi genervt. Er schien von dem Wesen auch nicht begeistert zu sein.

Doch anstatt einer Antwort sprang mit einem lauten „Klick" eine Tür an ihrem Haus auf, die vorher noch keiner der drei bemerkt hatte.

„Steigt ein. Es ist alles vorbereitet. Ihr ruht euch in meinem Haus aus und ich bringe euch zur Grenze", lud Raja die Kinder ein.

Leia ging sofort los, sie war immer so vertrauensselig. Kinderfänger hätten ein leichtes Spiel mit ihr, auch heute noch, aber Breze wollte sie auf keinen Fall allein lassen, deshalb ging er ihr hinterher und auch Tobi folgte widerwillig.

Sie traten durch die Tür und stiegen eine schmale Wendeltreppe nach oben, die in einen kleinen Raum mit drei goldenen Himmelbetten führte. Breze, Leia und Tobi konnten es kaum fassen und jeder ließ sich in eines der Betten fallen, dessen Matratzen so weich und bequem waren, dass am liebsten keiner mehr aufgestanden wäre.

„Ich hoffe, euch gefällt euer Nachtquartier", hörten sie Raja sagen, als wäre sie mit im Haus, was sie ja theoretisch auch war. „Wenn ihr an der Leine am Boden zieht, kommt ein Tisch zum Vorschein, der mit Wasser und einer Kleinigkeit zu Essen gedeckt ist."

Das ließ sich Tobi nicht zweimal sagen. Er hatte einen höllischen Hunger. Er stürzte zum Seil am Boden und zog daran. Die Bodenplatte rutschte zur Seite und ein schlichter Holztisch schnellte an die Oberfläche. Es war nicht so ein Festmahl wie bei den Waldbewohnern. Neben Obst, Gemüse und etwas Brot gab es nur Wasser. Doch die drei griffen sofort zu und aßen, bis nichts mehr übrig war. Dabei sprach keiner auch nur ein Wort, die Stimmung war nach der Sache am See noch immer angespannt. Während Breze wütend schmollte, traute Leia sich nicht nachzufragen, was passiert war. Sie konnte ihrem Freund ansehen, dass etwas vorgefallen sein musste. Nur Tobi hatte das Ganze schon vergessen. Er sprach einfach generell nicht so viel.

Pappsatt ließen sich Breze, Leia und Tobi in ihre Betten fallen. Das leichte Schaukeln durch Raja sorgte dafür, dass Breze die Augen zufielen.

„Der Wahnsinn, schaut euch das an!", schrie Tobi und riss Breze aus seinem Dämmerzustand. Für einen kurzen Moment wusste er nicht wo er war, doch dann fiel es ihm wieder ein, sie waren in einem Schneckenhaus.

Tobi stand am Gehäuse und schien durch ein kleines Loch nach draußen zu blicken.

„Komm mal her", forderte Tobi Breze aufgeregt auf. „Jetzt weiß ich, warum die Schnecke ‚rasende Raja' genannt wird."

Breze stand auf und ging zu Tobi, kniff ein Auge zusammen und blickte mit dem anderen durch das kleine Loch. Er konnte kaum etwas erkennen. Während Bäume, Wiesen und Blumen so schnell an ihm vorbeirasten, dass er sich fühlte wie in einem Formel-1-Wagen, spürte er im Schneckenhaus kaum etwas davon, nur ein leichtes Schaukeln. Breze sah rüber zu Leia, die auf ihrem Bett lag und fest zu schlafen schien. Das Herumpfuschen an ihrem Gehirn musste furchtbar anstrengend gewesen sein.

Breze war jetzt wieder hellwach und auch Tobi schien nicht schlafen zu wollen. Er trank einen Schluck Wasser und setzte sich neben Breze aufs Bett.

„Und Bruderherz, hast du dir jemals träumen lassen, mit mir zusammen in einem Schneckenhaus zu reisen?", fragte Tobi.

„Ja, klar habe ich das. Ich wollte schon immer mal mit dir in einem Hexenland Urlaub machen, in dem wir wahrscheinlich auch sterben werden. Das habe ich wochenlang geplant", schoss Breze schnippisch zurück. Tobi stand auf.

„Was geht mit dir eigentlich ab? Hat dir die Sonne am Strand das Gehirn verbrannt?"

Breze blickte wütend auf den Boden. Wenn er ihm jetzt die Wahrheit sagte, würde er ihn sein Leben lang damit aufziehen, andererseits mussten sie jetzt miteinander klarkommen. Wer weiß, was sie auf der anderen Seite erwartete, also entschied sich Breze für die Wahrheit.

„Wie konntest du Leia nur so anlachen, als sie dir was ins Ohr gesagt hat? Du weißt genau, wie sehr ich sie mag." Breze versuchte zu flüstern, damit Leia nicht aufwachte. Was gar nicht so einfach war, wenn man vor Wut kochte. Tobis Reaktion brachte Breze fast zum Platzen, denn er lachte.

„Also manchmal frage ich mich echt, wie du so einen hohen IQ haben kannst und dann nichts checkst!"

Breze war verwirrt. „Was meinst du damit?"

„Willst du wirklich wissen, was sie zu mir gesagt hat? Das kann aber sehr bedeutend für dich sein und wir brauchen dein schlaues Gehirn."

Breze überlegte. „Ich muss es wissen. Sonst kann ich gar nicht mehr klar denken."

„Ich habe gelacht, weil sie mir lauter komische Sachen über dich erzählt hat."

Breze wurde rot. Das wird ja immer schlimmer, jetzt macht sie sich auch noch lustig über mich, dachte er.

„Sie hat mir gesagt, dass sie darauf steht, dass du jeden Tag nach der Schule Superheldencomics liest. Dass du mit deinem rechten Ringfinger an deine Hüfte tippst, wenn du nervös bist und dass sie mir die Hand brechen wird, wenn ich dich noch einmal bedrohe."

Das hatte Breze nicht erwartet. Er legte sich zurück und starrte auf seine Himmelbettdecke. Sie steht auf seine Comics und denkt, sie müsse ihn beschützen. Wieso hatte er das nicht bemerkt? Laut Hänsel bringen die Meerjungfrauen immer nur die Wahrheit des Unterbewusstseins zutage. Breze war froh, dass sich Leia nicht mehr daran erinnerte, das musste er erst einmal verdauen und mit diesen Gedanken schlief Breze ein.

Rajas Stimme riss alle aus dem Schlaf. „Aufgewacht, es ist schon Nacht. Ihr werdet jetzt zum Ziel gebracht."

Wie konnte man um diese Uhrzeit nur reimen? Breze hatte das Gefühl gar nicht geschlafen zu haben, so gerädert fühlte er sich. Er blickte aus dem kleinen Loch im Schneckenhaus in die Finsternis.

„Wo sind wir?", fragte er verschlafen und gähnte so herzhaft, dass seine Augen tränten.

Als Breze keine Antwort erhielt, fiel ihm ein, dass Schnecken taub sind, doch Raja ahnte vermutlich, was die Menschen jetzt interessierte.

„Wir sind kurz vor der Grenze“, erklärte die Schnecke. „Das Risiko, erwischt zu werden, ist am Tag größer, deshalb müsst ihr es nachts versuchen.“

„Wer kann uns denn erwischen? Und was passiert dann mit uns? Ich finde, wir haben ein bisschen wenig Informationen dafür, dass wir unser Leben riskieren und alle retten sollen“, rief Tobi ungeduldig. Darauf bekam er keine Antwort.

„Wir sind also auf uns allein gestellt“, sagte Leia müde und stand von ihrem Bett auf.

„Lasst uns einen Pakt schließen.“ Tobi stellte sich vor Leia und Breze. „Wir vergessen alles, was vorher war. Wir können nur uns trauen und keiner wird im Stich gelassen.“

Leia und Breze sahen sich überrascht an, denn aus seinem sonst so egoistischen Mund hatten sie so etwas nicht erwartet. Tobi streckte seinen Arm aus, seine Hand war zu einer Faust geballt. Leia und Breze taten dasselbe und ihre Fäuste berührten sich verschwörerisch.

Als sie spürten, dass Raja zum Stehen gekommen war, stiegen sie die schmale Treppe nach unten und öffneten die Tür des Schneckenhauses. Draußen war es so finster, dass man seine eigene Hand vor Augen nicht sehen konnte. Sie verabschiedeten sich von Raja und die Schnecke flitzte davon. Lediglich ihre leuchtende Schleimspur verriet, in welcher Richtung sie verschwunden war. Dadurch hatten sie wenigstens ein bisschen Licht und konnten sich die Umgebung ansehen. Sie waren von Sand umgeben, vielleicht in einer Wüste. Der Boden war flach, bis auf einen Sandberg direkt vor ihnen.

„Das wird die Grenze sein“, vermutete Leia.

8. Kapitel

„Dein Mut gefällt mir!“

Sie versuchten, den Berg zu erklimmen, was nicht einfach war. Nicht nur die Dunkelheit war ein Problem, denn langsam trocknete der Schneckenschleim und verlor seine Leuchtkraft. Auch der Sand machte ihnen zu schaffen, bei jedem Schritt rutschten sie zwei Schritte wieder zurück.

„Lasst uns was ausprobieren. Zuerst bilden wir eine Kette. Gebt euch die Hand.“ Erstaunt sah Breze zu, wie Leia und Tobi ohne Widerworte taten, was er sagte.

„Guck nicht so überrascht“, sagte Tobi. „Vielleicht bist du kein geborener Anführer, aber du hast die besten Ideen und wie bisher kommen wir ja nicht weiter.“

Leia nahm Brezes Hand.

„Weil ich jetzt der Letzte in der Kette bin, gehe ich zuerst weiter. Ihr bleibt stehen“, erklärte Breze und angelte sich an Leias Arm weiter bis zur Schulter. Dann griff er Tobis Hand und zog sich an ihm vorbei, bis er an der ersten Stelle der Kette stand. Nun war Leia an der Reihe und danach Tobi. So ging das weiter, bis sie die Spitze des Berges erreicht hatten.

Leia wollte gerade den letzten Schritt machen, als sie der Sandhügel völlig unerwartet verschluckte. Sie konnte nicht einmal schreien, so schnell ging das Ganze. Und, sie hielt noch immer Brezes Hand. Der wiederum Tobis und so verschwanden alle drei im Sand. So rasant wie sie verschwunden waren, tauchten sie auch wieder auf. Am Fuße des Berges.

„So ein Mist", schimpfte Tobi. „Müssen wir jetzt wieder von vorne anfangen?"

„Ich denke nicht", beruhigte Breze ihn. „Ist dir nicht aufgefallen, dass es plötzlich viel heller ist? Die Sonne geht bereits auf. Vermutlich sind wir schon auf der anderen Seite." Sie sahen sich um.

„Ich glaube, du hast recht. Seht mal, da hinten scheint der Sand zu Ende zu sein. Ist das Wasser?", fragte Leia und blinzelte in die Ferne. Die drei Freunde, so konnte man sie inzwischen nennen, bei allem, was sie zusammen durchmachten, brachen Richtung Wasser auf. Sie hofften, dass es sich um Trinkwasser handelte. Da ihnen inzwischen die Sonne auf ihre Köpfe brannte, holte Breze Gretels Stoffrest aus seinem Rucksack und riss ihn in drei gleich große Teile, damit konnten sie sich wenigstens etwas schützen. Das Wasser schien weiter weg zu sein, als sie zuerst annahmen. Sie liefen schon eine ganze Weile, hatten aber nicht das Gefühl, viel näher gekommen zu sein.

„Ich brauche eine Pause", stöhnte Tobi. Da es nichts außer Sand gab, setzten sie sich auf den Boden und Breze brach jedem ein Stück von der essbaren Rinde ab.

„Die stillt den Hunger und den Durst. Wenigstens für kurze Zeit." Das wusste Breze von Hänsel.

Die Rinde schmeckte gut, geschmacklich wie ein Vollkornbrot, nur das Kauen war etwas mühsam.

Gestärkt wollten sich die drei gerade wieder auf den Weg machen, als der Boden anfing zu beben und plötzlich etwas aus dem Sand schoss. Erschrocken taumelten Breze, Leia und Tobi zurück und wären fast gestürzt.

Als der Sandstaub verflogen war, stand eine junge Frau vor ihnen. Sie war nicht besonders groß, eins fünfzig vielleicht und trug einen kurzen, fransigen Rock, der aussah, als wäre er aus Algen gemacht. Als Oberteil trug sie zwei Muscheln, die durch so etwas wie Seegras miteinander verbunden waren. Ihre schwarzen Haare hatte sie zu einem Turm hochgesteckt, in dem kleine Krebse saßen, die sich auch noch bewegten.

„Was habt ihr hier zu suchen?“, donnerte die Frau mit einer erstaunlich lauten und tiefen Stimme.

Bevor Breze den anderen beiden ein Zeichen geben konnte, nicht die Wahrheit zu sagen - wer weiß, ob die Fremde mit den Hexen unter einer Decke steckte - plauderte Tobi bereits drauflos.

„Wir wollen zum Doc in den Bergen.“

„Hier gibt es keine Berge, nur den Sandhügel. Da müsst ihr auf die andere Seite des Tebileng. Sie zeigte auf das große Gewässer.

„Und wie kommen wir auf die andere Seite?“, fragte Leia.

„Gar nicht. Außer ich erlaube es euch.“ Die schwarzen Augen der Frau funkelten. Die Augen. Irgendetwas kam Breze an ihnen komisch vor. Nicht nur, dass sie durch die fast durchsichtig helle Haut besonders hervorstachen. Sie sah ihnen auch nie direkt in die Augen, auch nicht, wenn sie mit ihnen sprach. Die junge Frau breitete die Arme aus und, mit einem Geräusch wie ein Staubsauger, schossen links und rechts zwei Schwerter aus dem Boden und landeten in den Händen der Fremden.

„Wenn mich einer von euch besiegen kann, bringe ich euch persönlich auf die andere Seite. Wer traut sich?“

Noch bevor Leia und Breze darüber nachdenken konnten, trat Tobi nach vorne.

„Ich mach dich fertig“, sagte er protzig. Die Frau lachte und warf ihm eines der Schwerter zu. Es musste schwer sein, denn Tobi konnte es zwar fangen, kippte dabei aber fast um.

„Dein Mut gefällt mir! Kurz zu den Regeln: Es gibt keine!“

Und schon schlug sie zu. Ihr Schwert kam von links und krachte klirrend auf Tobis Klinge. Breze war von Tobi beeindruckt. Er hielt fünf überlegene Angriffe aus, bevor ihm das Schwert aus der Hand rutschte und er völlig erledigt auf den Boden sackte.

„Nicht schlecht“, rief die Siegerin. Sie schien nicht einmal aus der Puste zu sein. „Wer ist der Nächste?“

„Ich mache es.“ Breze und Tobi blickten Leia überrascht an. Nein. Auf keinen Fall. Das würde Breze nicht zulassen.

„Ich bin der Nächste“, schrie er schrill und griff nach dem Schwert auf dem Boden. Es wog bestimmt vier Kilogramm.

„Nicht, Breze, du weißt doch, dass…“ Leia wurde von der Frau unterbrochen.

„Es ist entschieden. Der Kampf beginnt.“

Breze hatte die Fremde beim Kampf gegen Tobi ganz genau beobachtet. Sie schlug immer auf die gleiche Weise zu. Doch das brachte ihm nur so viel, dass er ausweichen konnte. Das Schwert fühlte sich immer schwerer an und rutschte ihm aus der Hand. Er hatte den Kampf ohne Kampf verloren und war so sehr damit beschäftigt, sich über seine eigene Unfähigkeit zu ärgern, dass er nicht bemerkte, wie Leia das Schwert neben ihm aufhob.

„Jetzt reicht es. Komm nur her.“

Breze und Tobi beobachteten Leia fassungslos, die das Schwert wild in der Luft herumwirbelte und die Frau mit ihren Angriffen zurückdrängte. Dann fiel es Breze wieder ein, Leias Vater zwang sie seit fünf Jahren zum Fechtunterricht, sie hatte sogar schon Medaillen gewonnen.

„Jetzt lachst du wohl nicht mehr so blöd, du Arielle für Arme“, spottete Tobi.

Der Kampf dauerte gefühlt eine Ewigkeit, bis sich die Mädchen völlig kraftlos auf ein Unentschieden einigten.

„Ich hatte schon lange keinen so würdigen Gegner mehr und erst recht keine Gegnerin. Ich werde euch über den Tebileng bringen, doch vorher möchte ich euch zu mir nach Hause einladen. Mein Bruder Ombro wird morgen zum König aller Sandvölker gekrönt. Unser Volk nennt sich ‚Lumana‘, das bedeutet ‚die Friedlichen‘. Ich hoffe, ihr habt jetzt keinen falschen Eindruck von mir. Wir sind nicht aggressiv, doch im Moment dreht sich alles nur um meinen Bruder und mir war wirklich langweilig."

„Dann setz dich lieber vor die Glotze und schau dir irgendwelche Ritterfilme an, als wahllos Leute anzugreifen." Tobi fühlte sich in seiner Ehre verletzt.

„Ich weiß nicht, was eine Glotze ist, aber anschauen kann ich mir nichts. Habt ihr nicht bemerkt, dass ich blind bin?"

„Was? Das ist unmöglich, dann kann man doch nicht so kämpfen!", rief Leia völlig fassungslos. Breze und Tobi sagten nichts. Gegen eine Frau zu verlieren, die auch noch blind war, das war wirklich zu viel für die beiden.

„Wir sind alle blind, wir leben ja auch unterirdisch. Um so kämpfen zu können, musste ich lange trainieren. Wenn man blind ist, sind Ohren, Nase und die Haut noch wichtiger", erklärte die Frau.

„Warum die Haut?", fragte Breze neugierig nach.

„Weil ich jeden noch so kleinen Luftzug auf ihr spüre. So weiß ich, aus welcher Richtung der Angriff kommt. Dann muss man nur noch schnell sein", antwortete sie stolz. „Es tut mir wirklich leid, wenn ich euch Angst gemacht habe."

Die junge Frau krauste ihre Nase. „Ich heiße Calabria", fuhr sie fort. Auch Breze, Leia und Tobi stellten sich vor.

„Wenn ihr wollt, könnt ihr euch bei mir zuhause ausruhen und stärken", schlug Calabria vor und deutete dabei auf den Boden

„Unter dem Sand?", schrie Leia panisch. „Wir können doch da unten nicht atmeeeeeen…"

Der Boden verschluckte die vier und sie landeten unsanft in einer Art Lore, einem Wagen, der in ihrer normalen Welt im Bergbau verwendet wird. Als sie wie in einer Achterbahn hoch und runterrasten, roch es staubig und etwas muffig, aber es gab genug Sauerstoff.

Die Wände waren fest, wie in einem Tunnel, man erkannte lediglich, dass sie gänzlich aus Sand bestanden, wenn ab und zu etwas herunterrieselte. Calabria stand ganz vorne und lenkte den Wagen, dabei schrie sie laut vor Freude. Breze kam sich vor wie auf dem Oktoberfest, nur dass sie sich nach der Fahrt nicht einfach ein Lebkuchenherz kaufen und nach Hause fahren konnten. Sie waren in einer fremden Welt, metertief unter der Erde und wussten nicht, was sie erwartete. In einer riesigen Halle kam der Wagen zum Stehen.

Am Ende des Raumes befand sich eine gigantische Glasscheibe, hinter der Haie, winzige Seepferdchen, die buntesten Fische und sogar eine Art Delfin vorbeischwammen. Es gab zwar kein elektrisches Licht, doch im Wasser leuchteten die Algen um die Wette und ließen das Meer in einem schimmernden, blauen Licht erstrahlen.

„Wow, das ist so wunderschön“, flüsterte Leia, als hätte sie Angst, mit lauter Stimme den Moment zu zerstören. Die Algen waren die einzige Lichtquelle, weshalb sie erst jetzt sahen, wie hunderte der Lumana durch den Raum wirbelten und überall Blumen feststeckten, Sandskulpturen bauten oder Essen vorbeitrugen. Dass sie blind waren, sah man ihnen nicht an. Kein einziges Mal stießen sie zusammen oder stolperten. Sie gingen auch nicht übervorsichtig und einen Blindenstock hatten sie auch nicht. Lediglich an ihrem etwas starren Blick ließ sich der fehlende Sinn erahnen.

„Willkommen in Sunderwrald. Die Vorbereitungen für die Krönung meines Bruders sind in vollem Gange. Morgen geht es los und die Feierlichkeiten dauern eine Woche lang.“

„Warum schmückt ihr den Saal mit Blumen und baut Sandskulpturen, wenn ihr es nicht sehen könnt?“, hakte Tobi nach. Dieselbe Frage stellten sich Breze und Leia auch, doch sie waren zu höflich gewesen, um sie laut auszusprechen.

„Das ist ja das Besondere an der Krönung. Mein Bruder bekommt nicht nur das Zepter in die Hand gedrückt, er erhält auch die Sehkraft unseres Vaters, so wie er von seinem Vater. Der König muss alle Sandvölker beschützen. Um seinen Feinden, auch über der Erde, immer einen Schritt voraus zu sein, muss er sehen können. Mein Vater dagegen wird wieder blind“, erzählte Calabria.

„Warum wirst du nicht Königin? Ist dein Bruder der Erstgeborene?“, fragte Leia neugierig.

„Ja, ist er, aber das ist nicht entscheidend. Tara, eine heilige Muschel wählt aus, wer König wird. Befindet sich in ihr eine Perle, ist der Erstgeborene das neue Oberhaupt der Sandvölker. Bei zwei Perlen der Zweitgeborene, oder die, wie in meinem Fall. Und dann immer so weiter. Diesmal befand sich nur eine Perle darin.“ Calabria sah traurig aus.

„Wärst du gerne Königin geworden? Ist doch auch viel Verantwortung“, versuchte Breze Calabria aufzuheitern.

„Um sehen zu können, hätte ich alles in Kauf genommen. Ich war mir sicher, die nächste Königin zu werden. Ich hatte mir schon vorgestellt, wie es sein würde, Farben zu sehen und ich hätte gerne gewusst, ob die Toikafrucht genauso lecker aussieht, wie sie schmeckt.“ Dabei musste Calabria lachen und wurde gleich darauf wieder ernst. „Außerdem sind mir die Sandbewohner wirklich wichtig. Ich hätte gerne für ihre Sicherheit gesorgt. Mein Bruder dagegen interessiert sich schon immer nur für sich selbst. Ich kann mir nicht vorstellen, dass er dieser großen Aufgabe gewachsen ist. Das geht nicht nur mir so. Alle, inklusive meines Vaters, waren überrascht. Nur mein Bruder selbst schien an sich geglaubt zu haben. Er war ganz entspannt, als hätte er es erwartet.“

„Toikafrucht. Das klingt ja bescheuert. Was soll das denn sein?“

„Tobi!“, flüsterte Leia. „Ist das alles, was dich interessiert? Calabria hat ganz andere Probleme.“

„Ist schon gut, Leia. Tatsächlich ist die Toikafrucht interessant. Sie wächst nur hier unten in Sunderwrald. Sie braucht weder Licht noch Wasser zum Wachsen und wird sie verspeist, wächst sie in kurzer

Zeit von selbst nach. Zudem ist sie für unsere Sicherheit zuständig", erklärte Calabria.

Leia und Breze sahen sich irritiert an.

„Wie kann denn eine Pflanze Sicherheit geben?", fragte Breze. Doch Tobi war es, der es mal wieder auf den Punkt brachte.

„Kann sie denn schießen? Oder Gift spucken? Ich fände es ja lustig, wenn in der Frucht kleine Soldaten wohnen und den Angreifern in den Fuß schießen." Er lachte. Doch damit war er der Einzige.

Mit ernster Stimme sprach Calabria: „Wenn ihr euch noch ein wenig gedulden könnt, demonstriere ich euch die Kraft der Toikafrucht. Jetzt würde ich euch gerne noch ein wenig von meinem Zuhause zeigen."

Die drei folgten Calabria durch die stockfinsteren Gänge aus Sand. Nicht einmal die eigene Hand konnte man vor Augen sehen. Breze fiel ein, dass er noch seinen Haustürschlüssel im Rucksack hatte. Vielleicht funktionierte die kleine Lampe noch. Es dauerte eine Weile, bis er den Reißverschluss aufbekam. Doch das rotblaue Schlüsselband, das ihm seine Mutter genäht hatte, ertastete er sofort. Er zog den Schlüssel aus dem Rucksack. Tatsächlich ging das Licht noch. Schwach, aber jetzt konnte er wenigstens ein bisschen sehen. Die kleine Taschenlampe für Spione aus dem Micky-Maus Heft, das Breze in Tobis Zimmer fand, damals, als er von heute auf morgen auszog. Breze berührte die Wände. Sie waren hart wie Stein und obwohl er mit der Hand daran rieb, fielen nur wenige Sandkörner zu Boden. Breze hätte sich die Wände gerne noch genauer angesehen, doch die Stimmen der anderen waren kaum noch zu hören. Der Lichtschein der Taschenlampe war sehr klein, aber er erkannte, dass der Tunnel ohne Abzweigung geradeaus führte und dann eine Rechtskurve machte. Er konnte also einen Spurt hinlegen, ohne Gefahr zu laufen den falschen Weg zu nehmen. Doch was er leider nicht sah: Die anderen waren direkt hinter der Kurve stehen geblieben.

Mit voller Wucht knallte er gegen Leia und beide stürzten zu Boden. Im selben Moment öffnete sich eine versteckte Tür in der Wand und helles, blaues Licht erleuchtete den dunklen Gang. Breze starrte wie ein Reh im Scheinwerferlicht darauf. Der Raum war von drei Seiten mit Glas umgeben und gab den Blick auf die wunderschöne Unterwasserwelt frei. Die gleichen bunten Fische, die sie in dem See von Saori Linon gesehen hatten, schwammen in riesigen Schwärmen vorbei.

„Liegst du bequem?", lachte Leia Breze an. Der merkte erst jetzt, dass er quer auf ihrem Bauch lag. Sofort schoss Breze das Blut in den Kopf und sein Herz raste.

Oh mein Gott. Jetzt bloß nicht rot werden, dachte Breze und war froh, dass man das in dem blauen Licht nicht so genau erkennen konnte. Er murmelte eine Entschuldigung und stand auch schon wieder auf zwei Beinen.

Schnell hatte das Zimmer wieder die volle Aufmerksamkeit der Freunde. Alle drei bewunderten die schimmernde Unterwasserwelt und erst jetzt wurde ihnen bewusst, dass sie sich gänzlich unter Wasser befanden. Breze wunderte sich, warum sie hier unten problemlos atmen konnten.

„Wie kommt der Sauerstoff so tief nach unten? Ihr atmet doch auch ganz normal, oder?"

„Ja, wir brauchen genauso Luft zum Atmen wie ihr. Wie du vorhin vermutlich gemerkt hast, besteht unsere Höhle aus keinem normalen Sand."

Breze fragte sich, woher Calabria wusste, dass er sich die Wände genauer angesehen hatte.

„Dieser Sand ist nicht nur stabil, er kann Kohlendioxid in Sauerstoff umwandeln. Er ist lebendig, wenn man das so sagen kann. Wenn ihr ganz leise seid, könnt ihr manchmal auch ein Flüstern hören, die Sandkörner kommunizieren miteinander."

„Magisch. Und unheimlich." Leia schüttelte sich bei dem Gedanken.

Dann fuhr Calabria fort: „Ich zeige euch mal was. Ihr seid die ersten, denen ich davon erzähle. Eigentlich verrückt, da ich euch gerade mal ein paar Stunden kenne, aber ich habe das Gefühl, dass ich euch trauen kann. Das Problem in Sunderwrald ist unsere extreme Monarchie. Alle gehorchen dem König. Man darf niemandem trauen. Wäre ich Königin, würde ich mein Volk mitbestimmen lassen und bei mir würde keiner im Kerker landen, der eine andere Meinung hat als ich."

„Wie in einer Demokratie?", hakte Breze nach.

„Ich kenne nur die Monarchie, aber wenn Demokratie die Freiheit der Selbstbestimmung bedeutet, bin ich für die Demokratie." Calabria zwinkerte Breze zu. „Und jetzt passt mal gut auf."

Die blinde Frau schloss die Augen und gab ein Geräusch von sich, das die Freunde noch nie gehört hatten. So stellte sich Breze den Ton einer hochfrequentierten Hundepfeife vor, wenn Menschen sie hören könnten. Alle vier sahen zu den blau leuchtenden Glasscheiben, hinter denen sich irgendetwas zu verändern schien. Dann fiel es Breze auf, die Fische, sie waren alle weg, als machten sie Platz, für etwas Größeres, etwas Gefährliches. Es fühlte sich außerdem so an, als vibrierte das Wasser. Tobi ging instinktiv ein paar Schritte zurück und stolperte fast über den aus Sand gemeißelten Sessel, fing sich aber gerade noch. Ein riesiger Kopf tauchte an der Scheibe auf. War das ein Oktopus? Einer der Fangarme holte aus und schwang Richtung Glas. Jetzt begann auch Breze zurückzuweichen. Als ob das etwas bringen würde, wenn das Riesenmonster die Scheibe einschlug, er würde auch drei Schritte weiter hinten ertrinken. Kurz bevor der Arm des Oktopusses die Scheibe traf, fing Tobi an zu schreien und warf sich auf den Boden.

9. Kapitel

„Der Tunnelfunk funktioniert einwandfrei."

Doch es passierte... nichts. Das Tier bremste kurz vorher ab und berührte das Glas nur sanft. Auch Calabria fasste es mit ihrer Hand an. Sie schienen sich zu begrüßen.

„Jetzt kommst du dir wohl mächtig blöd vor, was Tobi?", lachte Leia und half ihm hoch. Das war das erste Mal, dass Breze froh über seine „Schockstarre" war. Sonst hätte er sich vermutlich wie ein Embryo auf dem Boden zusammengerollt.

Breze ging langsam auf das riesige Tier zu. Es war bestimmt fünfzehn Meter groß und schimmerte fast durchsichtig. Die Saugnäpfe an seinen Tentakeln leuchteten neongelb. Die riesigen braunen Augen hatten etwas Liebevolles an sich, das die Freunde ihre Angst vergessen ließ.

„Sie heißt Kretina", sagte Calabria, während sie weiterhin ihre Hand an die Scheibe drückte. „Wir haben uns angefreundet, als ich sie vor meinem Bruder rettete. Wir waren noch Kinder und tauchten im Ozean nach Purpuralgen. Das Lieblingsdessert unseres Vaters. Ich hatte gerade welche entdeckt, also gerochen, sozusagen, als..." Breze fiel Calabria ins Wort. „Ihr könnt unter Wasser riechen? Wie soll das denn gehen? Gerüche werden doch über die Luft übertragen, außerdem verhindert doch der Tauchreflex, dass Menschen unter Wasser riechen können. Einige Tiere können es, Haie zum Beispiel riechen Blut in einer Verdünnung von eins zu zehn Milliarden."

Tobi verdrehte die Augen und formte mit seinen Lippen das Wort „Klugscheißer".

„Entschuldige, ich wollte dich nicht unterbrechen“, gab Breze das Wort an Calabria zurück.

„Ich hatte euch ja erzählt, dass wir einen besonderen Geruchssinn haben, dazu gehört auch, unter Wasser riechen zu können. Wo war ich stehen geblieben…ach genau, ich sammelte gerade die Purpuralgen ein, als ich ein Geräusch hörte, das ich bisher nicht kannte. Es war eine Art schmerzerfüllter Schrei und dann roch ich Blut. Mir war sofort bewusst, dass mein Bruder etwas Schlimmes getan hatte. Ich erwischte ihn schon oft dabei, wie er Tiere quälte, also schwamm ich auf ihn zu. Der Geruch nach Blut und Adrenalin wurde immer stärker, das Tier schien schwer verletzt zu sein, wenn es nicht bereits im Sterben lag. Ich musste schnell handeln, denn mein Bruder war mir körperlich überlegen, ihn einfach anzugreifen hätte nicht geklappt. Deshalb wandte ich einen Trick an, um ihn von seinem Opfer abzulenken. Ich erzählte ihm, dass unser Vater nach ihm suchte und dass er etwas Wichtiges mit ihm zu besprechen hätte. Zu diesem Zeitpunkt stand noch nicht fest, wer der neue Herrscher über Sunderwrald werden soll. Wir waren ja noch Kinder. Mein Bruder hatte die Hoffnung, dass mein Vater ihn einfach zum König erklären würde. Der Trick funktionierte. Mein Bruder ließ von seinem Opfer ab und schwamm davon.

Ich wusste, dass ich nur ein paar Minuten Zeit hätte, bis der Schwindel aufflog, deshalb tastete ich mich vorsichtig an das Tier heran, damit ich es nicht noch mehr verletzte. Zum Glück spürte der Krake, dass ich ihn retten wollte und folgte mir. Doch dann streifte mich etwas Hartes am Bein. Als ich versuchte, es zu greifen, ließ das Tier erneut einen markerschütternden Schrei los. Ich packte den Gegenstand, ein Messer und zog es mit einem Ruck raus. Leider führte das dazu, dass der Krake ohnmächtig wurde und ich ihn ziehen musste. Zum Glück war es nicht mehr weit bis zur Höhle Tertanya, in der schon so manche Verletzung wie durch ein Wunder geheilt wurde. Ich denke, das liegt an den außergewöhnlichen Algen, die nur in dieser Höhle wachsen.

Als wir ankamen, konnte ich bereits nach wenigen Minuten spüren, dass es dem Tier besser ging. Es war wieder wach und umarmte mich mit seinen Tentakeln. Das fühlte sich vielleicht komisch an, sage ich euch. Glitschig und die Saugnäpfe erinnerten mich an die Küsse meiner Tanten." Calabria schüttelte sich und lachte dabei, doch niemand lachte mit.

Noch immer irritiert und geschockt von der grausamen Geschichte blickte Breze Tobi an. Er versuchte in seinem Gesicht ablesen zu können, was in ihm vorging. Sein eigener Bruder war schließlich auch nicht gerade zimperlich. Wie oft hatte er ihn und andere Kinder fertig gemacht, nur so aus Spaß. Umso erleichterter war Breze, als er sah, wie mitgenommen Tobi war. Sein Bruder starrte mit glasigen Augen auf das riesige Tier und brachte kein Wort heraus. Breze bildete sich sogar ein, eine Träne gesehen zu haben.

Als Tobi merkte, dass Breze ihn musterte, drehte er sich weg und drohte ihm leise, damit Leia nichts mitbekam: „Wenn du auch nur ein Wort darüber verlierst, bist du dran."

Doch auch Leia hatte Tobis Betroffenheit bemerkt. „Ich mag Jungs, die ihre Gefühle zeigen." Sie lächelte ihn an.

Breze ärgerte sich, schließlich war er genauso mitgenommen, aber beim sonst so harten Tobi wird das natürlich wieder besonders hervorgehoben.

Calabria verabschiedete sich von Oktopus Kretina.

Das Vertrauen, das die Sandfrau ihnen entgegenbrachte, veranlasste Breze, sich auch ihr zu öffnen und er erzählte die ganze Geschichte, wer sie waren, woher sie kamen und was sie vorhatten.

„Hänsel gab uns einen Spruch mit auf den Weg, den wir jetzt verfolgen. Er lautet: ‚Es gibt eine Waffe, den Fluch zu beenden. Willst du sie besitzen, musst du dich an ihn wenden. Doch ist er versteckt und nicht leicht zu orten. Findest du den weinenden Baum, öffnen sich die Pforten. Ein Doktor ist es, gib vor ihm acht, eine Armee ohne Puls über ihn wacht',“ beendete Breze seine Erzählung.

Calabria dachte nach, konnte aber nicht weiterhelfen.

„Ich werde mich auf jeden Fall umhören. Jetzt sofort kann ich euch nur mit einem dienen. Wann habt ihr eigentlich das letzte Mal etwas gegessen?“, fragte sie die drei.

Diese bemerkten erst jetzt, wie ihre Bäuche knurrten. Zuletzt hatten sie im Haus der Rennschnecke gegessen, das war bereits Stunden her. Oder war das gestern? Breze hatte unter der Erde sein Zeitgefühl verloren und wusste es nicht mehr. Zusammen mit Leia und Tobi folgte er Calabria in Richtung Küche, wieder durch schier endlose Gänge. Breze blieb dicht hinter Calabria, damit er sie nicht noch einmal verlor und dachte darüber nach, was es wohl zu essen geben konnte. Wahrscheinlich grüner Algensalat mit blauen Algenstreifen und Algenbrot. Er verzog das Gesicht. Hoffentlich keinen Fisch. Nach der traurigen Geschichte mit dem Oktopus würde er keinen Bissen davon herunterbekommen.

Ein paar Meter weiter lichtete sich der Tunnel und sie betraten eine riesige Halle, die über und über mit Gold verkleidet zu sein schein. Breze spekulierte, ob das wirklich echtes Gold war. In seiner Welt wäre diese Menge Millionen wert, wenn nicht Milliarden. An der Decke hing ein riesiger Kronleuchter mit hunderten weißen Kerzen. Das Gold rundherum reflektierte das Kerzenlicht und der Raum erstrahlte, als würde die Sonne hereinscheinen. In der Mitte gab es ein Podest, auf dem ein Stuhl stand, der Breze an den gemütlichen, braunen Ledersessel in seinem Wohnzimmer erinnerte. Es war der einzige Gegenstand in der Halle und vom Standort her hätte er ihn für den Thron des Königs gehalten, aber er sah nicht besonders pompös aus. Aus mehreren Gängen rund um die Halle marschierten weitere Lumana herein und begannen den Stuhl und das

Podest mit Blumen zu schmücken. Breze hätte gerne mehr darüber erfahren, wollte aber nicht unhöflich sein. Tobi aber hatte damit kein Problem.

„Ist das der Platzhalter für den Thron?“, polterte er etwas zu laut, denn der Satz hallte durch den ganzen Saal und einige Lumana drehten die Köpfe in ihre Richtung, bevor sie weiter schmückten. Calabria lachte so laut über Tobis Fauxpas, dass die Dekorateure genervt den Kopf schüttelten.

„Es gibt einen Thron. Mit Gold und Diamanten, vermutlich so, wie du es dir vorstellst, aber er ist meinem Vater einfach zu unbequem. Und nachdem er der Einzige ist, der ihn sehen kann, hat er sich für die gemütlichere Variante entschieden. Ich vermute, das wird die erste Amtshandlung meines Bruders, den richtigen Thron wieder aufzustellen“, zischte Calabria. Ihr Tonfall und ihr angespannter Blick verrieten, was sie für ihren Bruder empfinden musste. Auf jeden Fall keine bedingungslose Geschwisterliebe. Verständlicherweise.

„Mal wieder auf dem Weg in die Küche?“, fragte ein junger Mann, der soeben mit einem riesigen Strauß frischer Blumen den Saal betrat. „Euer Gekicher hört man in ganz Sunderwrald.“

„Capo!“, rief Calabria erfreut. „Das ist mein bester Freund“, stellte sie den Lumana vor, auf dessen wuschiger, schwarzer Mähne ein kleiner Hummer hockte, der mit seinen Scheren eine Melodie klapperte, vermutlich zur Begrüßung.

„Wer ist denn unser Besuch, über den alle tratschen? Wenn ich die Gerüchte zusammenfasse, müssten es zwei bis sieben seltsam riechende Wesen sein, die vorhaben unsere Toikafrucht zu stehlen oder aufzuessen, je nachdem wen man trifft“, lachte Capo.

Der junge Mann war Leia sofort sympathisch.

„Ich sehe, der Tunnelfunk funktioniert einwandfrei“, sagte Calabria mit leicht genervtem Unterton und stellte ihre Besucher vor.

„Ihr müsst wissen“, holte Capo aus, „es gibt niemanden, der mehr futtern kann als unsere Prinzessin hier. Ich sage euch, lasst euch nicht von ihrem schmalen Erscheinungsbild täuschen. Wenn ich auf der Suche nach ihr bin, sehe ich zuerst in der Küche nach."

„Das stimmt überhaupt nicht", protestierte Calabria peinlich berührt.

„Habt ihr eigentlich schon gesehen, dass ihre Füße unterschiedlich…"

„Capo!", warnte ihn die Sandfrau. „Es reicht jetzt, sonst warst du mal mein bester Freund!"

„Ist ja schon gut, ich gehe. Sonst steckt Calabria mich noch in den Knast, wenn sie Königin ist. Und das wird bald sein, ich bin mir sicher Ombro verbockt das Ganze schnell", flüsterte er zum Abschied und machte sich auf den Weg, das Podest zu schmücken.

Endlich schien Calabria ihren Weg Richtung Küche fortzusetzen. Nach der kleinen Ablenkung war das Hungergefühl wieder deutlich zu spüren. Sie gingen quer durch den Saal auf ein schmales Tor zu, das sich wie ein Garagentor automatisch an die Decke rollte. Breze überlegte, wie das ohne Elektrizität funktionieren konnte, kam aber nicht darauf. Eine Schwingtür, wie in den meisten Restaurants, wäre wahrscheinlich zu gefährlich für das blinde Volk.

Brezes und Tobis Onkel Gustav hatte vor einigen Jahren ein Eventrestaurant namens ‚Zum roten Ritter'. Da durften die Gäste mit der Hand essen und Wein aus Silberbechern trinken. Nur die Idee, dass Frauen wie im frühen Mittelalter nicht bei den Männern am Tisch sitzen durften, kam – vor allem bei den Frauen – nicht so gut an. Die Zeitungen ließen kein gutes Haar an der Location, die nur drei Monate nach der Eröffnung wieder schließen musste. Breze wusste noch, wie seine Mutter mit ihrer Freundin darüber lachte. Sie mochte ihren Ex-Schwager noch nie. Und in eben diesem Restaurant konnte Breze mehrmals am eigenen Leib erfahren, wie es ist, wenn man nicht aufpasst und einem eine Schwingtür mit voller Wucht ins Gesicht knallt. Und er kann sehen.

Jetzt standen sie mitten in der Küche. Dafür, dass hier ein ganzes Volk versorgt wurde, schien sie nicht sehr groß zu sein. Neben einer kleinen Kochinsel mit vier Feuerstellen, auf denen jeweils ein Kessel stand, gab es nur noch einen langen Tresen, an dem eine Handvoll Lumana die Lebensmittel schälten, schnippelten oder wuschen. Es handelte sich dabei ausschließlich um Obst und Gemüse, allerdings hatte Breze die meisten Sorten noch nie gesehen. Wider Erwarten konnte er keine Algen entdecken und aus den Kesseln roch es so köstlich, dass er dachte, er würde vor Hunger gleich in Ohnmacht fallen. Er musste etwas essen, und zwar jetzt sofort. Wer weiß, wann es auf dem Tisch stand. Vielleicht könnte er sich heimlich ein, zwei Stücke einstecken, es würde ja keiner sehen. Tobi überlegte nicht so lange und griff sich eine Handvoll kleiner grüner Kugeln, waren es Erbsen? Und steckte sie in den Mund. Ganz schamlos und laut schmatzend kaute er und schluckte sie runter. Anscheinend schien das in Ordnung zu gehen, keiner meckerte, die Köche lächelten sogar. Also griffen auch Leia und Breze zu. Doch bevor sie sich das Gemüse in den Mund stecken konnten, fing Tobi plötzlich an zu keuchen. Er riss die Augen auf, griff sich an den Hals und versuchte etwas zu sagen, aber ein heftiger Hustenanfall verschluckte alles. Breze hatte schon Angst sein Bruder würde ersticken und wollte gerade den Heimlich-Griff anwenden, als plötzlich alles wieder vorbei war. Tobi sackte auf den Boden und holte tief Luft

„Mann, war das scharf. Aber mega lecker." In der Küche brach ein schallendes Gelächter aus.

„Das sind Ägakugeln, was übersetzt ‚Feuer' heißt", kicherte Calabria. „Roh sind sie so scharf, dass man tatsächlich das Gefühl hat, es wäre Feuer, aber gekocht schmecken sie einfach himmlisch. Das könnt ihr jetzt gleich selbst ausprobieren, unser Essen steht bereits am Tisch."

Calabria hatte den Satz noch nicht einmal zu Ende gesprochen, da stürmten Breze, Tobi und Leia bereits an ihr vorbei durch die Tür auf der anderen Seite der Küche in den Speisesaal. In dem Raum, der schlicht, aber gemütlich eingerichtet war, standen vier lange Holztafeln in der Mitte, wovon eine für vier Personen gedeckt war. Als hätten sie keine Manieren, setzten sich die drei Freunde ohne ein Wort an den Tisch und fingen an, den ersten Gang in sich rein zu schaufeln.

Calabria nahm das Ganze mit Humor. „Fühlt euch ganz wie zu Hause“, sagte sie lächelnd und setzte sich dazu.

Breze hätte jetzt sogar Algen gegessen oder Affenhirn. Okay, das vielleicht doch nicht. Aber er war trotzdem froh, dass es weder das eine und erst recht nicht das andere war. Der erste Gang war eine senfgelbe Suppe, in der kleine Blüten schwammen. Breze aß so schnell, dass er den Geschmack erst wahrnahm, als er schon fast fertig war. Die Suppe schmeckte etwas erdig, aber nicht muffig. Sie war dick und cremig wie eine Kartoffelsuppe, der Geschmack war Breze aber unbekannt.

Die drei waren so intensiv mit ihrer Suppe beschäftigt, dass sie nicht merkten, dass der ganze Tisch inzwischen mit Köstlichkeiten vollgestellt war. Es gab riesige Platten mit frisch gebackenem Brot und kleinen, knusprigen Stangen, die in Sesam gerollt wurden. In den dampfenden Schüsseln befanden sich eine Art schwarze Kartoffeln und anderes Gemüse, das Breze noch nie gesehen hatte. Algen gab es dann doch noch, in Form eines Salates und der sah so köstlich aus, dass Breze auch ihn probieren musste. Als Dessert brachten die Lumana riesige Torten und goldenen Wackelpudding. Während des Essens sprach niemand. Calabria zeigte ihnen lediglich ihr Lieblingsessen, die Toikafrucht, von der auch Breze sofort begeistert war. Ansonsten waren die einzigen Geräusche die Schritte der Kellner, Schmatz- und Schluckgeräusche, das Gekratze der Holzlöffel am Teller und ab und zu lautes Schnaufen, wenn einer vergessen hatte zu atmen.

Tobi ergriff als Erster das Wort: „Noch ein Löffel mehr und ich esse rückwärts.“

Leia sah Tobi angewidert an, doch dann brachen alle in lautes Gelächter aus. Das fast schon hysterische Gekreische hallte durch den gesamten Raum, man spürte regelrecht, wie alle ihre Anspannung herauslachten. Leia liefen sogar die Tränen über die Wangen.

Sie war die Erste, die sich wieder fing. „Danke Tobi, das hat so gutgetan und auch wenn ich es ungern zugebe, mir geht es genauso.“

Als die pappsatten Freunde dann auch noch anfingen zu gähnen, führte Calabria sie zu ihrem Gästezimmer.

Bevor die Sandfrau die Tür öffnete, sprach sie eine offizielle Einladung für die Krönung am morgigen Tag aus, die die drei dankend annahmen.

Auch der Raum, in dem sie übernachten durften, hatte eine riesige Panoramascheibe, durch die man die faszinierende Unterwasserwelt beobachten konnte. In der Mitte befanden sich mehrere Wasserbetten, in die sich Breze, Leia und Tobi hineingleiten ließen. Calabria verabschiedete sich, doch das bekamen ihre Gäste kaum noch mit. Das sanfte Schaukeln der Wasserbetten ließ sie sofort und tief einschlafen.

10. Kapitel

„Wenn er dich im Knast verrotten lässt, ist das für ihn noch gnädig.“

Als Breze erwachte, konnte er weder einschätzen, wie viel Uhr es war, noch ob Tag oder Nacht. Hatte er lange oder nur ein paar Stunden geschlafen? Definitiv ein Nachteil, wenn man unter der Erde lebt. Auch das Leuchten der Algen im Wasser hatte sich nicht verändert.

Er sah zu Tobi und Leia, die noch schliefen und wurde dann auf etwas aufmerksam, was an mehreren Haken an der Wand hing. Es waren sehr pompöse Kleider, wie seine Mutter jetzt sagen würde. Sie liebte die alten Sissi-Filme und hätte wahrscheinlich alles dafür gegeben, ihren Sohn einmal in einem so schicken Anzug zu sehen. Normalerweise hätte er sich mit Händen und Füßen dagegen gesträubt, so ein Kostüm anzuziehen, aber er konnte ja wohl kaum in kurzer, zerschlissener Hose zu einer Krönung gehen. Am Ende sah der neue König das als Beleidigung und sperrte ihn ein oder Schlimmeres. Ombro schien nicht zimperlich zu sein.

Als Breze sich umzog, dachte er an seine Mutter und es machte ihn traurig, dass sie diesen Moment verpasste. Er vermisste sie.

Gerne hätte sich Breze im Spiegel betrachtet, aber so etwas gab es hier nicht. Wozu auch, die Lumana waren ja blind.

Über dem weißen Hemd mit Stehkragen trug Breze eine rote Seidenweste mit feinen Stickereien. Dazu eine schwarze, knöchellange Baumwollhose und einen taillierten Gehrock. Alles passte perfekt, sogar die Schuhe.

„Das sieht richtig gut aus“, hörte Breze Leia sagen. Erschrocken drehte er sich um. Sie stand direkt hinter ihm. Breze versuchte verlegen zu lächeln, doch es sah etwas gequält aus. Mit Komplimenten konnte er einfach nicht umgehen.

„Was soll das denn sein?" Tobi kämpfte sich aus dem Wasserbett. „Biste jetzt unter die Pfadfinder gegangen, oder was?" Er lachte spöttisch. Breze überlegte, wie man eine Pfadfinderuniform mit einem Anzug aus dem 19. Jahrhundert verwechseln konnte, sagte aber nichts. Leia bekam davon nichts mit, sie hatte nur Augen für das rote Samtkleid, das sie bereits in den Händen hielt. Sie zog es einfach über ihre Jeans und das T-Shirt. Damit fühlte sie sich wohler, denn eigentlich war sie kein Kleider-Typ. Das letzte hatte sie am Geburtstag ihres Vaters getragen und den ganzen Abend war sie nur mit Zupfen beschäftigt gewesen, weil es irgendwo gezwickt hatte. Jeans waren da schon mehr ihr Ding. Trotzdem freute sie sich über die Gelegenheit, so ein außergewöhnliches Kleid zu tragen

Darunter befand sich ein eingenähter Reifrock, der beim Laufen hin und her schwang. Gewöhnungsbedürftig. Leia fragte sich, wie man damit wohl durch die schmale Tür kam. Am Hals schloss das rote Kleid mit einem weißen Kragen ab. Perfekt, um das T-Shirt zu verdecken.

„Und wem darf ich jetzt die Erlaubnis erteilen, mir beim Schließen meines Kleides behilflich zu sein?", fragte Leia bewusst geschwollen und drehte sich mit dem Rücken zu den Jungs.

„Da lass ich dir gerne den Vortritt, Brüderchen", sagte Tobi. „So'n Mädchenkram ist ja eher dein Ding." Zuerst wollte Breze kontern, dass Tobi bis vor wenigen Jahren gerne strickte und häkelte, ein gemeinsames Hobby mit seiner Mutter, doch im Gegensatz zu seinem Bruder wollte er ihn nicht bloßstellen und er hatte auch nichts dagegen, Leia so nah zu sein. Aber gar nichts sagen wollte er auch nicht. „Ich mache das gerne. Das Wichtigste dabei ist allerdings die Kraft, die man dafür braucht und nicht das handwerkliche Geschick." Breze zwinkerte Leia zu. Die schien etwas irritiert zu sein, da sie solche Sprüche von Breze nicht gewohnt war.

„Alles klar, dann spann mal deine Muskeln an und mach dich ans Werk“, forderte sie ihn auf.

Ok, etwas Geschick schadete dann doch nicht, dachte Breze, als er anfing, die Bänder durch die kleinen Ösen zu fädeln, das war schwieriger als gedacht. Er merkte, wie er in dem schweren Anzug anfing zu schwitzen und jetzt ging es erst ans Eingemachte. Er zog an den Schnüren so fest er konnte, aber das Kleid saß immer noch nicht richtig. Um sich nicht zu blamieren, gab Breze noch einmal alles und drückte sein Knie in Leias Rücken, die schon anfing zu schimpfen, dass sie kaum Luft bekäme. Dann hatte er es endlich geschafft. Mit einer Doppelschleife beendete er sein ‚Projekt‘.

„Uh! Lange kann ich das Kleid nicht tragen. Kein Wunder, dass die Frauen im 19. Jahrhundert reihenweise ohnmächtig wurden, so eng wie das ist.“

Ein Gong ertönte. Er erinnerte an die Aufforderung in der Oper sich jetzt an seinen Platz zu setzen. Es geht also gleich los.

„Mal sehen, ob du immer noch lachst, wenn du deinen Anzug anhast“, grinste Breze und reichte seinem Bruder sein Outfit, doch der warf den Anzug auf das Wasserbett und verzog das Gesicht.

„Nie im Leben ziehe ich sowas an.“

Konsequent war er, das musste Breze ihm lassen. Aber er konnte sich nicht vorstellen, dass Tobi mit zerrissener, schief abgeschnittener Jeansshorts und dreckigem T-Shirt zu einer Krönung Zutritt bekam. Vielleicht würden sie es nicht bemerken und bevor der König, der sehen kann, kommt, könnte er sich vor ihn stellen.

Sie mussten es riskieren, denn der Versuch Tobi zu überreden würde nichts bringen, dafür kannte Breze seinen fest entschlossenen Blick viel zu gut.

Als der zweite Gong ertönte, klopfte es an der Tür. Es war Calabria, um sie abzuholen. Sie trug ein dunkelblaues, bodenlanges Samtkleid und auf ihrem schwarzen Haar thronte ein bunter Blumenkranz. Sie sah ganz verändert aus. Nur ihr trauriger Gesichtsausdruck war gleichgeblieben. Man konnte die Sorgen ablesen, die sie sich machte. Aber auch die Resignation. Das Schicksal aller Sandmenschen war bereits besiegelt.

Als sie sich auf den Weg machten, hakte sich Calabria bei Tobi ein und erschrak.

„Was ist mit deinem Anzug passiert?“ Vorsichtig tastete sie Tobi ab. Der fühlte sich ertappt und wirkte ungewohnt unsicher.

„Tut mir wirklich leid, aber der hat mir einfach nicht gepasst“, log er.

„Das ist unmöglich“, erwiderte Calabria. „Wir haben die besten Schneider weit und breit. Erinnert ihr euch an die Stühle beim Essen gestern? Sie bestanden aus einer ganz besonderen Sandsorte. Aus dem Abdruck, den ihr hinterlassen habt, konnten unsere Schneider perfekt sitzende Anzüge und das Kleid anfertigen. Sie haben die ganze Nacht daran gearbeitet.“ Tobi wurde puterrot im Gesicht und stammelte: „Ja, also, das ist einfach nicht so mein Ding.“

„Nicht dein Ding? Weißt du, was mein Bruder bei so einer Respektlosigkeit mit dir anstellt?“ Calabrias Stimme quietschte schrill. „Wenn er dich im Knast verrotten lässt, ist das für ihn noch gnädig.“

Tobi riss die Augen weit auf und starrte Calabria an. Er wollte umkehren und sich umziehen, aber dafür war es zu spät. Der dritte Gong ertönte. Calabria packte Breze und Leia an der Hand und zog sie mit sich. Wenn sie zu spät kämen, ginge es allen an den Kragen. Schnell warf Breze seinem Bruder noch etwas zu. Es klimperte, dann waren sie verschwunden.

11. Kapitel

„Du alter Mistkerl!“

Tobi blieb allein im dunklen Gang zurück. Lediglich die schwach leuchtenden Fackeln, die vermutlich nur für sie an den Wänden hingen, zeigten ihm den Weg. Er bückte sich, um zu sehen, was Breze ihm zugeworfen hatte. Es war sein Haustürschlüssel. Verwundert steckte Tobi ihn in seine Hosentasche und stand auf. Doch wohin sollte er gehen? Zu der Zeremonie konnte er nicht. Er lauschte. Absolute Stille. Die schienen alle bei der Krönung zu sein. Die perfekte Gelegenheit, um sich ein wenig umzusehen. Tobi blickte noch einmal zurück, dann setzte er sich in Bewegung. Seine Schritte hallten durch den Gang, immer wieder blieb er stehen, um zu sehen, ob das auch wirklich nur seine eigenen Schritte waren.

Nach kurzer Zeit veränderte sich der Tunnel, er wurde größer und heller. Er erinnerte sich, dass sich hier der Thronsaal befand. Tobi wurde langsamer und zog vorsichtshalber seine Schuhe aus, um lautlos weiter schleichen zu können. Als er sah, dass vor dem Eingangstor Wachen postiert waren, wurden seine Beine weich wie Wackelpudding. Klar, sie konnten ihn nicht sehen, aber dafür umso besser hören. Am Ende der Halle ging der Tunnel weiter, bis dahin musste er es schaffen. Beinahe in Zeitlupe schlich Tobi keine zehn Meter von den Wachen entfernt an ihnen vorbei. Als einer der Lumana seinen Kopf ruckartig in seine Richtung drehte, wäre Tobi fast gestürzt vor Schreck. Tausend Dinge schossen ihm durch den Kopf. Sie würden ihn verhaften, in den Kerker schmeißen und dort verrotten lassen.

Wenn er Glück hatte. Was wäre eigentlich die schlimmere Alternative? Ihn vierteilen? Tobis Gedanken überschlugen sich. Er würde seine Eltern nie wieder sehen, seinen besten Freund Stinker, der so hieß, weil er sich jeden Tag seine Pickel auf der Stirn mit Teebaumöl einschmierte. Und vermutlich auch seinen kleinen Bruder nicht mehr. Dabei hatten sie sich gerade erst wieder angenähert.

Doch nichts passierte. Die Wachen blieben auf ihrem Platz stehen. Mit rotem Kopf schlich Tobi an ihnen vorbei und schaffte es auf die andere Seite. Er lief noch einige Meter weiter, stützte sich zitternd an der Wand ab und holte erst einmal tief Luft. Dann gab er sich selbst eine Ohrfeige, um wieder klar denken zu können. Und dafür hätte er sich gleich noch eine geben können, denn der Schlag ins Gesicht hallte durch den Tunnel, als würde ihm jemand dafür applaudieren. Doch auch diesmal geschah nichts. Vermutlich gehörten die Wachen zu „Team Calabria". Anders konnte sich Tobi das nicht erklären.

Er atmete einmal tief durch, um sich zu sammeln, dann sah er sich um und entdeckte eine dieser Türen, die sich in den Wänden aus Sand befanden. Er drückte dagegen, doch sie war verschlossen. Nur wie konnte er sie öffnen? Es gab weder ein Schloss noch eine Klinke. Es musste doch irgendeinen Trick geben, um sie aufzubekommen. Tobi suchte alles nach einem Knopf oder Hebel ab, fand aber nichts. Vielleicht war es doch keine Tür. Ganz genau konnte er es in diesem Tunnel, der unbeleuchtet war, nicht erkennen. Da fiel Tobi plötzlich Brezes Haustürschlüssel ein. Daran war doch eine Taschenlampe befestigt. Sein Bruder hatte wie immer mitgedacht. Die Batterie war zwar schon ein wenig schwach, aber er konnte das Muster auf der Tür trotzdem erkennen. Es erinnerte ihn an das Entsperrmuster seines Smartphones. Da die Tür aus Sand war, konnte man die Spuren im Licht gut sehen. Das Muster ging einmal rundherum. Beinahe wie ein „O". O wie Ombro? Doch wo fängt es an und in welche

Richtung geht es weiter? Was würde passieren, wenn man das Muster falsch nachfährt? Geht dann ein Alarm los? Tobis Neugier war größer als seine Angst. Was würde Breze tun? Wahrscheinlich erst einmal logisch denken. Wenn man ein „O“ als Entsperrmuster wählt, wo würde man anfangen? Vermutlich von oben links und dann gegen den Uhrzeigersinn. Ohne länger darüber nachzudenken, versuchte er es. Runter, rechts, hoch, links. Beinahe geräuschlos öffnete sich das Tor wie eine Aufzugtür und Tobi triumphierte innerlich.

So schlau scheint der Typ nicht zu sein, dachte er und vergaß dabei, dass hier bestimmt nicht allzu viele Besucher mit vorhandenem Augenlicht und Taschenlampe durch die Gänge schlichen.

Sein sich überlegen fühlendes Ego ließ ihn unvorsichtig werden und er stürmte einfach in den Raum hinein. Wäre er umsichtiger gewesen, hätte er die zusammengerollte Schlange neben dem Eingang bemerkt, die erwachte und sich hinter Tobi zur Tür hinaus schlängelte. Der bekam davon rein gar nichts mit und sah sich um.

Der Raum war kleiner als gedacht, vielleicht fünfundzwanzig Quadratmeter groß. Wenn Ombro erst einmal König war, würde er sicher in ein angemesseneres Gemach umziehen.

Hat schon auch noch weitere Vorteile, der Chef zu sein, dachte Tobi.

Er wusste eigentlich gar nicht, wonach er suchen sollte. Er hatte einfach das Gefühl, dass er etwas tun musste, um Calabria zu helfen. Tobi rollte mit den Augen. Sein Bruder, der heilige Samariter, schien auf ihn abzufärben.

In der Mitte des Raumes stand ein Wasserbett, ähnlich dem, auf dem auch er geschlafen hatte. Bis auf ein Regal, auf welchem sich ein paar Kleidungsstücke befanden, und einem schiefen Holzstuhl, war das Zimmer leer. An der Panoramascheibe schwammen ein paar Glitzerfische vorbei, die jedoch plötzlich an einer Stelle stehen blieben und ihn anstarrten. Es wirkte, als wollten sie ihm etwas sagen.

Und nachdem Tobi in den letzten Tagen so Einiges erlebt hatte, das eigentlich nicht sein konnte, wunderte er sich darüber auch nicht. Nur was wollten sie ihm mitteilen?

Hinter dem Fischschwarm tauchte ein bekannter Kopf auf. Es war Kretina. Auch der Krake blieb an derselben Stelle stehen. Jetzt war sich Tobi sicher, dass das kein Zufall sein konnte. Er ging näher an die Scheibe heran, als Kretina aufgeregt mit ihren Fangarmen herumfuchtelte. Sie konnte nur den Stuhl meinen, das war der einzige Gegenstand auf dieser Zimmerseite.

Tobi untersuchte den Stuhl genauer und entdeckte unter der Sitzfläche ein Aufbewahrungsfach. Er riss aufgeregt die Holzplatte hoch, doch zu seiner Enttäuschung war es leer. Tobi sah zu dem Kraken, der immer noch wie verrückt mit seinen Tentakeln herumfuchtelte und dann sah er es: die Schleifspuren neben dem Stuhl auf dem Boden. Das massive Sitzmöbel war schwerer als gedacht. Mit aller Kraft schob er es auf die Seite und fand im Boden eine kleine Tür mit Metallring. Ohne Zeit zu verlieren, zog Tobi daran, bis er eine Art Sandfliese in der Hand hielt, unter der sich ein tiefes Loch befand. Der Boden war nicht zu erkennen, deshalb zögerte Tobi, ob er wirklich hineingreifen sollte. Vielleicht befanden sich Skorpione darin, die lebten ja im Sand. Oder Schlimmeres. Er sah, dass Kretina es wollte, aber sie war nur ein Tier, wenn auch kein normales.

Tobi hielt die Luft an, legte sich flach auf den Boden und griff hinein. Sein ganzer Arm verschwand in dem Loch, als er etwas mit den Fingerspitzen berührte. Es fühlte sich wie eine Tasche oder ein Sack an. Er versuchte den Stoff zu greifen, aber es gelang ihm nicht. Er beugte sich noch tiefer hinein. Jetzt waren seine Schulter und sein halber Kopf mit in dem Loch. Er stöhnte angestrengt, als er endlich etwas zu fassen bekam und es hochzog. In dem braunen Stoffsäckchen befand sich ein runder, schwerer Gegenstand. Tobi öffnete den Beutel und fand darin eine kinderkopfgroße, weiße Perle. Sie glitzerte so intensiv, dass sie fast zu leuchten schien. Auf der anderen Seite der Glasfront veranstaltete Kretina einen Krakentanz, indem sie sich wild im Kreis drehte.

„Du alter Mistkerl“, fluchte Tobi. Er konnte sich schon denken, was das war. Die fehlende Perle der magischen Muschel. Ombro schien es tatsächlich geschafft zu haben, die zweite Perle unbemerkt zu stehlen und das, obwohl die Muschel rund um die Uhr bewacht wurde. Tobi sprang hoch. Vielleicht schaffte er es noch!

12. Kapitel

„Bei Morgengrauen werden sie den Haien zum Frühstück vorgeworfen."

Breze, Leia und Calabria hatten es gerade noch rechtzeitig zu den Feierlichkeiten geschafft. Jetzt standen sie in dem riesigen Thronsaal zusammen mit allen anderen Sandmenschen. Eine Art Band spielte eine ungewöhnliche Melodie, die Breze mit nichts, was er kannte, vergleichen konnte. Aber das sagte auch nicht viel aus, denn er interessierte sich nicht für Musik. Als er noch jünger war, war David Hasselhoff sein großes Idol, doch sein Bruder zog ihn immer wieder damit auf, seitdem hörte er nur noch, was gerade im Radio lief. Tobi hingegen lebte in seiner eigenen Musikwelt. Er hörte sogar, Airpods sei Dank, heimlich im Unterricht seine Playlist. Dafür hatte er sich zur Tarnung extra seine Haare bis über das Ohr wachsen lassen. Dass er dabei den halben Unterricht verpasste, schien ihn nicht zu stören. Vielleicht sollte ihn Breze darauf aufmerksam machen, dass er die Nachhilfe in den Sommerferien vermeiden könnte, wenn er im Unterricht aufpasste, aber dann wäre er für ihn wohl nur wieder der Streber.

Die leise tuschelnden Sandmenschen waren alle ausnahmslos schick angezogen. Breze kam sich vor wie in einem alten Film. Von ihrem vorherigen Kleidungsstil war nicht mehr viel übrig. Lediglich ihre Haare waren mit Muscheln, Krebsen und Algen geschmückt. Tobi wäre hier auf jeden Fall sofort aufgefallen. Spätestens bei der Zeremonie, wenn der neue König sein Augenlicht erhielt. In der Menge entdeckte Leia Calabrias besten Freund Capo und hob die Hand, um ihn zu begrüßen. Sie hatte ganz vergessen, dass er sie nicht sehen konnte.

„Capo ist da", erzählte sie Calabria, die sich mit ihren Fingernägeln in den Arm krallte, bis es blutete. Sie war sich sicher, dass ihr Bruder den Untergang für ihr Volk bedeutete und dass sie die rechtmäßige Nachfolgerin hätte sein müssen. Dies hatte sie oft genug erwähnt. Der heutige Tag war sehr schwer für Calabria, da war es bestimmt ein Trost, dass ihr bester Freund in der Nähe war.

Das Tuscheln verstummte, als sich das Tor hinter dem Thron öffnete und Tara, die heilige Muschel, hereingetragen wurde. Sie war etwa so groß wie ein Traktorreifen und mit Sicherheit unheimlich schwer. Zwölf Leute trugen die Muschel in einer mit Wasser gefüllten Schale und stellten sie auf dem Podest neben dem Thron ab.

Calabria kam näher an Breze heran. „Die Muschel ist seit hunderten von Jahren im Besitz unserer Familie. Da niemand weiß, wann sich die Muschel öffnet, wird sie Tag und Nacht bewacht."

„Und erhält der neue König das Augenlicht auch von der Muschel?", hakte Breze nach. Er hatte wohl nicht so leise geflüstert wie Calabria, denn ein Mann, der direkt vor dem Podest stand, drehte sich ruckartig um und starrte mit finsterem Blick in Brezes Richtung. So düster, dass es einem das Blut in den Adern gefrieren ließ. Breze erkannte aber auch eine gewisse Ähnlichkeit zu Calabria, dann musste das ihr Bruder Ombro sein.

Calabria krallte sich noch tiefer mit den Nägeln an ihrem Arm fest, das Blut tropfte bereits auf den Boden. Kurzerhand riss sich Leia ein Stück von ihrem Unterrock ab und verband damit die Verletzung.

Ombro wandte sich wieder seiner Krönung zu und Calabria antwortete, als wäre nichts geschehen: „Das Augenlicht erhält derjenige, der die Krone trägt."

Breze sah sie mitfühlend an. Calabria schien das zu spüren, sie drehte sich weg, was er gut verstehen konnte. Wie oft hatten ihn alle auf dem Pausenhof mit genau diesem Blick angesehen, als ihn sein Bruder gedemütigt hatte. Als er ihm seinen Rucksack weggenommen und alle Schulsachen ins Gebüsch geworfen hatte, oder als er ihm ein Bein gestellt hatte und er der Länge nach hingeflogen war. Gelacht hatten nur Tobi und Stinker, alle anderen glotzten ihn nur mitleidig an. Außer Leia. Einmal hatte sie Tobi so angefaucht, dass dieser richtig erschrak, sich umgedreht hatte und gegangen war.

„Der Gong hat dich gerettet, Hexe!", war das Einzige, das er bei seinem Rückzug gemurmelt hatte. Heute wusste Breze, dass Tobi nur die Nähe zu seinem Bruder gesucht hatte. Er wünschte, er hätte das früher gewusst, dann wäre bestimmt vieles anders gelaufen.

Unruhe riss Breze aus seinen Gedanken. Er beobachtete, wie Ombro nervös vor dem Podest herumzappelte, als eine riesige Schlange in den Saal schlich und laut zischelnd herumschlängelte. Doch es schien nicht an dem unheimlichen Vieh zu liegen, das beachtete er jetzt nicht mehr. Vielmehr hatte es irgendetwas in ihm ausgelöst, denn er hatte es plötzlich sehr eilig. Er unterbrach die Musik, bestieg das Podest und setzte sich auf den Thron. Dann forderte er das Gremium auf, mit der Krönung zu beginnen. Der abdankende König sah nicht gerade begeistert aus, aber die Entscheidung der Riesenmuschel schien für alle Gesetz zu sein.

Der Vater von Calabria und Ombro kniete sich vor seinen Sohn auf den Boden und legte mit gesenktem Blick seine Hände auf die Füße des neuen Königs. Ein anderer Lumana stellte sich daneben und nahm ihm die Krone vom Kopf. Schnell drehte sich Calabrias Vater um, um seine Tochter noch ein letztes Mal sehen zu können, dann wurden seine Augen trüb und er stand auf. Calabria liefen die Tränen über die Wangen, als Breze ihr erzählte, was gerade passierte.

Ombro wurde seine Perle übergeben und damit schien die Krönung abgeschlossen zu sein. Während er vom Thron sprang und in die Menge jubelte, war die Reaktion der Untertanen verhalten. Ein paar wenige applaudierten aufgeregt, der Rest wirkte eingeschüchtert und klatschte nur leise und vorsichtig.

„Wenn ihr nicht ins Gefängnis wollt, klatscht lieber mit", warnte Calabria Leia und Breze. „Er kann euch jetzt genau sehen." Widerwillig stiegen sie mit ein. Und tatsächlich, Ombro beobachtete sie ganz genau dabei und grinste sie hinterhältig an.

Breze spürte, dass etwas nicht stimmte, noch bevor Ombros Wachen sie angriffen. Mit spitzen Speeren drängten sie ihn, Leia und Calabria zusammen. Sie waren umstellt. Breze kam gar nicht dazu, nach einem Ausweg zu suchen, als plötzlich das Tor aufgestoßen wurde und Tobi hereinstürzte. Im Arm trug er eine riesige Perle und schrie wie ein Verrückter: „Stopp! Betrüger! Ombro hat eine Perle gestohlen. Er ist nicht der König."

Tobi erkannte sofort, dass er zu spät kam, als der Sandmann mit der Krone auf dem Kopf ihn angrinste.

„Verdammt", war das Einzige, das ihm jetzt noch einfiel, bevor er mit den Speeren zu den anderen gedrängt wurde.

Doch Tobi hatte Zweifel unter dem Volk der Lumana gesät. Unruhe machte sich breit, ein Flüstern und Raunen ging durch den Raum.

„Sperrt sie in das unterste und dunkelste Loch, das ihr finden könnt. Bei Morgengrauen werden sie den Haien zum Frühstück vorgeworfen."

Ein kluger Schachzug, dachte Breze, denn schlagartig war es wieder still. An den entsetzten Gesichtern der Lumana konnte man sehen, wie groß ihre Angst war, dasselbe Schicksal zu ereilen. Breze versuchte, seine Furcht mit Fakten zu verdrängen. Kleopatra, Atilla der Hunne, Eduard IV., sie alle sollen am Tod ihrer Geschwister beteiligt gewesen sein, um an die Macht zu kommen. Breze sah zu Tobi, der in Habachtstellung eine Faust geballt hielt, in der anderen Hand immer noch die Perle haltend. So groß seine Wut auf ihn auch manchmal war, er könnte sich niemals vorstellen, ihn umzubringen, erst recht nicht, um einen Vorteil daraus zu ziehen. Er hätte gerne gewusst, wie die Beziehung der berühmten Geschwister aus seiner Welt in Kindheitstagen zueinander war. Bei Ombro und Calabria wusste er ja, dass sie noch nie ein gutes Verhältnis hatten und dass Ombro schon als Kind oft grausam gewesen war. Aber um so eine Entscheidung zu fällen, muss schon mehr in einem kaputt sein.

Die Speere kamen näher. Breze ging einen Schritt zurück und berührte dabei Leias Schulter. Sie zitterte wie Espenlaub. Normalerweise hätte sich Breze das nie getraut, aber in Extremsituationen entwickelte er Kräfte, die er eigentlich auch im Alltag gut gebrauchen könnte, dann wäre so vieles einfacher. Breze nahm Leias Hand und zog sie hinter sich. Dankbar nahm sie den Halt an und umklammerte Brezes Taille. Schritt für Schritt wurden sie Richtung Tor gedrängt, als plötzlich ein summender Ton erklang. Er schien aus der Muschel zu kommen, denn es stiegen weiße Rauchwolken empor, als sie sich langsam öffnete.

Anscheinend ließ sich das Schicksal nicht so einfach austricksen, in der Muschel befanden sich erneut zwei Perlen.

Dann ging alles ganz schnell. Ombro stürzte sich auf die Muschel, in der Hoffnung wieder eine der Perlen stehlen zu können, bevor es jemand merkte. Doch diese Rechnung hatte er ohne Leia gemacht. „Vorsicht, passt auf die Perlen auf! Es sind zwei!“, schrie sie durch den Saal und in Sekundenschnelle versammelte sich das Gremium rund um die Muschel und beschützte sie, Ombro hatte keine Chance. Die Treue zu der magischen Meeresfrucht war größer als die zum König. Das Gremium untersuchte die „neue“ Prophezeiung und bestätigte, dass Calabria die neue Königin war. Anstatt mit den Speeren auf sie zu zielen, standen die Wachen mit gesenktem Kopf vor ihnen.

Ombro, der völlig ausflippte und wild um sich schlug, wurde verhaftet und weggebracht. Natürlich erst, nachdem man ihm die Krone und somit auch das Augenlicht wieder abgenommen hatte. Calabrias

Vater holte seine Tochter persönlich ab und führte sie stolz auf das Podest. Auch er schien erleichtert zu sein, dass die Zukunft der Lumana nicht in der Hand seines Sohnes liegen würde. So ging es den meisten im Saal, wie man am tobenden Applaus bei der Krönung hören konnte.

Nur ein paar wenige zogen sich langsam zurück und verließen den Saal. Die waren Breze schon vorher aufgefallen. Es waren die Einzigen, die bei der ersten Krönung von Anfang an wild applaudiert hatten.

Breze, Leia und Tobi jubelten Calabria zu. Sie hatte es geschafft, sie war die neue Königin und strahlte die drei Freunde mit ihren schwarzen Augen direkt an. Breze bekam Gänsehaut. Was musste das für ein Gefühl sein, wenn man das erste Mal in seinem Leben sehen konnte? Vielleicht würde sie ihm das in einem ruhigen Moment unter vier Augen erzählen können, aber jetzt wurde erst einmal gefeiert. Bei lauter Musik folgten alle der neuen Königin in den Speisesaal.

Als sich die drei an einen der leeren Tische setzen wollten, wies Calabria ihnen wild gestikulierend an, am Königstisch Platz zu nehmen.

Endlich konnten sich Leia, Breze und Tobi austauschen, was sie während ihrer Trennung erlebt hatten. Und als alles raus war, sprach Leia an, was auch Breze dachte. „Ich denke, es ist an der Zeit, dass wir weiterziehen. Calabria braucht uns nicht mehr. Ihre Bestimmung hat sich erfüllt. Und wir sollten jetzt an Hänsel und die anderen denken, sie brauchen uns dringender und irgendwann möchte ich auch wieder nach Hause."

„Glaubst du das wirklich?", Tobis Gesicht verfinsterte sich. „Denkst du echt, wir kommen wieder nach Hause? Wie naiv bist du eigentlich?"

Breze funkelte Tobi böse an. „Ich glaube es nicht nur, ich bin fest überzeugt." Er sprang auf. „Und ich finde, wir sollten die Weiterreise jetzt sofort antreten. Wer ist dafür?" Leia hob die Hand. Tobi verdrehte die Augen, aber schloss sich an. „Ich könnte wieder etwas Sonne vertragen. Mein Teint ist schon ein wenig blass.“

Leia fing an zu lachen.

Witzbold, dachte Breze und ging auf Calabria zu, die umringt von ihrem Gremium versuchte, sich etwas zu essen zu holen.

„Lasst unseren Ehrengast durch. Alles Weitere können wir später besprechen“, sagte die neue Königin, als sie bemerkte, wie Breze versuchte, sich zu ihr durchzukämpfen.

Das Gremium entfernte sich augenblicklich und sie waren allein. So allein, wie man in einem riesigen Saal mit hunderten Gästen eben sein konnte. Calabria blickte Breze bedrückt an. „Ich glaube, ich weiß, was du sagen willst, ihr wollt weiterreisen. Das verstehe ich, die Heimat ist das Wertvollste, das es gibt.“

Breze nickte stumm.

„Bevor ihr geht, wollte ich euch noch ein paar Dinge sagen. Ich habe mich ein wenig umgehört und herausgefunden, dass es wirklich einen Arzt geben soll, der in den Bergen lebt und euch weiterhelfen kann.“

Breze riss die Augen auf. „Und wo können wir ihn finden?“

„Mein Vater hat von dem weinenden Baum gehört. Er steht gar nicht weit weg von hier. Ihr müsst lediglich auf die andere Seite des Tebileng. Das Gewässer, das ihr durch die Scheiben sehen konntet.“

„Untrainierte Menschen, also wir, können höchsten ein bis zwei Minuten die Luft anhalten, danach ertrinken wir“, gab Breze zu bedenken.

„Das ist kein Problem, Kretina bringt euch hin. Ihr könnt über die Tentakel atmen. Macht euch keine Sorgen, ich habe es ausprobiert. Wir können auch nur ein paar Minuten lang die Luft anhalten“, antwortete Calabria beruhigend. „Ich gebe euch außerdem noch ein wenig Proviant mit und das hier.“

Die neue Königin zog eine kleine Muschel aus ihrem Haar und

öffnete sie. Darin befand sich etwas, das Ähnlichkeit mit einer Seeanemone hatte. Eine Pflanze, die unter Wasser lebt. Nur war sie winzig klein, vielleicht zwei Millimeter groß.

„Steck die Muschel schnell ein. Es ist eigentlich nicht erlaubt, dieses Geheimnis mit Menschen außerhalb unseres Volkes zu teilen. Aber ich vertraue euch. Diese kleine Pflanze sorgt dafür, dass wir so gut riechen können. Sie lässt uns sogar erkennen, ob jemand lügt. Der bittere Geruch, der dann entsteht, ist äußerst unangenehm und eindeutig. Steck sie dir einfach in die Nase, wenn du sie brauchst. Dort dockt sie dann von selbst an."

Breze steckte die Muschel in seine Hosentasche. Und obwohl Calabria sich vor Audienzen kaum retten konnte, ließ sie es sich nicht nehmen, die drei Freunde zu ihrem Schlafzimmer zu begleiten, damit sich Leia und Breze umziehen konnten. Calabrias Geschenk versteckte Breze in der kleinen Tasche mit Reißverschluss in seinem Rucksack. Anschließend führte die neue Königin sie zu einem Wasserbecken, in dem Kretina bereits auf sie wartete. Sie umarmten Calabria zum Abschied und wollten gerade ins Wasser steigen, als Ombro hereinstürmte. Auch vier der Lumana, die bei der Krönung den Saal verlassen hatten, waren dabei. Sie mussten ihn aus dem Gefängnis befreit haben.

„Hast du wirklich gedacht, ich lasse mir von meiner kleinen Schwester die Krone wegnehmen?", zischte Ombro Calabria an, die dabei ganz ruhig blieb. Breze sah noch, wie der Fünf-Minuten-König versuchte seiner Schwester die Krone vom Kopf zu reißen, dann schien alles verschwommen und in Zeitlupe abzulaufen. Seine Gliedmaßen fühlten sich schwer wie Blei an. Ohnmächtig sank er auf den Boden.

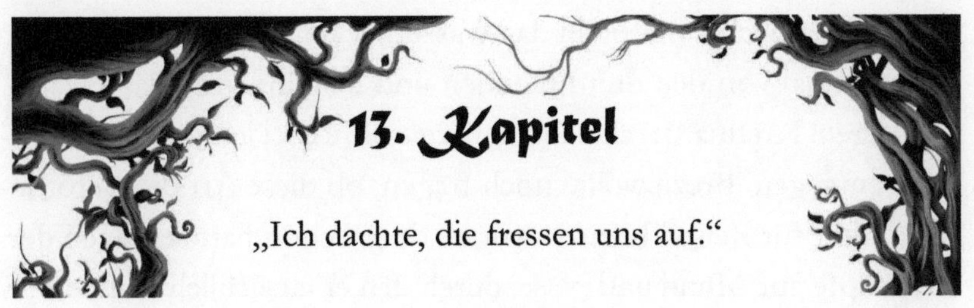

13. Kapitel

„Ich dachte, die fressen uns auf.“

Als Breze wieder erwachte, dröhnte sein Schädel, als hätte sich ein Elefant auf sein Gesicht gesetzt. Er versuchte aufzustehen, war aber so wackelig, dass ihm die Beine wie Streichhölzer einfach wieder wegknickten. Er sah verwirrt zu Leia und Tobi, denen es auch nicht anders erging. Die Schmerzen im Kopf waren unerträglich, er musste ihn sich angeschlagen haben, als er ohnmächtig wurde. Außerdem war ihm schlecht. Er sah sich um. Ombro und seine Lakaien waren verschwunden. Ob sie sie angegriffen hatten?

Calabria half Breze aufzustehen und wandte sich an Tobi.

„Du wolltest doch wissen, wie die Toikafrucht als Waffe dienen kann. Jetzt hast du es selbst miterlebt. Ist das Oberhaupt in Gefahr, strömt sie ein Betäubungsmittel aus. Nur der Träger der Krone bleibt davon verschont. Es wirkt aber nur kurz, es wird euch gleich besser gehen. Und bei eurer Reise müsst ihr leider mit unangenehmer Begleitung vorliebnehmen.“

Sie deutete auf das Wasserbecken, in dem Kretina ihre Runden zog. Fünf Tentakel waren durch Ombro und seine Begleiter besetzt. Der Krake hatte sie fest im Griff, so sehr die Männer auch zappelten.

„Keine Sorge“, sprach Calabria weiter. „Sie können euch nichts mehr anhaben. Kretina wird euch zuerst auf der anderen Seite absetzen und dann Ombro so weit wie möglich von hier wegbringen. Ich könnte mir ein schöneres Schicksal für meinen Bruder vorstellen als eine Verbannung, aber ihr habt ja selbst gesehen, dass mein Volk in seiner Nähe nicht sicher ist.“

Calabria blickte traurig in das Wasserbecken, verabschiedete sich noch einmal von den drei Freunden und half ihnen in das Becken zu steigen. Kretina streckte ihnen bereits ihre drei letzten freien Tentakel entgegen. Breze wollte noch fragen, ob diese Art der Beförderung öfter für Reisen benutzt wurde, doch schon hatte er einen der Saugnäpfe auf Mund und Nase, durch den er tatsächlich wunderbar atmen konnte. Es fühlte sich in etwa an, als würde er schnorcheln und der Geschmack erinnerte ihn an die Bäckerei in seiner Straße. Brezes Mutter liebte das ungewöhnliche Sepiabrot, das es dort zu kaufen gab. Herr Kapp, der Bäcker experimentierte gerne mit Lebensmitteln und verwendete für seinen Verkaufsschlager echte Tintenfischtinte.

Etwas gewöhnungsbedürftig fand Breze allerdings, dass der Krake ihn einwickelte, wie eine Spinne ihr Opfer. Der Tentakel fühlte sich kalt und glitschig an und nach kurzer Zeit konnten sich Breze, Leia und Tobi nicht mehr bewegen. Breze sah Calabria noch ein letztes Mal in die Augen, dann tauchte Kretina ab.

Der Oktopus schwamm gefühlt so schnell wie ein ICE. Dort wäre Breze jetzt allerdings lieber gewesen, denn ohne seine Tentakel kann ein Krake nicht schwimmen, er musste sie also benutzen. Die Reisenden wurden durch die Bewegungen des Tieres wild durchgeschüttelt. Was wohl passierte, wenn man sich in den Saugnapf übergab? Breze musste sich ablenken. Vielleicht sah er wenigstens etwas Interessantes, bunte Fische oder Pflanzen. Er öffnete die Augen. Doch er sah rein gar nichts, so tief im Meer war es stockdunkel. Er konnte nur erkennen, dass sie gerade an etwas Großem vorbeischwammen.

Breze überlegte, auf welcher Stufe der Nahrungskette Kraken stehen. Haie fressen Tintenfische und Delfine, aber knabbern sie auch an Riesenkraken? Breze schüttelte den Kopf. Keine guten Gedanken, um sich abzulenken. Plötzlich berührte etwas Brezes Hand.

Er zuckte zusammen. Was war das? Wieder berührte es ihn und packte dann zu. Es hielt seine Hand fest und er konnte sich nicht genug bewegen, um es abzuschütteln.

Kurz bevor er gefühlt durchdrehte, spürte er, was es war: eine andere Hand. Sein Herz beruhigte sich und Breze nahm einen tiefen Atemzug Oktopusluft. Doch dann kam ihm ein ganz anderer Gedanke und sein Herz klopfte wieder schneller. Wessen Hand war das eigentlich? Die Chancen standen 1:7, dass es Leia war. Hoffentlich keiner der Gangster, dann noch lieber Tobi.

Trotz begründeter Zweifel schaffte es Breze seine Hand zu öffnen und die andere Hand ebenso festzuhalten. Es tat gut, sich in der Tiefe der Dunkelheit an etwas festhalten zu können. Lange konnte die Reise auch nicht mehr dauern, es ging nach oben.

Dies vermutete Breze auf jeden Fall, denn es wurde heller und hier und da blitzte einer der Glitzerfische auf. Weiter in der Tiefe hatte er keinen einzigen davon gesehen. Langsam konnte er auch die Umrisse der Person erkennen, die seine Hand hielt. Breze versuchte sich zu konzentrieren und machte sich bereit sofort loszulassen. Doch dann gab es einen Ruck und sie wurden auseinandergerissen. Breze tastete nach der anderen Hand, griff aber ins Leere.

Als es erneut ruckelte, schien Kretina im Zickzack zu tauchen und Breze erkannte auch den Grund dafür. Es war genau das, wovor er sich die ganze Zeit am meisten gefürchtet hatte. Ein Schwarm Haie – es waren mindestens fünf Exemplare mit einer Länge von etwa drei Metern – kreiste sie ein. So sehr sich Breze auch fürchtete, war er auch fasziniert von diesen riesigen Wesen, deren Augen diabolisch funkelten. Kretinas Tentakel zappelten, als die anderen Reisenden instinktiv versuchten zu fliehen, sie wollten nicht als Haifutter enden.

Als ob sie ohne den Schutz der Riesenkrake bessere Chancen hätten, dachte Breze. Haie können bis zu siebzig Kilometer pro Stunde schwimmen, Menschen vielleicht drei. Mit ihrem Gezappel machten sie nur noch mehr auf sich aufmerksam.

Breze dagegen blieb ruhig und vertraute auf Kretina, für die Haie war sie schließlich auch kein einfacher Gegner. Er war sich sicher, dass sie nur die Beute haben wollten und ob sie dafür den Oktopus angriffen, hing vermutlich auch davon ob, wie groß der Hunger war.

Die Schlinge wurde enger, die Haie kamen immer näher, sie schwammen schneller und aggressiver. Im allerletzten Moment benutzte Kretina einen der Reisenden – Breze meinte Ombro erkennen zu können – als Schlagstock und gab einem der Haie eins auf die Nase. Das schien zu wirken. Die Raubfische ließen von ihren Opfern ab und verschwanden in der Tiefe.

Als wäre nichts geschehen, setzte Kretina ihren Weg Richtung Wasseroberfläche fort und lockerte, am Ufer angekommen, ihre Tentakel, damit Breze, Leia und Tobi sich befreien konnten. Wutentbrannt zappelten Ombro und seine Gefolgschaft wie Fliegen in einem Spinnennetz, doch sie hatten keine Chance, der Riesenkrake nahm sie wieder mit in die Tiefe.

Breze sah Leia an, die kreidebleich im Gesicht war. „Geht es dir gut?“, fragte er. Leia rang nach Luft und vergrub das Gesicht in ihren Händen.

„Ich dachte, die fressen uns auf“, schluchzte sie. Tobi deutete Breze, dass er Leia in den Arm nehmen solle, da er nicht wusste, wie er auf ihren Gefühlsausbruch reagieren sollte. Leia klammerte sich so fest an Breze, dass er kaum Luft bekam und sie zitterte. Er versuchte, sie aufzumuntern.

„Die hätten dich bestimmt nicht gefressen. Also ich meine gut schmecken würdest du bestimmt…aber du trinkst doch jeden Morgen einen Ingwershot…das fließt bestimmt schon durch deine Adern… und das mögen Haie bestimmt nicht…und vielleicht hätten sie ein wenig geknabbert…aber dann hätten sie Ombro gefressen oder Tobi.“

Leia hörte auf zu weinen und fing an zu lachen. „Das ist die schlechteste Aufmunterung, die ich je gehört habe."

Breze und Tobi lachten mit.

„Ist euch auch so schlecht? Das Geschaukel und der Gestank nach Fisch waren doch kaum zu ertragen", sagte Tobi und machte dabei Würgegeräusche.

„Da kann ich ja echt mal froh sein, nichts zu riechen. Mir hat die Achterbahnfahrt schon gereicht", antwortete Leia.

14. Kapitel

„Das klingt wie ein Helikopter!“

Bevor sie sich umsahen, brannte Breze eine dringende Frage unter den Nägeln. Er drehte sich zu Leia und flüsterte, damit Tobi ihn nicht hörte: „Sag mir bitte, dass du meine Hand gehalten hast.“

Leia sah ihn verständnislos an und schüttelte den Kopf.

Als sich Breze gerade verschämt zur Seite drehen wollte, sah er es, Leias zuckende Mundwinkel. Sie verkohlte ihn.

„Das dachte ich mir schon“, stieg Breze mit ein. „Die Hand fühlte sich sehr groß und richtig rau an.“

Schmunzelnd beobachtete er, wie Leia irritiert auf ihre Hände schielte.

„So ungern ich euer spannendes Gespräch störe“, sagte Tobi mit einem demonstrativen Augenrollen, „aber ich habe einen Bärenhunger. Was haben wir zu essen?“

Breze öffnete seinen klitschnassen Rucksack, in dem sich immer noch Gildas Flöte, die Feuersteine der Prinzen, die Stoffstreifen von Gretels Kleid und die Muschel mit der magischen Pflanze befanden. Er drehte sich zu Tobi und Leia und deutete auf die Algensäckchen, die sie von Calabria bekommen hatten. „Habt ihr was Essbares dabei?“, fragte er.

„Bei mir sind schwarze Kartoffeln, Früchte und Brot drin“, antwortete Leia und packte die Sachen aus.

„Bei mir ist gar nichts zu essen im Sack“, sagte Tobi schulterzuckend.

„Was?“ Breze blickte Tobi irritiert an. „Wenn wir sparsam sind, reicht das für drei Tage.“

„Entspann dich“, versuchte Tobi Breze zu beruhigen. „Ich habe nicht gesagt, dass gar nichts im Sack ist. Hier ist ein Metallgefäß, damit können wir Wasser abkochen. Anders als bei uns zuhause ist das Meerwasser nicht salzig, ich habe es probiert.“

Dann scheinen die Tiere hier einen anderen Stoffwechsel als bei uns zu haben, schoss es Breze durch den Kopf. Nur ganz wenige Haiarten können im Süßwasser überleben. Geschweige denn ein Krake oder Seepferdchen. Er sprach es nicht aus, um dem augenrollenden Gesichtsausdruck seines Bruders zu entgehen.

„Was hast du noch von Calabria bekommen?“, hakte Breze nach.

„Eine kleine Angel, dann können wir Fisch essen.“

Breze verzog das Gesicht. Nicht gerade sein Lieblingsessen, aber in der Not frisst der Teufel Fliegen.

„Dann werden wir schon nicht verhungern“, sagte Leia.

Sie teilten sich auf. Tobi versuchte sein Glück beim Angeln, Leia und Breze wollten ein Lagerfeuer entzünden. Sie mussten nicht lange suchen, der Strand war voll von Ästen und Zweigen. Leia fing gleich an zu sammeln, aber ihre Freude währte nicht lange, denn Breze sah sich das Holz genauer an.

„Die Zweige sind noch richtig feucht, vermutlich hat es vor kurzem einen Sturm gegeben und die Äste wurden gerade erst angespült. Das brennt nie und nimmer, das qualmt höchstens ein bisschen.“

„Dann können wir den Fisch doch räuchern“, erwiderte Leia.

„Ich weiß nicht, ob man Fisch räuchern kann, in dem man ihn über qualmendes Holz hält. Wahrscheinlich bekommen wir vorher eine Rauchvergiftung.“

„Was? Du weißt es nicht? Das habe ich ja noch nie aus deinem Mund gehört“, grinste Leia.

Sie konnte wieder Witze machen, das beruhigte Breze. Er hatte sich schon Sorgen um sie gemacht, die letzten Tage hatte sie immer weniger gesprochen. Breze grinste zurück und stupste seine Freundin mit der Schulter an.

„Sieh mal!“, rief Leia mit einem Mal aufgeregt und hob etwas vom Boden auf. „Was ist das?“

Breze nahm es in die Hand. „Das ist ein versteinerter Haifischzahn, ein Fossil.“

„Iiih!“, rief Leia und ein Schauer lief ihr über den Rücken. Von Haien wollte sie nichts mehr hören.

Breze hingegen sah sich den Zahn begeistert an.

„Der muss mehrere Millionen Jahre alt sein und gilt als Glücksbringer“, erklärte er fasziniert.

„Dann schenke ich ihn dir gerne, wenn du ihn in deiner Hosentasche lässt“, lachte Leia und Breze steckte ihn ein.

Sie gingen weiter. Es war so heiß, dass die Hitze bereits flimmerte und dennoch konnten sie weiter hinten einen Wald entdecken. Sie mussten eine große Wiese überqueren, um ihn zu erreichen.

Auf dem Weg war ihre Kleidung von der Sonne getrocknet und bereits wieder nassgeschwitzt, doch es hatte sich gelohnt. Sie mussten nicht lange suchen, um genug trockene Äste für das Lagerfeuer zu finden. Dabei drehte sich Breze immer wieder nervös um, er hatte das Gefühl, dass etwas nicht stimmte. Ab und an raschelte es und er fühlte sich beobachtet.

„Pst.“ Breze deutete Leia mit einem Handzeichen, dass sie stehen bleiben sollte, aber er konnte nichts erkennen.

„Was ist los?“, flüsterte Leia.

„Ich dachte, ich hätte etwas gehört. Lass uns abhauen, wir haben genug Holz.“

Sie liefen zurück zum Strand. Den ganzen Weg über war es ruhig und so hakte Breze sein ungutes Gefühl und die Geräusche als Einbildung ab. Sie warfen die Stöcke und Äste auf einen Haufen in den Sand und als sie sich Tobi näherten, trauten sie ihren Augen kaum.

Er hatte in der Zeit, in der sie weg waren, sechs Fische geangelt. Sie schwammen in einem selbst gegrabenen Wasserloch.

„Mensch Tobi, das hätte ich dir ja gar nicht zugetraut“, staunte Leia.

„Musst du immer noch mit Papa sonntags angeln gehen?“, fragte Breze und es klang ein wenig neidisch.

„Da bin ich schon seit Jahren raus. Wir waren eigentlich gar nicht mehr, seit wir ausgezogen sind. Ich habe die Stille mit ihm allein nicht mehr ausgehalten.“

Tobi starrte auf das Wasser. „Aber wenigstens waren die Angelstunden nicht umsonst. Ich denke, das reicht. Ihr macht Feuer, ich kümmere mich um das Essen.“

Breze und Leia nickten und schichteten die Äste auf einen Haufen. Bereits ein kleiner Funke der Feuersteine, die inzwischen in der Sonne getrocknet waren, reichte aus und schon loderte eine kleine Flamme.

Ihre Vorräte teilten sie so auf, dass auch für die nächsten Tage noch ein wenig übrigblieb, wer weiß, wohin der Weg sie führte.

Während dem Essen teilte Breze Tobi und Leia mit, was Calabria ihm über diese Seite des Tebileng erzählt hatte. Die Sandfrau war noch nicht oft dort gewesen, denn hier herrschten andere Völker und nicht alle waren friedlich. Die drei sollten sich deshalb auch unauffällig verhalten und nicht zu tief in den Wald hinein gehen. Den weinenden Baum hatte Calabria zwar noch nicht selbst zu Gesicht bekommen, sie wusste aber aus sicherer Quelle, dass er sich in der Nähe des Wassers befand. Da es aber bereits dämmerte, musste das nächste Abenteuer warten.

Müde und satt blickten Breze, Leia und Tobi in das Feuer.

„Wenn wir hier schon wie die Pfadfinder hocken, können wir auch ein bisschen Musik machen“, sagte Tobi und kramte in Brezes Rucksack. „Hat uns die Alte nicht eine Flöte mitgegeben?“

„Sie heißt Gilda. Und die Flöte ist in der vorderen Tasche“, antwortete Breze. Was hatte Tobi nur schon wieder mit seinen Pfadfindern, ein versäumter Kindheitstraum? Breze musste grinsen bei dem Gedanken, wie Tobi in der Uniform wohl aussehen würde.

Sein Bruder hatte die Holzflöte gefunden und prustete mit aufgeblasenen Backen kräftig hinein, doch es kam kein einziger Ton heraus, nicht einmal ein schiefer.

„Gib mal her, da braucht man Gefühl für.“ Leia nahm Tobi die Flöte aus der Hand und blies ganz vorsichtig hinein. Und wieder passierte nichts.

„Na toll, da hat uns die Alte wohl einen Blindgänger angedreht.“ Tobi nahm das Musikinstrument und schmiss es im hohen Bogen ins Wasser, wo es mit einem leisen „Platsch“ unterging.

„Ich hau‘ mich aufs Ohr“, sagte er, rollte sich wie ein Embryo im Sand zusammen und schnarchte kurze Zeit später laut drauflos.

Breze musste an sein komisches Gefühl im Wald denken. „Einer von uns sollte Nachtwache halten. Mach ruhig die Augen zu, ich fange an.“

Das nahm Leia dankbar an und zu Brezes Überraschung schnarchte sie noch lauter als Tobi. Vielleicht lag das an der Riechstörung, die Leia hatte. Breze machte es sich gemütlich, indem er sich an einen angespülten Baumstamm lehnte und in die Sterne blickte.

Nach einer Weile hörten sich die Geräusche in seiner Umgebung immer gleichmäßiger an, fast schon wie eine Melodie. Das Meeresrauschen, das Prasseln des Feuers und selbst das Schnarchen. Eigentlich hätte Breze wissen müssen, dass er kurz davor war, wegzudösen, aber er konnte nichts dagegen unternehmen, sein Körper fühlte sich schwer wie Blei an.

Doch dann kam ein Geräusch dazu, ein neues, das nicht passte, ein Summen. Aber nicht so ein Summen, wenn eine Mutter ihr Baby in den Schlaf singt, es klang bedrohlich und es wurde lauter. So laut, dass alle drei gleichzeitig in die Höhe schossen.

„Das klingt wie ein Helikopter!“, schrie Leia und hielt sich die Ohren zu. „Was ist das?“

„Bestimmt nichts Gutes, wir sollten hier weg“, antwortete Tobi, aber es war bereits zu spät.

Die Sterne am Himmel leuchteten gerade so hell, um zu erkennen, dass etwas Großes auf sie zuflog, und zwar ein ganzer Schwarm davon. Die ersten Kreaturen hatten sie fast erreicht.

„Laaaaaauft!“, brüllte Breze und alle drei sprangen auf. Geistesgegenwärtig schnappte sich Breze seinen Rucksack und auch Leia und Tobi nahmen ihre Proviantsäckchen mit und befestigten sie im Laufen an ihren Gürteln.

Sie rannten so schnell sie konnten über die Wiese in Richtung Wald, um sich dort zu verstecken. Der Weg kam Breze diesmal ewig vor, viel länger als vor wenigen Stunden. Als sie die ersten Bäume erreichten, waren die Viecher genau über ihnen. Breze deutete seinen Freunden mit Handzeichen, dass sie sich trennen sollten. Leia und Tobi verstanden es sofort und jeder rannte in eine andere Richtung.

Im Wald war es stockfinster und Breze stolperte immer wieder über Wurzeln. Er rannte fast blind geradeaus und hielt sich dabei die Hände vor das Gesicht, um sich vor tiefhängenden Ästen zu schützen. Es grenzte an ein Wunder, dass er nicht gegen einen Baum lief.

Nach einer Weile hielt er inne und horchte. Das Summen war weg, in der Ferne zwitscherten lediglich ein paar Vögel der Morgendämmerung entgegen und auf der nächsten Lichtung, die Breze erreichte, stand ein Tier, das er noch nie gesehen hatte. Entfernt könnte man es mit einem Reh vergleichen. Es war allerdings weiß und mit viel dichterem Fell. Auf dem Kopf trug es ein rundes, einzelnes Geweih. Breze beobachtete fasziniert, wie das Wesen Moos und Blätter fraß. Er ahnte nicht, dass es sich dabei um die letzte Mahlzeit des Tieres handelte, denn vom Himmel schoss eine der fliegenden Gestalten herunter, steckte seinen riesigen Stachel in das Wesen und trank es in einem Zug aus. Die blutleere Hülle sackte in sich zusammen auf den Boden und blieb dort liegen. Das Ganze ging so schnell, dass weder das Tier noch Breze etwas hätten tun können. Das arme Geschöpf schrie nicht einmal.

Geschockt starrte Breze auf diese absurde Tragödie und schüttelte sich, als er sah, dass es sich bei dem summenden Monster um eine zwei Meter große Mücke mit einem nashorngroßen Stachel handelte.

Das Rieseninsekt konnte ihn mit Sicherheit riechen und Mücken liebten sein Blut. Das Monster ließ von seinem Opfer ab und blickte ihn mit seinen tellergroßen Augen direkt an, doch anscheinend war es satt, denn es verschwand genauso schnell, wie es gekommen war.

Breze hielt sich an einem Baum fest und versuchte erst einmal tief durchzuatmen.

Dann wurde er durch einen Schlag auf den Hinterkopf ohnmächtig.

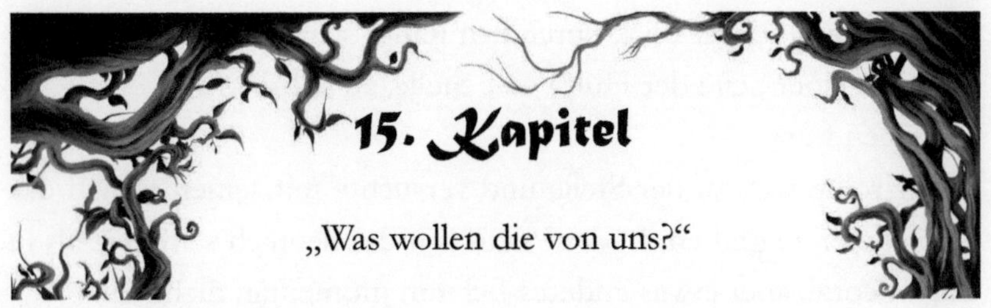

15. Kapitel

„Was wollen die von uns?"

Brezes Kopf dröhnte und er ärgerte sich, dass er schon wieder niedergestreckt worden war. Doch diesmal schien es nicht zu seinem Besten gewesen zu sein, denn er fand sich gefesselt und allein in einer kleinen Hütte ohne Fußboden wieder.

Breze lag auf der Erde und rollte sich von der Mitte des Raumes in Richtung Tür, die aus zusammengebundenen Ästen bestand, was es ihm möglich machte, durch die Zwischenräume nach draußen zu sehen. Er musste mehrere Stunden weggetreten gewesen sein, denn die Sonne stand hoch am Himmel.

Von Leia und Tobi war nichts zu sehen.

Hoffentlich geht es ihnen gut, dachte Breze. Er mochte gar nicht daran denken, was mit ihnen geschehen war, wenn die Monstermücken sie erwischt hatten.

Als er die Augen zusammenkniff, um durch den schmalen Spalt besser sehen zu können, erkannte er weitere Hütten, größere und kleinere, alle aus Baumstämmen und Ästen zusammengebaut. Dann sah Breze draußen einen Schatten vorbeihuschen. Er suchte hastig nach einem größeren Spalt, um besser sehen zu können, was gefesselt gar nicht so einfach war und als er ihn endlich gefunden hatte, war nichts mehr zu sehen.

Enttäuscht ließ er sich wieder auf den Boden sinken und dachte nach. Wo war er hier nur? Wenn nur endlich jemand käme, dann könnte er das Missverständnis bestimmt aufklären. Sie wollten ja niemandem etwas Böses, einfach nur nach Hause, wo sie hingehörten.

Breze ließ seinen Blick durch den Raum schweifen und entdeckte dabei an einer Seite der Hütte eine Stelle, an der die Erde etwas aufgegraben war.

Er rollte sich zu der Stelle und versuchte mit seinen Füßen das Loch tiefer zu graben. In der Praxis war das deutlich schwerer als in der Theorie, aber etwas anderes fiel ihm momentan nicht ein.

Schwitzend und keuchend hatte es Breze nach einer Weile so weit geschafft, dass er seinen Kopf aus der Hütte strecken konnte. Doch was er dann sah, erschreckte ihn so sehr, dass er ihn sofort wieder zurückzog. Von außen musste das ausgesehen haben wie eine Schildkröte, die ihren Kopf vor Feinden im Panzer versteckte. Jemand – oder etwas – hatte ihn direkt angestarrt. Es sah aus wie ein vielleicht fünfjähriger Junge mit Haaren im Gesicht, aber nicht einfach nur ein paar, er hatte einen roten Vollbart. Das sah so absurd aus und doch war es definitiv ein Kind. Dies hatte Breze an der Statur und den Augen, die ihn anstarrten, erkannt.

Es sah ängstlich aus, aber wenn er noch einmal darüber nachdachte, auch freundlich, vielleicht war das seine Chance, Kontakt mit jemandem aufzunehmen und das Missverständnis aufzuklären.

Vorsichtig steckte er seinen Kopf wieder durch das Loch. Das Kind saß immer noch an derselben Stelle und nachdem sie einander gemustert hatten, kam der Junge langsam auf Breze zu, streckte seine Hand aus und berührte seine Wange.

„Hallo“, sprach Breze vorsichtig. „Wer bist du?“

Doch statt einer Antwort fing das Kind an wie am Spieß zu schreien.

„Ich tue dir nichts“, versuchte Breze den Jungen zu beruhigen, aber er schrie weiter und rannte weg.

Mit einem Mal wurde er von hinten ruckartig aus dem Loch gezogen und von mehreren Männern, allesamt mit roten Vollbärten, aus der Hütte getragen. Unsanft warfen sie ihn auf einen Haufen mit Stroh und redeten auf ihn ein, aber Breze konnte ihre Sprache nicht verstehen. Das schien sie wütend zu machen, denn sie wurden immer lauter und die schon vorher sehr hitzigen Stimmen klangen noch aggressiver. Um ihn herum standen Männer, Frauen, Mädchen und Jungen und sie hatten alle diese roten Bärte. Wäre Breze nicht in dieser unglücklichen Situation gewesen, hätte er darüber gelacht, da sogar die Babys einen Vollbart trugen. Aber jetzt musste er sich erst einmal auf etwas anderes konzentrieren. Wie konnte er kommunizieren, ohne dass ihn jemand verstand und ohne seine Hände zu benutzen, da er gefesselt war? Er konnte nicht einmal gestikulieren.

Breze sah sich das Volk genauer an. Die Frauen trugen Kurzhaarfrisuren, die Männer hatten lange Haare, einige zu einem Pferdeschwanz gebunden. Breze vermutete, dass es etwas mit dem Rang in der Gemeinschaft zu tun hatte, denn die Männer mit dem Pferdeschwanz standen in der ersten Reihe und der Rest weiter hinten. Als Kleidung trugen alle das Gleiche, knielange Lederkleider, mehr zweckmäßig als modisch. Aber so, wie ihn die Bärtigen anstarrten, fanden sie sein Outfit auch nicht gerade prickelnd. Kein Wunder, seine beigen Cargo-Shorts und das weiße T-Shirt starrten vor Dreck und waren dazu auch noch an mehreren Stellen eingerissen.

Breze fragte sich, was als Nächstes passieren würde, doch bevor er den Gedanken zu Ende denken konnte, bekam er erneut einen Schlag gegen den Kopf, von dem er diesmal zwar nicht ohnmächtig wurde, dafür aber umso wütender.

„Warum immer auf meinen Kopf?“, schrie er.

„Tut mir leid, ich konnte nichts dafür.“

Diese Stimme erkannte Breze sofort. Er drehte seinen Kopf, soweit es mit den Fesseln möglich war, nach hinten.

„Leia! Gott sei Dank! Geht es dir gut? Alles in Ordnung?“

Auch sie war gefesselt.

„Könnte besser sein, aber ich bin unverletzt. Was wollen die von uns?“

„Das konnte ich auch noch nicht herausfinden. Hast du Tobi irgendwo gesehen?“, fragte Breze besorgt.

Doch bevor Leia antworten konnte, hatte er ihn bereits entdeckt. Tobi stand putzmunter und als freier Mann mitten in der Menge, als ginge ihn das alles nichts an. Breze traute seinen Augen nicht, aber es war eindeutig sein Bruder. Da dieser ihn eindringlich ansah und den Kopf schüttelte, flüsterte Breze Leia zu: „Dahinten steht er, siehst du ihn? Ich frage mich, warum er nicht gefesselt ist. Wir sehen doch wohl kaum bedrohlicher aus als er.“

„Das kann ich dir sagen“, antwortete Leia und suchte Tobi in der Menge. Sein leuchtend rotes Nirvana T-Shirt hatte sie schnell entdeckt.

„Das liegt an seinem Drei-Tage-Flaum im Gesicht. Ich denke unsere babypopoweiche Haut ist ihnen suspekt.“

Da stimmte ihr Breze nickend zu und ließ Tobi dabei nicht aus den Augen. Wenn er nur kurz mit seinem Bruder sprechen könnte. Breze rüttelte an seinen Fesseln, doch dadurch schnitten sie sich nur noch tiefer in seine Handgelenke. Es brannte und Breze stöhnte vor Schmerzen.

„Die sitzen wirklich bombenfest“, sagte Leia, die beobachtet hatte, wie ihr Freund versuchte, die Fesseln zu lockern und es dann genervt aufgab.

„Sieh mal.“ Breze stupste Leia mit der Schulter an und zeigte mit seinem Kopf in Richtung Tobi, der so wie es aussah, mit einem der Männer sprach. Leia drehte ihren Kopf und wunderte sich.

„Seltsam. Ich habe in den letzten Stunden wirklich jede Sprache, die ich kenne, ausprobiert, aber niemand konnte mich verstehen.“

„Ja, ich auch“, log Breze, da es ihm unangenehm war, dass er durch den Schlag auf den Kopf so lange weggetreten gewesen war.

„Ich kann versuchen von den Lippen abzulesen, was sie besprechen“, sagte Breze.

„Woher kannst du das denn schon wieder?“, fragte Leia beeindruckt.

„YouTube“, antwortete Breze knapp.

„Mal wieder etwas, das ich von dir noch nicht wusste. Wie lange muss man dafür denn…“

„Pst!“, unterbrach Breze sie. „Ich muss mich konzentrieren.“

Tobi und der Fremde standen einige Meter entfernt. Was der Mann sagte, konnte Breze aufgrund des Bartes nicht erkennen und auch bei dem Genuschel seines Bruders war sich Breze nicht sicher.

Aber eines war ganz klar. „Sie sprechen auf jeden Fall in unserer Sprache. Die Wörter „befreien“ und „schnell“ konnte ich sicher erkennen.“

Als er sah, wie sowohl Tobi als auch der Mann immer unruhiger wurden und der Rest des Volkes hektischer, wusste er, dass er recht haben musste. Gleich würde etwas geschehen, das ihre Situation mit Sicherheit nicht verbessern würde.

Kurz darauf ertönten Trommeln, die von den Männern mit den Pferdeschwänzen in der ersten Reihe gespielt wurden. Wie in Trance schlugen sie auf den mit Tierhaut überzogenen Baumstamm ein. Jedenfalls vermutete Breze, dass es sich dabei um Tierhaut handelte, denn die Trommel ähnelte einer Djembe, einer mit geschorenem Ziegenfell überzogenen Bechertrommel aus Afrika. Ein paar der Bartmenschen traten auf die Seite, sodass ein schmaler Gang entstand, der vor einer der Hütten endete.

„Wer oder was da wohl drin ist?“, fragte Breze Leia, die ihn aufgrund der lauten Trommeln entweder nicht hörte oder nicht antwortete, da sie auch nicht mehr wusste. Gebannt starrten die beiden auf die Hütte, die deutlich größer war als die, in der Breze gefangen gehalten wurde. Die Frauen und Kinder fingen an, Blumen auf den Weg zu streuen, die sie in kleinen Beuteln um den Hals trugen. Die Menschen auf der linken Seite streuten weiße Blumen, während die

Blüten auf der rechten Seite rot waren. Alles schien genau geplant zu sein.

Dann öffnete sich die Tür und heraus kam ein mindestens zwei Meter großer Mann, der zu Leias und Brezes Überraschung keinen Bart trug. Er schritt gebückt aus der Hütte und achtete dabei scheinbar sehr genau darauf, dass er mit dem einen Fuß nur auf die weißen Blumen trat und mit dem anderen auf die roten.

Plötzlich blieb er stehen und musterte den Boden. Breze versuchte zu erkennen, was den Mann irritierte. Es schienen lediglich ein paar rote Blumen auf die linke Seite gekommen zu sein, kein Grund für Drama, fand Breze. Das schien der Bartlose anders zu sehen, denn er blickte mit finsterem Blick nach rechts. Dort standen einige Kinder mit gesenktem Kopf und stürzten sich dann auf den Boden, um die roten Blumen aus den weißen auszusortieren. Als sie damit fertig waren, nickte der Mann und klopfte den Kindern sanft auf die Schultern, dabei lächelte er, was ihn weniger bedrohlich wirken ließ.

Er erinnerte Breze sogar an seinen Mathelehrer Herrn Mayer, der zwar Disziplin von seinen Schülern erwartete, oftmals aber auch ein Auge zudrückte und im Grunde einen weichen Kern hatte.

Der Mann kam jetzt genau auf sie zu und blieb vor dem Strohhaufen, auf dem sie lagen, stehen.

„Wir wollten Sie nicht stören. Wir sind nur auf der Durchreise. Bitte lassen Sie uns gehen", versuchte es Leia bei dem Bartlosen, der vermutlich der Anführer war.

Doch statt einer Antwort streckte er seinen Arm in die Luft. Die Trommeln verstummten und es war schlagartig still. Dann sagte er etwas, das nicht sehr freundlich klang und schien zu warten, denn er sah nach hinten in die Menge und nickte jemandem zu.

Breze zappelte unruhig auf dem Stroh herum, er hatte kein gutes Gefühl. Nervös versuchte er weiter seine Fesseln zu lösen, doch es war nichts zu machen.

Die Situation wurde noch absurder, denn von hinten kam eine der Frauen hervor und trug in der Hand eine brennende Fackel. Brezes Gedanken überschlugen sich. Was wollten sie damit? Sie würden doch nicht den Strohhaufen anzünden und sie verbrennen lassen?

Doch genau das schien der Anführer vorzuhaben, denn er nahm die Fackel entgegen, hielt das Feuer über sie und sprach mit seiner lauten, tiefen Stimme unverständliche Worte.

Breze nahm den Vergleich mit seinem Mathelehrer zurück, das würde er nie tun, sie jämmerlich verbrennen zu lassen.

Er versuchte zu atmen, bekam aber kaum Luft. Was sollten sie jetzt tun? Wie ernst die Lage war, begriff er auch, als er sah, wie Tobi und sein neuer Freund panisch losstürzten. Sie würden es allerdings nie schaffen rechtzeitig hier zu sein, denn der riesige Mann senkte seinen Arm bereits Richtung Stroh und Brezes Bruder war bestimmt noch zweihundert Meter entfernt. Alles geschah wie in Zeitlupe, das musste der Schock sein.

Breze sah Leia an und überlegte, was er noch tun konnte, so durfte es nicht zu Ende gehen. Er musste das Ganze nur um wenige Sekunden verzögern, bis Tobi hier war. Und deshalb tat er das Einzige, das ihm einfiel und das er mit gefesselten Händen und Füßen tun konnte: Er sang. Mehr oder weniger. Mit Leibeskräften brüllte er das einzige Lied, das er auswendig konnte, „Looking for Freedom" von David Hasselhoff.

Als er noch ganz klein war, fand er auf dem Dachboden die alte CD-Sammlung seiner Mutter, darunter eine Best-of-CD von David Hasselhoff, er hatte sie damals rauf und runter gehört. Es war reiner Zufall, dass der Song, in dem es um Freiheit ging und der zur Hymne des deutschen Mauerfalls 1989 wurde, auch textlich passte.

Und es schien Wirkung zu zeigen. Der Anführer zögerte irritiert und das reichte aus. Jetzt ging alles so schnell, dass Breze sich später nicht mehr an alles erinnern konnte. Tobi und der Mann, mit dem er sich unterhalten hatte, erreichten den Scheiterhaufen, packten sich Leia und Breze und rannten an dem überrascht blickenden Volk vorbei. Der fremde Mann, der ihnen half, war groß und kräftig, für ihn war das vermutlich kein Kraftakt, Breze rennend durch den Wald zu tragen. Tobi allerdings kam nach seiner Mutter, die nicht gerade groß war. Er war vielleicht einen halben Kopf größer als Leia und Breze. Und trotzdem trug er die gefesselte Leia über seiner Schulter, als würde sie kaum etwas wiegen. Breze war sich nicht sicher, ob es andersherum genauso glimpflich abgelaufen wäre. Hätte er Leia retten können? Oder sie ihn? Er versuchte, die Gedanken aus dem Kopf zu bekommen, denn es war geschafft.

Da Breze mit dem Kopf nach hinten über der Schulter lag, konnte er sehen, dass sie nicht verfolgt wurden. Vermutlich wunderten sich die Menschen immer noch, was da gerade geschehen war.

Sie erreichten das Ende des Waldes, hinter dem sich ein rauschender Fluss, vermutlich eine Abzweigung des Tebileng befand. Der Mann und auch Tobi blieben stehen, setzten Breze und Leia ab und schnitten mit einem Messer die Fesseln durch. Breze rieb sich die Handgelenke, die Schnüre hatten sich in seine Haut geschnitten und er blutete. Es schmerzte, aber das Einzige woran er denken konnte war, dass Leia Tobi vermutlich gleich um den Hals fallen würde, da er sie befreit hatte.

„Du hast uns das Leben gerettet“, rief Leia und umarmte überraschenderweise Breze.

„Wie die geguckt haben, ist wirklich unbezahlbar. Das werde ich nie vergessen. Ich wusste gar nicht, dass du auch noch Sänger bist“, säuselte sie weiter. Peinlich berührt fing er an seltsam zu kichern. „Na ja, ein Pavarotti bin ich nicht gerade.“ Dann wandte er sich an Tobi und den Mann.

„Eigentlich seid ihr die wahren Retter.“

Er hielt dem Fremden die Hand hin. Dieser griff zu, auch wenn er wohl nicht wusste, was das zu bedeuten hatte.

„Du sprichst unsere Sprache, richtig? Weißt du, warum uns dein Volk töten wollte?“, sprudelte es aus Breze heraus.

Zakul, wie der Mann mit dem roten Vollbart sich vorstellte, seufzte und deutete den drei Freunden, sich mit ihm auf einen umgestürzten Baumstamm zu setzen.

„Unser Volk ist für Außenstehende nicht immer leicht zu verstehen. Umgekehrt ist es aber genauso, deshalb haben sie sehr große Angst vor Unbekanntem. Ihr müsst verstehen, hierher verirrt sich sonst nie jemand. Alle tragen bei uns einen roten Vollbart, wir kommen so auf die Welt. Nur wenn es bald an der Zeit ist für einen neuen Anführer, wird ein Kind ohne Bart geboren und dann kamt plötzlich ihr. Gleich zwei Kinder ohne Bart und dann auch noch ein weibliches, das war zu viel. Das soll natürlich keine Rechtfertigung für ihre Taten sein, sie hätten euch nie verletzten dürfen.“

„Verletzen? Die wollten uns umbringen!“, platzte es aus Leia heraus. Sie stand auf und trat gegen den Baumstamm. Dass sie sich dabei den kleinen Zeh prellte, machte sie noch wütender und sie stampfte aufgebracht in den Wald hinein.

Breze wollte sich für Leia entschuldigen, schließlich hatte Zakul sie gerettet. Das tat er oft, sich entschuldigen. Für sich selbst und auch, wenn es ihn gar nicht betraf.

Das machte Leia immer wütend. „Steh zu dir“, sagte sie jedes Mal. „Wie du bist, was du sagst und vor allem, übernimm keine Verantwortung für andere.“

Einmal hatte sie ihm sogar gedroht, wenn er sich noch einmal bei ihr entschuldigte, würde sie eine Woche nicht mehr mit ihm reden. Doch diese Gewohnheit war nicht so leicht abzulegen und so dauerte es keine zwei Stunden, bis er es wieder getan hatte.

Diesmal für etwas so Banales wie einen ausverkauften Schokoriegel, den er Leia vom Pausenverkauf hätte mitbringen sollen. Sie hatte ihr Schweigen die ganze Woche durchgezogen, somit hatte Breze viel

Zeit zum Nachdenken, denn Leia war seine einzige Freundin an der Schule. Sie schwiegen gemeinsam, das war Breze lieber, als sich mit den anderen zu unterhalten.

Er wurde sensibler für seine Entschuldigungen, jetzt fiel es ihm jedes Mal auf und da wurde ihm bewusst, dass er es tatsächlich sehr häufig machte.

Also schluckte Breze diesmal seine Entschuldigung runter und fragte Zakul stattdessen: „Wie kommt es, dass du so anders bist als dein Volk? Du sprichst unsere Sprache und du hast uns gerettet."

Breze hörte interessiert zu, als ihm der Bärtige erzählte, wie er durch die Welt reiste. Im Gegensatz zu seiner Familie und seinen Freunden hatte er schon immer das Gefühl, dass es mehr gäbe als den Wald und den Tebileng. Er machte sich auf die Suche, wusste nicht einmal, wonach und lernte dabei neue Sprachen, Kulturen und wunderschöne Plätze kennen. Erst nach einer Weile wurde ihm bewusst, dass er nach dem Leben gesucht hatte. Am Ende hatte er es gefunden und wollte es mit seinem Volk teilen.

Doch es war schwieriger als gedacht, die anderen von diesem neuen Leben zu überzeugen. Er wollte sie weder dazu bringen, hier alles aufzugeben, noch alles umzukrempeln, er erhoffte sich nur, dass sie offener werden würden für Neues. Nach dem heutigen Erlebnis wusste er jedoch, dass dies noch ein weiter Weg war.

„Hast du keine Angst, dass sie dir etwas antun? Du hast uns schließlich geholfen. Komm doch lieber mit uns mit!", schlug Breze vor. Und auch Tobi nickte zustimmend.

Zakul legte seine Hand auf Brezes Schulter. „Ich danke euch für das Angebot, aber sie würden mich nie verletzen. Ich gebe nicht auf, sie zu überzeugen, dass nicht alles von außerhalb schlecht ist."

Während Zakul erzählte, hallte ein lauter Schrei durch den Wald, so laut, dass Tobi vom Baumstamm rutschte, auf dem er gerade balancierte.

„Leia?“, schrie Breze und sprang auf. Dabei blieb er an einem kleinen Ast hängen und riss sich ein weiteres Loch in seine Cargohose. „Wo bist du?“

Als erneut ein Schrei ertönte, rannten sie los. Aufgeregt, nicht aus Sorge, denn der Schrei klang weder ängstlich noch schmerzverzerrt, er klang euphorisch, als hätte Leia etwas Großes entdeckt. Doch schon nach wenigen Metern blieben die drei stehen. Das Echo verteilte Leias Stimme im gesamten Wald und machte es unmöglich herauszufinden, in welche Richtung sie gelaufen war. Aber Leia war schlau, sie würde nie allein in einen riesigen Wald laufen, ohne sich abzusichern, egal wie wütend sie war. Und tatsächlich entdeckte Tobi etwas Rotes, das an einem Ast festgebunden war.

„Das ist doch ein Stück von dem Stoff, den uns Gretel mit auf den Weg gegeben hat.“

Sie gingen vorsichtig weiter, um keinen Hinweis zu übersehen. Mindestens ein Dutzend Stofffetzen später, die sich an Sträuchern, Ästen und Zweigen befanden, entdeckten sie Leia und auch den Grund für ihren euphorischen Schrei, sie hatte einen riesigen Baum entdeckt. Breze hatte noch nie so etwas Monströses gesehen, seine Spitze ragte weit in den Himmel hinein und war nicht zu sehen.

„Ernsthaft?“, spottete Tobi. „Toll, du hast einen richtig großen Baum gefunden und dafür mussten wir durch den Wald rennen und Schnitzeljagd spielen?“

„Passt auf“, sagte Leia und deutete Richtung Himmel, ohne den Baum aus den Augen zu lassen.

Ein leises Grollen, wie die Murmel auf einer Kugelbahn, ertönte und schien näher zu kommen, bis wenig später etwas vom Baumstamm direkt ins Gras kullerte. Leia hob es auf und präsentierte den anderen eine kleine Bernsteinkugel.

Breze begriff sofort. „Der weinende Baum!“, schrie er außer sich vor Freude.

Leia griff in ihre Hosentasche und holte zwei weitere Bernsteine hervor, einer schöner als der andere.

Vom letzten Ostseeurlaub mit seiner Mutter vor zwei Jahren hatte Breze zuhause eine ganze Sammlung davon, aber keiner war so klar und rund wie diese. Leia bemerkte den faszinierten Gesichtsausdruck ihres Freundes und gab Breze die Kugeln in die Hand. Er hielt sie gegen das Licht. „Ich frage mich, wo sie herkommen."

„Na von dem Baum, hast du das nicht gesehen?", wunderte sich Tobi.

„Bei Bernstein handelt es sich um Baumharz, das vor Millionen von Jahren aus den Wunden von Nadelhölzern ausgetreten und an der Luft ausgehärtet ist. Das kann also nicht sein", erklärte Breze genervt. Tobi verdrehte die Augen und sagte nichts mehr dazu.

„Außer…" Breze versuchte, seine Gedanken in Worte zu fassen.

„Außer die niedrige Temperatur dort oben hat alles beschleunigt."

„Dann habe ich ja doch recht und du nicht!", prahlte Tobi triumphierend.

Breze rieb sich die Stirn.

„Nein, dann wäre das Harz nur gefroren und nicht zu Bernstein geworden, außerdem wäre die Baumwunde dann auch gefroren und könnte gar nicht auslaufen. Das ergibt alles keinen Sinn."

„Wenn ich auch etwas dazu sagen darf?"

Breze erschrak, er hatte Zakul in der ganzen Aufregung vergessen.

Der Bärtige fuhr fort. „Magie ergibt nicht immer Sinn und doch kann sie sinnvoll sein."

Drei verständnislose Gesichter starrten ihn an. Tobi sah heimlich zu den anderen beiden, um zu sehen, ob er der Einzige war, der keine Ahnung hatte, wovon er redete. Zakul versuchte es mit anderen Worten: „Die Magie selbst verstehen wir vielleicht nicht, sie kann uns aber helfen. Ihr müsst nur herausfinden, wie.

Der Baum heißt Maraboom. Seit es unser Volk gibt, und das ist schon eine sehr lange Zeit, erzählt man sich von Generation zu Generation Geschichten über die Magie, die er besitzt. Doch bis heute hat sie noch nie jemand zu Gesicht bekommen, als hätte der Baum auf euch gewartet."

Diesen zeitgeschichtlichen Moment mussten die drei erst einmal sacken lassen. Während sie abwechselnd ihre Blicke vom Baum zu den Bernsteinkugeln schweifen ließen, überlegten sie, was sie damit anstellen sollten. Sie erzählten Zakul von dem Rätsel, vielleicht konnte er ihnen weiterhelfen.

„Es gibt eine Waffe, den Fluch zu beenden. Willst du sie besitzen, musst du dich an ihn wenden. Doch ist er versteckt und nicht leicht zu orten. Findest du den weinenden Baum, öffnen sich die Pforten. Ein Doktor ist es, gib vor ihm acht, eine Armee ohne Puls über ihn wacht."

„Den weinenden Baum haben wir jetzt gefunden, aber hast du eine Idee, welches Portal sich geöffnet haben könnte?", fragte Breze seinen Retter. Doch auch Zakul wusste darauf keine Antwort, deshalb ging Breze näher an den Baum heran, um ihn zu untersuchen. Vielleicht hatte sich eine versteckte Tür geöffnet? Mit den Händen strich er an der rauen Rinde entlang, konnte aber nichts ertasten. Der Baumstamm war so dick, dass Breze beinahe zwei Minuten brauchte, um ihn einmal zu umrunden. Als er zurückkam, schüttelte er nur den Kopf und blickte in den Himmel. Er versuchte, die Baumspitze zu erkennen, konnte aber nicht einmal einen Ast sehen. Von unten sah es aus, als ob der ganze Baum nur aus einem Stamm bestand, hochklettern war also auch keine Option.

Es kam keine weitere Kugel mehr, deshalb beschlossen sie, erst einmal zum Wasser zurückzukehren.

Nur gut, dass Zakul sich im Wald auskannte, denn Tobi hatte auf dem Weg zu Leia alle Stofffetzen eingesteckt, wofür er spöttische Blicke erntete.

Als sie sich dem Wasser näherten, hörten sie ein immer lauter werdendes Rauschen und Gluckern. Sie verließen den Wald und liefen über den feinen Sandstrand zum Tebileng, beziehungsweise zu dem Fluss, der von dem Süßwasserozean abzweigte. Von hier schienen die Geräusche zu kommen, doch als sie direkt am Wasser standen, war das Rauschen verstummt. Trotzdem schien irgendetwas nicht zu stimmen, Breze kam nur nicht darauf, was es war. Nur Zakul, der hier aufgewachsen war, am Fluss mit seinen Freunden spielte, seinen Eltern beim Angeln zusah und inzwischen selbst für das Abendessen sorgte, merkte sofort, was nicht in Ordnung war.

Der Fluss fließt vom Tebileng weg, er hat seine Richtung geändert. Seht selbst."

Der Bärtige deutete auf ein paar Fische, die verwirrt im Kreis herumschwammen, bis sie es aufgaben und dem neuen Strom folgten.

„Was hat das zu bedeuten?", richtete Leia ihre Frage direkt an Zakul, der jedoch nur mit den Schultern zuckte.

„Das muss an den Bernsteinkugeln liegen", vermutete Breze, holte sie aus der Tasche und hatte dabei tatsächlich das Gefühl, von dem Fluss magnetisch angezogen zu werden.

„Der Fluss zeigt uns also den Weg, schön und gut, aber wie sollen wir ihm folgen?", fasste Leia zusammen.

„Wenn das alles ist?", rief Zakul euphorisch, „ich habe noch das Boot, mit dem ich auf Weltreise war. Es ist nicht sehr groß, aber es hat mir gute Dienste erwiesen. Ihr könnt es gerne haben."

Froh, den anderen weiterhelfen zu können, eilte Zakul zu einem Blätterhaufen am Waldrand, der eigentlich keiner war, sondern ein gut getarntes Bootsversteck.

Mit den Händen schaufelte er die Blätter auf die Seite und legte dabei nach und nach ein fünf auf zwei Meter großes, teilweise überdachtes Holzboot mit dem Schriftzug Alya frei.

„Ein hübscher Name, wer ist das?", fragte Leia neugierig.

„Alya ist meine Frau. Na ja, damals eigentlich noch nicht, aber ich denke, ihr haben meine Entschlossenheit und mein Mut gefallen, unsere kleine Welt zu verlassen. Als ich zurückkam, hat sie mich als ihren Mann ausgewählt", antwortete Zakul lächelnd.

„Hast du das Boot ganz allein gebaut? Das sieht richtig professionell aus", staunte Breze, als es ohne Blätterkleid vor ihnen stand, dabei strich er mit der Hand über das Holz.

„Mein Vater hat es immer bereut, nicht auf Reisen gegangen zu sein, bis er sich zu alt dafür fühlte. Er hat mir gezeigt, wie man ein Boot baut. Ohne ihn hätte ich es nicht geschafft."

Während Breze und Leia Zakul halfen, das Boot aus dem Wald Richtung Wasser zu ziehen, spielte sich Tobi als Kapitän auf, in dem er an Bord kletterte, sich ans Steuerrad stellte und den anderen Anweisungen gab.

„Das hättest du wohl gerne!", lachte Leia.

Doch diesmal musste Breze seinem Bruder recht geben: „Er ist der Einzige von uns, der einen Bootsführerschein besitzt. Meinetwegen kann er der Captain sein. Allerdings nur auf dem Wasser, deshalb…". Breze grinste Leia und Zakul an und die verstanden es sofort.

Der Bärtige wechselte auf die Seite der anderen beiden und mit aller Kraft kippten sie das Boot so weit, bis Tobi im hohen Bogen im Sand landete. Der fand das allerdings gar nicht lustig und trottete beleidigt voraus.

16. Kapitel

„Was soll uns der kleine Kerl schon antun?“

Obwohl Windstille herrschte, wurde die Strömung auf dem Fluss deutlich stärker, deshalb verabschiedeten sich die vier voneinander, bevor sie das Boot zu Wasser ließen.

„Möchtest du nicht doch mit uns kommen?“, versuchte es Breze noch einmal.

„Du könntest neue Abenteuer erleben und dein Wissen über diese Welt wäre wirklich von Nutzen für uns.“

Zakul blickte in die Ferne und zögerte, bevor er antwortete: „Ich weiß das wirklich zu schätzen, aber Alya wartet auf mich und wir bekommen bald Nachwuchs. Es geht leider nicht.“

„Das verstehe ich sehr gut. Alles Gute für dich und deine neue Familie“, sagte Leia und umarmte Zakul zum Abschied. Breze tat es ihr gleich, Tobi verabschiedete sich dagegen per Handschlag, was den Bärtigen erneut irritierte. Dann schoben sie das Boot ins Wasser und stiegen ein.

„Eins muss ich euch noch sagen“, rief ihnen Zakul vom Ufer aus zu. „Nehmt euch vor den kleinen, pelzigen Wesen in Acht, sie sehen niedlich aus, aber…“

Mehr konnten Breze und seine Freunde nicht verstehen, denn die Strömung hatte das kleine Boot fest im Griff und zog es mit rasender Geschwindigkeit in Richtung Süden davon. Sie konnten sich auch keine großen Gedanken darüber machen, was Zakul versuchte ihnen zu sagen, denn der Kahn schaukelte so stark hin und her, dass sie genug damit beschäftigt waren, nicht herauszufallen.

Schon nach kurzer Zeit war Zakul außer Sichtweite und auch der riesige Baum, der bis in den Himmel ragte, war bald verschwunden.

Die Breite des Flusses variierte, mal konnten sie die Bäume am Ufer fast berühren, mal waren sie kaum zu erkennen. Doch eines blieb immer gleich, die Geschwindigkeit.

Was würde passieren, wenn plötzlich ein Wasserfall vor ihnen auftauchte, überlegte Breze. Oder wenn sie kenterten? Schwammen die Haie zum Jagen auch in dieses Gebiet? Wer würde sie dann diesmal beschützen?

Zudem hatten sie kaum noch Proviant. Sie hatten Glück, dass überhaupt noch etwas übrig war. Das war vermutlich nur der Tatsache zu verdanken, dass dem Bartvolk ein Rucksack unbekannt war und sie sich deshalb nicht trauten, ihn abzunehmen. Auch die Proviantsäckchen von Leia und Tobi waren noch an ihren Gürteln befestigt. Als Breze nachsehen wollte, ob der Inhalt in seinem Rucksack noch vollständig war, passierte es. Er verlor das Gleichgewicht und stürzte über Bord.

„Breze!", schrie Leia panisch und suchte ihren Freund im Wasser. Da sie aber auf der gegenüberliegenden Seite saß, konnte sie nichts sehen. Tobi dagegen schon. Er ließ das Steuer los und stürzte auf die Seite, an der Breze ins Wasser gefallen war, dabei erging es ihm fast genauso, aber er konnte sich gerade noch am Dachpfosten festhalten.

„Halt dich an meinem Bein fest!", rief er seinem Bruder zu, als er sah, dass sich dieser am Anker festklammerte. Während Tobi ihn Stück für Stück ins Boot zurückzog, stöhnte Leia erleichtert auf. „Gott sei Dank!"

Doch sie hatten sich zu früh gefreut. Gerade als Breze zurück ins Boot kletterte, gab es einen Ruck und der Kahn kippte auf die Seite. Dabei warf er alle drei von Bord und fuhr allein davon.

Kurz darauf beruhigte sich der Fluss und sie konnten ans Ufer schwimmen. Wutentbrannt schlug Tobi auf das Wasser ein. „Das wäre auch anders gegangen“, schrie er so laut er konnte, doch der Fluss reagierte nicht. Das machte ihn nur noch wütender.

Leia blickte zu Breze. „Machen wir mit?“

Statt einer Antwort, watete er knietief ins Wasser, schrie und schlug um sich. Lachend rannte Leia hinterher und tat es ihm gleich.

Als sie keine Kraft mehr hatten, fielen sie erschöpft in den Sand und schliefen augenblicklich ein.

Leia war die Erste, die erwachte, als die Sonne aufging. Als sie ihre Augen aufschlug, sah sie, dass sie nicht allein waren.

„Huch, wer bist du denn?“, flüsterte sie, um die anderen nicht aufzuwecken. Das Wesen, das sie anstarrte, sah aus wie ein kleiner, brauner, flauschiger Teddybär mit spitzen Ohren und war auch nicht viel größer, er reichte Leia gerade einmal bis zum Knie.

„Komm mal her.“ Leia ging langsam auf das Tier zu und streckte ihre Hand nach ihm aus. Mit geschmeidigen Bewegungen kam das Wesen auf Leia zu und ließ sich von ihr hinter den Ohren kraulen, dabei schnurrte es wie eine Katze.

In dem Moment als Leia es auf den Arm nehmen wollte, wachte Tobi auf und fuhr sie an: „Was machst du denn da?“

Erschrocken versteckte sich das Tier hinter Leias Beinen, es zitterte.

„Was, wenn es Tollwut hat? Das macht wilde Tiere doch erst zutraulich.“

„So ein Quatsch, es mag mich einfach“, entgegnete Leia empört. Von dem Lärm war auch Breze aufgewacht und versuchte zu verstehen, warum es Streit gab, als er das kleine Wesen hinter Leia entdeckte.

„Sieh mal, wie süß und zahm er ist“, versuchte Leia Breze auf ihre Seite zu ziehen, während sie ihren neuen, kleinen Freund demonstrativ auf den Arm nahm und streichelte. Doch Breze war vorsichtiger. „Ist das nicht genau das Tier, vor dem uns Zakul warnen wollte?“

„Und wenn schon. Was soll uns der kleine Kerl schon antun? Vielleicht mochte er Zakul einfach nicht", zischte Leia trotzig und funkelte Breze dabei enttäuscht an.

„Deine Gutmütigkeit bringt dich irgendwann in Schwierigkeiten, ich hoffe das weißt du, aber lass mich da raus. Wir sollten jetzt sowieso weiter", sagte Tobi und stand auf.

„Ich frage mich, auf welcher Seite du eigentlich stehst. In letzter Zeit jedenfalls nicht auf meiner", flüsterte Leia Breze zu. „Noch vor kurzem hieß es, wir beide gegen den Rest der Schule und jetzt? Bruder-Power gegen mich?"

„Ich stehe auf gar keiner Seite. Ich versuche nur das Richtige zu tun, damit wir nach Hause kommen", rechtfertigte sich Breze.

Schweigend verabschiedete sich Leia von dem kleinen Wesen, dann aßen sie einen Teil des Proviants und packten ihre Sachen zusammen.

„Und in welche Richtung gehen wir?" Tobi sah sich um. Es gab die Möglichkeit, am Strand entlangzulaufen oder landeinwärts. Dort konnte man in der Ferne einen steinigen Berg erkennen, es gab aber auch noch einen leichteren Weg in nördlicher Richtung, der über Wiesen und Felder führte. Diesen Weg würde Tobi bevorzugen.

„Ich lasse die Bernsteine entscheiden." Breze holte die Kugeln aus seiner Hosentasche, streckte seine Hand aus und drehte sich langsam im Kreis. Tatsächlich hatte er das Gefühl, dass ihn die Kugeln Richtung Berg zogen, ähnlich wie am Tag zuvor am Tebileng.

„War ja klar", maulte Tobi, erklärte sich aber dennoch einverstanden, den Steinen zu vertrauen.

Sie kochten Wasser ab, füllten ihre Trinkflaschen damit auf und machten sich auf den Weg.

Schon nach kurzer Zeit wurde der Weg beschwerlicher, es ging spürbar bergauf. Vor allem Tobi fing schnell an zu keuchen und zu Brezes Überraschung auch Leia. Die Ballerina, die Spitzensportlerin, hörte sich an wie eine alte Dampflok. Außerdem schwitzte sie und fiel immer weiter zurück. Das kam Breze seltsam vor, deshalb beobachtete er seine Freundin genauer und ihm fiel auf, dass Leia etwas schief lief, sie hatte einen leichten Linksschlag, als würde sie etwas Schweres tragen. Breze wollte es genau wissen.

„Sag mal Leia, hast du Steine in deinen Beutel gepackt, oder was schleppst du da mit dir rum?“

Leia musste sogar stehen bleiben, um zu antworten. „Ich weiß nicht, was du meinst. Ich habe einfach schon lange nicht mehr trainiert. Ich bin nicht in Form.“

Breze wusste sofort, dass sie log, sie wurde rot wie ein Hummer, das fiel sogar Tobi auf.

„Du bremst uns aus, Lockenkopf. Zeig uns, was du in deinem Beutel hast.“

Resigniert öffnete Leia ihr Algensäckchen und ein kleines braunes Fellknäuel purzelte heraus, das sich streckte und schnurrend an Leias Bein festklammerte.

„Ich konnte ihn nicht zurücklassen, er war doch ganz allein.“

Mit großen, traurigen Augen starrten sowohl Leia als auch das Wesen Breze und Tobi an. Breze, der ein großer Tierfreund war, ließ das nicht kalt, aber sie hatten eine wichtige Mission und konnten sich dabei nicht auch noch um ein Tier kümmern, geschweige denn es füttern. Sie hatten ja selbst kaum noch was zu essen.

„Ihr werdet es nicht bemerken, ich teile auch nur meine eigenen Rationen mit ihm“, flehte Leia die beiden Jungs an.

„Ich weiß nicht“, überlegte Breze laut. „Vielleicht war er gar nicht allein und seine Familie sucht ihn.“

„Und vergiss nicht, dass Zakul uns vor dem Tier gewarnt hat“, warf Tobi erneut ein.

„Du weißt nicht sicher, dass er diesen kleinen Bären meinte, er tut doch nichts.“

„Wir sollten abstimmen“, schlug Tobi siegessicher vor. „Ich bin dagegen, also 1 zu 1, Breze?“

Tobi sah seinen Bruder an und wartete auf seine Zustimmung, doch Breze brachte es nicht übers Herz und erlaubte den neuen Begleiter.

„Ihr spinnt doch“, fauchte Tobi und stapfte weiter bergauf.

„Sobald es Probleme mit dem kleinen Kerl gibt, musst du ihn aussetzen, er darf unsere Heimreise nicht gefährden oder verzögern“, warnte Breze seine Freundin.

„Danke, danke, danke. Ich verspreche es!“, rief Leia euphorisch.

Es bedeutete ihr viel, dass Breze auf ihrer Seite stand, aber noch mehr, dass sie jetzt ein richtiges, eigenes Haustier besaß. Das hatte ihr Vater immer verboten. Viel zu viel Dreck. Manchmal fühlte sie sich selbst wie ein Fremdkörper in dem klinisch weiß eingerichteten Haus. Trotzdem wünschte sie sich nichts sehnlicher, als nach Hause zu kommen. Jetzt, wo die Katze oder besser gesagt der Bär, aus dem Sack war, kamen sie schneller voran, denn es stellte sich heraus, dass der kleine Kerl mit den kurzen Beinen gut zu Fuß unterwegs war und Leia konnte durch den Gewichtsverlust zu ihrer alten Form zurückkehren.

Der Aufstieg war einfacher als es aus der Ferne aussah, sie hatten die Spitze nach wenigen Stunden erreicht und mussten dabei nicht einmal klettern. Von dort aus ging es flach weiter. Anstrengend war es trotzdem, deshalb entschieden sich die drei erst einmal Pause zu machen.

„Wir können uns hier an die Felsen lehnen“, schlug Tobi vor. Die anderen beiden nickten zustimmend und sie richteten ihr Lager ein. Breze fühlte sich von dem kleinen Bären beobachtet. Er sah ihm genau zu, wie er die Vorräte aus dem Rucksack oder den Beuteln holte und auf den Boden stellte, dabei rückte er keinen Millimeter von Leias Seite.

Die hielt Wort und fütterte das Tier mit ihrem Drittel des Proviants. Der Kleine fraß mehr, als sie erwartet hatte, aber sie teilte ihr

Essen gerne mit ihm. Dankbar kuschelte der Bär sich an ihre Beine.

„Wir sollten ihm einen Namen geben", rief Leia mit vollem Mund.

„Oh, da hab ich ganz viele Ideen. Schmarotzer, Fresssack oder Gierschlund", preschte Tobi vor und kugelte sich vor Lachen.

„Wie wäre es mit Rosko?", fragte Breze und zwinkerte Leia zu. Sie wusste sofort, was es bedeutete. Rosko war die Abkürzung für ‚Operation Rosenkohl'.

Im letzten Jahr wurden alle Rosenkohlköpfe aus dem Schulgarten gestohlen, der ganze Stolz von Hausmeister Puck.

Einen Monat hausaufgabenfrei hatte der Direktor für Hinweise versprochen, die zu den Tätern führten. Dass es mehrere waren, zeigte eine Videoaufnahme vom Haupteingang, die Gesichter waren darauf allerdings nicht zu erkennen.

Auch Leia und Breze hatten mit ihrer ‚Operation Rosenkohl' versucht, den Fall zu lösen und Breze war sich am Ende auch sicher, die Schuldigen zu kennen, das sagte er seiner Freundin aber nicht.

Das hatte zwei Gründe. Erstens würden sie damit auf der Beliebtheitsskala der Schule bestimmt nicht nach oben klettern, wenn sie als einzige einen Monat lang keine Hausaufgaben bekämen und zweitens waren die Täter Tobi und sein Freund Stinker.

Ein paar Wochen zuvor waren diese vom Hausmeister erwischt worden, wie sie die Schulmauer mit Graffiti beschmiert hatten. Daraufhin hatten sie nicht nur ihr Bild entfernen müssen, auch die Mauer, die rund um die Schule läuft, musste von ihnen neu gestrichen werden. Damit waren sie eine Woche lang jeden Nachmittag beschäftigt gewesen. Breze hatte sich gewundert, dass sonst niemand darauf gekommen war, aber vermutlich hatten die anderen Angst vor ihnen. Und Breze würde seinen Bruder nie verraten.

Da er aber nicht wollte, dass Leia Bescheid wusste, dass Tobi sein Bruder ist, hatte er es für sich behalten und sie absichtlich auf falsche Fährten geführt.

Am Ende hatte sie tatsächlich geglaubt, dass es ein Hase gewesen sein musste. Deswegen hatte er immer noch ein schlechtes Gewissen.

„Der Name gefällt mir", lachte Leia und kitzelte das Tier am Bauch. „Bist du kitzelig, Rosko? Ja, das bist du, mein kleiner, süßer Teddybär." Das Fellknäuel quietschte und brummte vor Vergnügen.

Tobi zog die Augenbrauen hoch, für so eine Gefühlsduselei hatte er noch nie viel übrig, deshalb versuchte er sie so schnell wie möglich zu beenden.

„Wollen wir dann?" Tobi stand schnell auf, damit niemand widersprechen konnte. Breze packte die restlichen Vorräte wieder ein und erhob sich ebenfalls, dann wollte er Leia die Hand reichen, um ihr aufzuhelfen, doch das Tier sprang dazwischen und fauchte ihn böse an, dabei fletschte es seine scharfen Zähne. Breze zog erschrocken seine Hand zurück.

„Nicht, Rosko", schrie Leia, sprang auf und stellte sich vor das Tier, das sich, als wäre nichts geschehen, wieder an ihre Beine schmiegte.

„Da ist wohl jemand eifersüchtig", witzelte Tobi, ohne zu lächeln, ihn hatte die Szene selbst auch erschreckt.

Der Vorfall war nicht mit einer fauchenden Katze vergleichbar. Das deutlich größere Maul und die vielen spitzen Zähne erinnerten mehr an einen Tiger. Diese Machtdemonstration des Bären war auf jeden Fall ein Grund, eingeschüchtert zu sein.

„Es… tut mir… so sehr leid, ehrlich… ich weiß auch nicht… warum er das…", stammelte Leia.

„Es ist ja nichts passiert und auch nicht deine Schuld, aber du solltest vorsichtig sein. Es ist immer noch ein wildes Tier und wir wissen nicht, wie gefährlich es werden kann", warnte Breze.

Leia war sich jetzt nicht mehr so sicher, ob sie den Bären weiter mitnehmen sollten, aber er folgte ihnen auf Schritt und Tritt und würde sich nicht so leicht verscheuchen lassen.

17. Kapitel

„Da kommt ein riesiger Wolf auf uns zu!“

Sie liefen eine ganze Weile durch die Gesteinswüste. Breze sah sich um, nichts als Steine weit und breit, als wären sie auf dem Mond gelandet.

Die Eintönigkeit der Landschaft machte die Stimmung nach dem Vorfall mit dem Tier nicht gerade besser.

Hoffentlich finden wir den Arzt bald, dachte Breze, oder wenigstens andere Menschen, die uns nicht als Feinde ansehen.

Immerhin waren sie auf dem richtigen Weg, das zeigten die Bernsteinkugeln deutlich.

Ein dumpfer Schrei riss Breze aus seinen Gedanken. Er drehte sich um.

„Leia!“, rief er panisch, als er feststellte, dass seine Freundin nicht mehr hinter ihnen lief. Sie war wie vom Erdboden verschluckt.

„Leia!“

„Ich bin hier unten.“

Breze und Tobi rannten zurück und fanden Leia in einem etwa zwei Meter tiefen Schacht wieder.

„Bist du verletzt?“, fragte Breze und musterte das Loch, es war ihm vorher nicht aufgefallen.

„Ja, alles gut, nur ein paar Kratzer. Der Boden ist einfach eingebrochen, ich glaube, das ist eine Falle. Unter den Steinen befanden sich Äste, die über dem Loch lagen.“ Leia hob zum Beweis einen der Äste auf und zeigte ihn den beiden.

„Eine Falle wofür?“, wunderte sich Breze. Hier gab es weit und breit keine Lebewesen. Aber noch viel wichtiger war die Frage, von wem die Falle gebaut worden war.

Darüber konnten sie sich jedoch erst Gedanken machen, wenn sie Leia aus dem Loch befreit hatten. Da es nicht sehr tief war, sollte das kein Problem sein.

Breze legte sich auf den Boden und streckte Leia seine Hand entgegen, damit er sie hochziehen konnte. Auch Tobi packte mit an, indem er Brezes Beine festhielt, so konnte er nicht das Gleichgewicht verlieren.

Doch gerade als er nach Leias Arm griff, sprang der kleine Bär auf ihre Schulter und biss Breze so fest in die Hand, dass sofort Blut aus der Wunde lief.

Er zog seinen Arm zurück und krümmte sich schreiend am Boden.

„Breeeezzeeee!“ Auch Leia schrie, denn sie konnte ihren Freund nicht mehr sehen.

Doch im Gegensatz zu Tobi, der seinen Bruder beim Anblick von dem vielen Blut nur anstarrte, fing sie sich schnell wieder und wusste, was zu tun war.

Zuerst scheuchte sie das Tier von ihrer Schulter, dann warf sie ihren Beutel nach oben.

„Tobi! Dein Bruder braucht dich jetzt! Nimm das Wasser aus meinem Beutel, reinige damit die Wunde und verbinde sie mit Gretels Stoffresten. Du musst sie ganz fest zubinden, um die Blutung zu stillen.“

Leia versuchte das schmerzverzerrte Geschrei und Gewimmer von Breze zu übertönen, doch nichts passierte.

Warum war sie nur hier unten, machte sie sich selbst Vorwürfe. Sie hätte besser aufpassen müssen und warum, ja warum nur hatte sie darauf bestanden, das scheinbar wilde Raubtier mitzunehmen? Es war alles ihre Schuld und jetzt konnte sie nicht einmal helfen, sie war hier unten gefangen.

Nach einer gefühlten Ewigkeit sah Leia endlich Tobis Kopf über sich auftauchen. Er nickte ihr zu, schnappte sich den Beutel und rannte zu Breze, der zitternd und keuchend auf dem Boden lag. Das weiße Gestein um ihn herum war rot gefärbt und Tobi wurde übel, als er das Wasser über die Wunde schüttete und man den Knochen sehen konnte. Er drückte die Wunde zusammen und verknotete mehrere Stoffstreifen herum.

Breze, der keine Kraft mehr hatte, ließ alles wortlos über sich ergehen. Tobi setzte sich verzweifelt neben seinen Bruder, was sollte er jetzt nur tun? Breze lag schwer verletzt am Boden, Leia konnte er wegen der Bestie nicht befreien und weit und breit war keine Menschenseele.

Oder Moment, kam da nicht jemand auf ihn zu? Doch als sich dieser Jemand näherte, erkannte Tobi, dass es kein Mensch war.

„Das kann jetzt nicht wahr sein." Tobi traute seinen Augen nicht. Ein riesiger Wolf lief in ihre Richtung. Das graue Tier ging Tobi fast bis zur Schulter, hatte ein langes, dichtes Fell und blickte ihn mit seinen roten Augen direkt an.

„Was ist los, Tobi?" Leia spürte, dass etwas nicht stimmte.

„Da kommt ein riesiger Wolf auf uns zu", antwortete Tobi mit heiserer Stimme.

„Nicht ganz, ich bin eine Werwölfin." Das Tier stand jetzt genau vor ihm. Vor Schreck wäre Tobi fast auch noch in die Grube gestürzt.

„Und sie spricht", versuchte Tobi Leia die Situation zu erklären.

„Das habe ich gehört", kam es von unten.

„Da habt ihr euch ja was Schönes eingebrockt", sagte die Werwölfin und beugte sich nach unten, um Leia besser in ihrem Loch sehen zu können.

„Hat euch niemand vor dem Paraje gewarnt?"

Tobi bis sich auf die Lippe, sagte aber nichts.

„Ein Parasit der schlimmsten Sorte. Sie sehen aus wie niedliche Fellknäuel, aber wenn du einmal freundlich zu ihnen bist, dann wirst du sie nicht mehr los. Sie jagen nicht selbst, lassen sich füttern und jeder, der ihrem neuen goldenen Teller zu nahekommt, wird angegriffen. Hat der Wirt selbst nichts mehr zu essen, wird auch er attackiert."

Mit Tränen in den Augen schüttelte Leia den Kopf. Wie konnte sie nur so dumm sein? Sie blickte auf den kleinen Bären, der in der Ecke hockte und aussah, als könne er keiner Fliege etwas zuleide tun.

Mit einem Satz sprang die Werwölfin in die Grube zu Leia. Das kleine Wesen fauchte, traute sich aber nicht anzugreifen.

„Steig auf meinen Rücken, dann kannst du nach oben klettern."

Leia zögerte, doch sie hatte keine andere Wahl, als dem riesigen Tier zu vertrauen.

„Und was passiert mit ihm?" Sie deutete auf den kleinen Bären. „Er wird hier unten verhungern." Leia hatte trotz allem Mitleid mit dem Paraje.

„Der kommt schon klar", antwortete die Werwölfin und beugte sich nach unten.

Leia blickte sich noch einmal um und kletterte dann über den haarigen Wolfsrücken an die Oberfläche

Als sie das viele Blut sah, das Breze verloren hatte, brach sie in Tränen aus und rannte zu ihrem Freund, der vor Erschöpfung eingeschlafen war.

„Es tut mir so verdammt leid. Das hätte nicht passieren dürfen." Leia legte sich neben Breze auf den Boden und strich ihm die verschwitzten Haare aus dem Gesicht.

„Wir sollten ihm den Verband wechseln", sagte Tobi, als er sah, dass die Stoffstreifen bereits vor Blut nur so trieften und öffnete den Knoten. Schwallartig schwappte Blut aus der Wunde, ein Bild, das Leia nie mehr vergessen würde. Auch nicht, wie die Werwölfin sich zu Breze herunterbeugte und anfing seine Wunde abzuschlecken.

„Sag mal, spinnst du?", fuhr Tobi das Tier an.

„Ich will nur helfen", antwortete die Werwölfin ruhig.

„Helfen? Mit deinem Sabber? Oder wolltest du ihn schon mal probieren? Fass ihn noch einmal an und ich rasier dir den Pelz!“ Die letzten Worte schrie Tobi vor Wut.

„Ist schon in Ordnung.“ Breze öffnete die Augen. „Hundespeichel wirkt antibakteriell, vielleicht ja auch von einem Werwolf.“ Er schien schon länger wach zu sein und wusste, worum es ging.

„So ist es. Die Wunde ist sehr tief, sie muss dringend behandelt werden, aber bis es so weit ist, kann mein Speichel vielleicht verhindern, dass sie sich entzündet. Wenn es nicht schon zu spät ist, Paraje sind nicht gerade für ihre Sauberkeit bekannt. Darf ich dann weitermachen?“

Tobi sah nicht begeistert aus, machte der Werwölfin aber Platz.

„Wenn wir uns schon so nahekommen, ich heiße Geloyra und verfolge euch schon lange. Calabria hat mir den Auftrag gegeben, euch zu beschützen.“ Tobis Miene erhellte sich ein wenig, als er hörte, dass ihre neue Freundin dahintersteckte.

„Ich hatte schon so ein Gefühl, dass wir verfolgt werden. Dann warst du es, die ich im Wald gehört habe?“, fragte Breze.

Geloyra nickte und machte mit der Versorgung der Wunde weiter. Währenddessen stellten sich Breze, Tobi und Leia vor und erzählten der Wölfin, woher sie kamen und was sie erlebt hatten. Geloyra hörte aufmerksam zu und leckte dabei die Wunde so lange sauber, bis sie nicht mehr so stark blutete, dann band Leia erneut ein Stück von Gretels Kleid darum. Wer hätte gedacht, dass das unscheinbarste Geschenk, ein Stück Stoff, so wertvoll für sie werden würde. Es rettete sie nicht zum ersten Mal.

Tobi, der jeden Schritt der Werwölfin genau beobachtete, war noch immer nicht ganz überzeugt von Geloyra und begann sie auszufragen.

„Du bist also eine Werwölfin?“

„Sieht so aus“, antwortete Geloyra irritiert.

„Das kann nicht sein. Wir haben weder Nacht noch Vollmond."

„Ja, das sehe ich auch. Worauf willst du hinaus?"

„Wenn du ein echter Werwolf bist, müsstest du doch jetzt in deiner menschlichen Gestalt vor uns stehen."

„Im Film vielleicht", mischte sich Leia ein und versuchte mit eindringlichen Blicken Tobi von seinem Kreuzverhör abzubringen.

„Ist schon in Ordnung, Leia. Ich bin, was euch betrifft, doch auch neugierig. Tatsächlich verwandeln wir Werwölfe uns bei Vollmond, dann nehmen wir für eine Nacht menschliche Gestalt an. Das ist sehr schmerzhaft und ich hasse es, mich so nackt, schutzlos und schwach zu fühlen."

Als Geloyra die drei ansah und realisierte, dass sie mit Menschen sprach, ruderte sie zurück. „Also, ich meine, so schlimm ist es jetzt auch nicht, aber der Schmerz bei der Verwandlung ist kaum zu ertragen."

Breze musste an das Weinen denken, das sie zusammen mit Hänsel gehört hatten. Doch er kam nicht dazu, Geloyra danach zu fragen, denn die Werwölfin stellte plötzlich ihre Ohren auf und blickte sich angespannt um. Irgendetwas stimmte nicht. Auch die drei Freunde musterten die Umgebung. Ihnen fiel zuerst nichts Ungewöhnliches auf, doch dann sprang mit einem Satz der Paraje aus der Grube und galoppierte bergabwärts davon. Leia war froh, dass er weg war.

Trotzdem entspannte sich Geloyra nicht, das schien nicht der Grund für ihre Unruhe gewesen zu sein. Dann hörten sie es auch. Ein schleifendes Geräusch, als ob jemand etwas hinter sich herzog. Ab und zu quietschte es und auch Schritte waren deutlich zu hören. Doch obwohl die Sicht in alle Richtungen frei war, konnten sie in der kahlen Landschaft nichts erkennen.

Die Geräusche wurden lauter und jetzt war auch ein Summen zu hören, eindeutig menschlicher Natur, denn die Melodie kam Breze bekannt vor.

Während alle anderen aufstanden und sich im Kreis drehten, lag Breze noch auf dem Boden und hielt sein Ohr an die Erde. Sein Gefühl hatte ihn nicht getäuscht. „Das kommt von unten“, wisperte er. Und obwohl er sich große Mühe gab, leise zu sprechen, verstummten die Geräusche abrupt.

Die Freunde sahen sich an. Hatten sie den Fremden verscheucht?

„Hallo?“, rief Leia plötzlich so laut, dass alle erschraken. „Ist da jemand? Wir brauchen Hilfe!“

Still warteten sie ab, aber es kam keine Antwort

„Vielleicht war es eine Fata Morgana“.

So sehr Breze seinem Bruder erklären wollte, dass eine Fata Morgana eine Luftspiegelung war, die auftrat, wenn unterschiedlich warme Luftschichten aufeinandertrafen und nicht akustisch sein konnte, musste er doch seine Kräfte schonen und durfte nicht zu viel reden. Ihm wurde bereits schwindelig.

Leia sah als Erste, dass es Breze schlechter ging. Er brauchte Hilfe, sie musste aufs Ganze gehen.

„Wir suchen den Arzt. Hänsel schickt uns. Bitte, wir wissen, dass Sie da sind!“

Mit einem lauten Grollen bewegte sich einer der großen Felsbrocken auf die Seite und eine Steintreppe kam zum Vorschein.

„Schnell!“ Der Mann, dessen Kopf zum Vorschein kam, sah sich um und fuchtelte wild mit den Händen herum, damit die Freunde ihm folgten. Doch ganz so schnell war das nicht möglich, denn Breze war zu schwach zum Laufen.

„Halt dich fest!“ Geloyra beugte sich nach unten, Breze rollte sich auf die Seite, umklammerte ihren Hals und zog sich mit der unverletzten Hand stöhnend auf ihren Rücken. Leia und Tobi passten auf, dass er nicht herunterfiel, in dem sie links und rechts neben der Werwölfin herliefen. Breze hätte Wolfsfell für struppiger gehalten, aber das von Geloyra war flauschig weich und die schaukelnden Bewegungen waren so beruhigend, dass er fast wieder einschlief. Krampfhaft versuchte er, wach zu bleiben, er musste wissen, wer der unbekannte Mann war und wohin er sie führte.

Der Fremde war nicht gerade groß, eins sechzig vielleicht, hatte weiße, lange Haare und einen weißen Schnauzer. Nervös verschloss er den Zugang nach oben und ging zu einem kleinen Leiterwagen, auf dem sich ein Turm aus drei grauen Steinen befand.

„Los, los“, sagte er lediglich und ging, den Leiterwagen hinter sich herziehend, voran in den Tunnel, der nicht besonders lang zu sein schien, denn das Tageslicht am Ende strahlte hell herein.

Während sie gingen, murmelte der Mann vor sich hin und drehte sich dabei immer wieder um und doch schien er nicht mit ihnen zu sprechen. Leia sah Tobi verwundert an, der sich nur an die Stirn tippte und eine Grimasse zog.

Am Ende des Tunnels befand sich eine Höhle, die nach vorne hin geöffnet war und verdeutlichte, dass sie sich in schwindelerregender Höhe mitten in dem Berg befanden. Man erkannte sofort, dass hier jemand wohnte, denn die Höhle war mit Möbeln aus Holz und Stein eingerichtet. Es gab einen Tisch mit mehreren Stühlen, eine Kochstelle, einen Platz für Vorräte und ein Schlaflager. Dort ließ sich Breze auf ein mit Stroh gefülltes Bett fallen.

„Unser Freund ist schwer verletzt, können Sie uns helfen, oder wissen Sie, wo wir den Arzt finden?“, flehte Leia den Mann an.

„Nein und ja.“ Der Mann sprach leise und langsam.

Tobi riss der Geduldsfaden, er packte den Mann an den Schultern und schrie ihm ins Gesicht. „Hör mir mal gut zu, alter Mann. Mein Bruder stirbt, wenn er keine Hilfe bekommt.“ Tränen stiegen ihm in die Augen.

Der Mann schüttelte Tobis Hände ab und atmete tief durch. „Das tut mir wirklich leid, aber der Arzt kann euch auch nicht helfen.“

„Warum nicht?“, wisperte Leia, ihre Stimme versagte. „Jeder, den wir treffen, hat schon von dem Arzt gehört, er soll sogar den Fluch beenden können und Hänsel und alle anderen befreien. Da muss es doch eine Kleinigkeit für ihn sein, unseren Freund zu retten.“

Der Fremde drehte sich erneut um und flüsterte in eine Richtung, in der niemand stand, dann ging er zu seinem Leiterwagen, hob den Steinturm heraus und stellte ihn auf den Tisch, dabei nickte er immer wieder.

„In Ordnung, ich beschreibe euch den Weg, wie ihr den Arzt finden könnt.“ Er sprach wieder zu den drei Freunden und der Werwölfin.

„Halleluja! Je schneller wir hier weg sind, desto besser.“ Tobi klatschte in die Hände und hob sie Richtung Himmel, als würde er beten. Geloyra beugte sich nach unten, damit Breze wieder auf ihren Rücken klettern konnte, doch der schüttelte nur den Kopf. Leia legte sich neben ihn. Der Schweiß lief ihm über die Stirn, er zitterte und glühte. Die Wunde schien sich doch entzündet zu haben.

„Was ist los?“, wisperte sie.

Breze nahm seine ganze Kraft zusammen. „Er lügt.“

„Woher willst du das wissen?“

„Ich weiß es einfach, vertrau mir.“ Breze wollte Leia vorerst nichts von der Seeanemone, die er von Calabria erhalten hatte und die Lügner entlarven konnte, erzählen. Dafür war jetzt nicht der Moment.

Leia stand auf, aber sie zögerte. Woher sollte Breze wissen, dass der Mann log, er war ja kaum bei Bewusstsein. Vielleicht sprachen aus ihm Wahnvorstellungen aufgrund des Fiebers.

Doch sie sah auch, wie nervös der alte Mann war. Er war krebsrot im Gesicht.

Sie musste es versuchen, eine weitere, sinnlose Reise würde Breze nicht überstehen. Sie blickte den Fremden direkt an. „Wir wissen, dass Sie lügen. Wir wussten es schon von Anfang an. Sie können damit aufhören und uns vertrauen.“

Hoffentlich gehörte er, so wie Breze, zu der Sorte Mensch, der es hasste zu lügen und schon bei der kleinsten Konfrontation einknickte. Sie selbst konnte mit einer Notlüge schon immer gut leben.

Leia beobachtete ihr Gegenüber ganz genau, sein linkes Augenlid zuckte mehrfach und er biss sich auf die Unterlippe. Fühlte er sich ertappt?

„Wie habe ich mich verraten?“ Der alte Mann setzte sich mit gesenktem Kopf auf einen der Stühle. Eine Antwort wartete er nicht ab, es spielte auch keine Rolle.

„Es tut mir leid, aber ich habe euch nur hierhergeholt, damit sie uns nicht finden. Ihr habt dort oben so einen Lärm gemacht, dass sie garantiert schon auf dem Weg zu euch waren.“

„Wer?“, fragte Leia und setzte sich neben den Mann, dabei fiel ihr eine ihrer blonden Locken ins Auge, die sie schnell hinter das Ohr klemmte.

„Die Hexen und ihre Späher. Blutrünstige Monster mit riesigen Stacheln, glaubt mir, denen wollt ihr nicht begegnen.“

„Die haben wir schon gesehen, sie haben uns zwar gejagt, aber nicht angegriffen“, erzählte Tobi und schnappte sich den letzten freien Stuhl.

„Dann ist es noch schlimmer als ich dachte, dann haben die Hexen etwas Grausameres als den Tod mit euch vor. Wenn ihr die schrecklichen Wesen gesehen habt, könnt ihr doch bestimmt verstehen, dass wir euch schnellstmöglich wieder loswerden müssen. Ich weiß, ich bin mancherorts als ‚der Arzt‘ bekannt, ich bin viel herumgekommen, aber ich kann euch einfach nicht helfen.“

„Sie sind der Arzt?!“ Tobi sprang überrascht vom Stuhl und starrte den Mann an.

„Ich dachte, das habt ihr herausbekommen. Das Mädchen meinte doch, ihr wisst Bescheid.“ Der Fremde blickte verwirrt von Tobi zu Leia.

„Ich heiße Leia und was Tobi meinte, war ‚Sie sind der Arzt! Sie müssen uns doch helfen'. Gibt es da nicht so einen Ehrenkodex, dass Ärzte immer helfen müssen?"

„Ihr versteht das einfach nicht." Der Mann blickte auf den Turm aus Steinen, der auf dem Tisch stand und fing erneut zu flüstern an. Das war zu viel, für Tobi. Er brüllte, dass es in der Höhle nur so hallte. „Was ist hier eigentlich los? Mit wem reden Sie die ganze Zeit und warum können Sie meinem Bruder nicht helfen?"

„Ach Gott, ich habe euch ja gar nicht vorgestellt. Das ist Stella. Wir sind befreundet, seit ich vor... ach, ich weiß gar nicht mehr, wie viele Jahre wir hier schon leben." Er lächelte, als würde er seine beste Freundin vorstellen, doch Leia und Tobi konnten niemanden entdecken.

„Wen meinen Sie? Ist Stella unsichtbar? Ist auch egal, Ihre Spinnereien können Sie für sich behalten." Tobi trat gereizt gegen das Tischbein, was die Steinskulptur, die darauf stand, zum Wanken brachte. Panisch sprang der alte Mann vom Stuhl und war bereit, sie aufzufangen, doch der Turm beruhigte sich und kam wieder zum Stehen.

Jetzt war es der Fremde, der vor Wut fast platzte. „Bist du wahnsinnig? Du hättest Stella verletzen können!"

„Meinen Sie den Steinhaufen auf dem Tisch? Dann sind Sie noch verrückter, als ich dachte." Tobi lachte spöttisch.

„Kann ich dich mal unter vier Augen sprechen?" Leia packte Tobi am Arm und zog ihn außer Hörweite.

„Du musst jetzt wirklich mal runterkommen. Wir sind auf den Mann angewiesen."

„Der redet mit Steinen, wie kann ich ihm da meinen Bruder anvertrauen?", entgegnete Tobi.

„Du weißt nicht, wie lange er sich hier schon versteckt. Der hat bestimmt seit Jahren, wenn nicht seit Jahrzehnten keine Menschen mehr gesehen. Wahrscheinlich wollte er eben nicht wahnsinnig werden und hat sich den einzigen Freund gesucht, den er finden konnte. Unsere Haushälterin redet mit unseren Pflanzen und mein Vater redet oft mit seinem Spiegelbild. Denkst du, das ist so viel anders?"

Leia und Tobi einigten sich darauf, dass Breze Priorität hatte und Leia jetzt das Reden übernahm. Sie versuchte, eine Verbindung zu dem Mann aufzubauen, indem sie sich für Stella interessierte, denn sie hatte das Gefühl, dass der Steinhaufen wirklich wichtig für ihn war. Jedes Mal, wenn er über ihn sprach, lächelte er.

Er erzählte, wie sie sich Spiele ausdachten, um sich die Zeit zu vertreiben, wie sie zusammen Vorräte sammelten und Wasser holten und dass sie sich abends Geschichten erzählten.

Leia konnte gut zuhören und sie machte es auch gerne, aber die Zeit drängte, sie musste ihn noch einmal vorsichtig um Hilfe für Breze bitten.

„Stella wäre bestimmt auch damit einverstanden, wenn Sie unserem Freund helfen."

„Ich würde es sofort tun, wenn ich könnte, aber ich bin Zahnarzt, ich weiß nicht, was zu tun ist. Hätte er einen faulen Zahn, kein Problem, aber so..." Leia starrte den Mann an, als wäre er ein Geist. Mit diesen Worten hatte er ihre letzte Hoffnung zerstört, Breze zu retten. Er würde sterben.

18. Kapitel

„Jetzt weiß ich, was Armee ohne Puls bedeutet!“

Leia stand wortlos auf und legte sich neben Breze, der von der Besiegelung seines Schicksals nichts mitbekommen hatte.

„Was ist passiert?“, fragte er, als er sah, dass Leia weinte.

„Ich bin nur müde.“ Aber Breze hatte das Gefühl, dass sie ihm nicht die Wahrheit sagte.

Auch Tobi und Geloyra legten sich dazu, um mit Breze die letzten Stunden zu verbringen und Abschied zu nehmen.

Die Werwölfin hatte ununterbrochen versucht, die Wunde sauber zu halten, aber es nützte alles nichts, die Entzündung schritt weiter voran. Inzwischen hatten sich die ersten Finger schwarz gefärbt, was bedeutete, dass die Hand langsam abstarb.

„Was solls“, sagte plötzlich der alte Mann und stand auf. „Stella hat beschlossen, euch zu helfen. Ihr müsst wissen, es sind nicht einfach nur Steine, es sind Amethyste.“

Er nahm den obersten vom Turm und ging hinüber zu den anderen. Dort deutete er Leia, ihm Platz zu machen und legte den Stein auf Brezes Wunde.

„Lasst euch von der schlichten, grauen Farbe nicht täuschen. Stella tarnt sich, um nicht von den Hexen gefunden zu werden.“

Leia und Tobi waren nun bereit, alles zu glauben, was ihnen der Mann erzählte, schließlich hatten sie schon so viele unglaublichen Dinge erlebt, sodass nichts unmöglich schien. Und sie hatten nichts mehr zu verlieren.

Nach einigen Minuten fing der Stein an, sich zu verändern. Zuerst leuchtete er nur schwach, nach und nach ging er in ein dunkles, kräftiges Lila über, bis er am Ende so stark leuchtete, dass die gesamte Höhle in einem dunklen Violett erstrahlte. Breze bekam von alledem nichts mit, vor lauter Erschöpfung war er eingeschlafen.

„Und jetzt?“, fragte Tobi, nachdem der Stein zu seiner alten, grauen Farbe zurückgekehrt war.

„Jetzt sehen wir nach, was sich getan hat“, sagte der alte Mann, während er Breze den provisorischen Verband abnahm. Alle starrten wie gebannt auf die Hand. Doch als der Stoff weg war, war nichts von einer Wunde zu sehen und auch die Finger nahmen wieder ihre alte Farbe an. Der Mann hob den Arm hoch und drehte ihn, auch er konnte kaum glauben, was er da sah. Stella hatte ihm selbst von ihrer Macht erzählt, aber dass sie so groß war, hätte er sich nicht träumen lassen. Er wusste natürlich, dass sie nicht laut mit ihm sprach, er konnte spüren, was sie ihm sagen wollte. Er fühlte sich von Anfang an mit ihr verbunden. Und wenn er bis jetzt gezweifelt hatte, ob er nicht doch verrückt geworden war, hier war der Beweis, vor Zeugen.

Um sicherzugehen, dass sie den Arm nicht verwechselt hatten, untersuchte Leia auch den anderen, was natürlich absurd war.

„Jetzt weiß ich, was Armee ohne Puls bedeutet!“, rief Tobi und musterte verblüfft die nicht mehr vorhandene Wunde. Als ihn die anderen verwirrt anblickten, schob er nach: „Na aus dem Spruch. Ein Doktor ist es, gib vor ihm acht, eine Armee ohne Puls über ihn wacht. Es ist zwar eine kleine Armee, aber dafür umso mächtiger. Was können die Steinchen denn noch so?“

In dem Moment schlug Breze seine Augen auf.

„Ich hab so einen Hunger.“ Er blickte in vier ihn anstarrende Gesichter, die dann in ein lautes, erleichtertes Gelächter ausbrachen.

Als Leia und Tobi ihren Freund und Bruder gleichzeitig umarmen wollten, schlugen sie so fest mit ihren Köpfen zusammen, dass beiden die Ohren klingelten, aber das war ihnen in diesem Moment egal, sie wollten Breze nur noch so fest drücken, bis er keine Luft mehr bekam. Der verstand nicht so richtig, warum seine Freunde so ausflippten. Dass er dem Tod gerade noch von der Schippe gesprungen war, hatte er in seinem Dämmerzustand nicht mitbekommen. Er war lediglich froh, dass die grauenvollen Schmerzen aufgehört hatten und er sich sogar so fit fühlte, dass er, nachdem er etwas gegessen hatte, aufstehen konnte.

Das riesige Loch im Berg, durch das man gefühlt die ganze Welt beobachten konnte, war das erste, das ihn interessierte. Sie befanden sich über den höchsten Bäumen des darunter liegenden Waldes, sahen in der Ferne Berge, die so grün waren, dass jeder Kuh das Wasser im Maul zusammenlief und auch den Tebileng konnten sie sehen.

„Deswegen sind wir hiergeblieben“, sagte der Alte lächelnd, als er sah, wie der Ausblick Breze in seinen Bann zog. Sie setzten sich im Schneidersitz auf den staubigen Boden und sahen zu, wie die Sonne langsam unterging, dabei umklammerte Leia Brezes Arm und legte ihren Kopf auf seine Schulter. Sie hatte so große Angst gehabt, ihn zu verlieren, dass sie ihn am liebsten nie wieder loslassen würde.

Die erste Zeit schwiegen sie einfach nur zusammen, doch dann hielt es Breze nicht mehr aus, er hatte so viele Fragen an den alten Mann, angefangen damit, wer er war.

„Mein Name ist Elian Eberbeck, aber bevor ich euch meine Geschichte erzähle, muss ich euch etwas Wichtiges sagen. Die Hexen sind seit Jahrhunderten auf der Suche nach Stella. Sie konnten sie nur nicht finden, weil sie ihre Kräfte nie benutzte, bis heute. Jetzt können sie sie aufspüren und somit auch uns. Sobald es ganz dunkel ist, sollten wir aufbrechen, wir brauchen ein neues Versteck. Ich mag mir gar nicht ausmalen, welche Macht sie mit Stellas Kräften hätten.“

Elian stand auf, hob Stella in den Leiterwagen zurück und schob sie zu den anderen. Dort stellte er sie neben Geloyra ab, setzte sich auf die andere Seite und strich ihr vorsichtig über ihr steiniges Haupt. Dann fing er an zu erzählen und die drei Freunde konnten kaum glauben, was sie da hörten. Denn bevor Elian durch die Welt reiste und sich dort mit der Zeit sein Spitzname ‚der Arzt' verbreitete, musste er über viele Jahre die Rolle des Hänsels spielen. Dass er ersetzt worden war, machte ihn unglaublich traurig, denn er hatte das schreckliche Schicksal nicht weitergeben wollen. Er hatte lediglich versucht, einen Ausweg zu finden, wieder nach Hause zu kommen. In das Jahr 1951, aus dem er verschwunden war, als der junge Zahnarzt beim Vater seiner Geliebten Carmen gerade um deren Hand anhielt. Er hatte nicht einmal eine Antwort erhalten. Das wollte er unbedingt nachholen, auch wenn es dafür vermutlich zu spät war. Dafür nahm er auch in Kauf, das Überschreiten der Grenze nicht zu überleben, doch außer starken Kopfschmerzen passierte nichts.

„Wir müssen den anderen unbedingt erzählen, dass du noch lebst, dann wissen sie, dass sie auch flüchten können, ohne zu sterben." Leia war ganz aufgeregt bei dem Gedanken, den Märchenfiguren wenigstens diesen Ausweg mitbringen zu können.

Elians Gesichtsausdruck verriet, dass er es anders sah. „Saori Linon ist schrecklich, ich weiß, aber sich bis zum Ende seines Lebens zu verstecken ist auch nicht das Wahre und hätte ich damals gewusst, dass sich die Hexen einen neuen Hänsel holen, wäre ich nie gegangen."

„Aber haben Sie denn in all den Jahren wenigstens eine Möglichkeit gefunden, wie man diesen Alptraum beenden kann?" Breze klopfte sich an die Hüfte, was er oft tat, wenn er aufgeregt war.

„Ich weiß tatsächlich einen Ausweg, aber ich bin jetzt zu alt dafür. Im Gegensatz zu Saori Linon altert man auf dieser Seite ganz normal und…"

„Sie haben die Lösung? Raus damit!", unterbrach ihn Tobi aufgeregt, er sah sich, Marc und Stinker schon Playstation zockend auf seinem Bett liegen.

„Ruhig Blut, Junge, ich sage es euch doch. Es ist in meiner…". Elian brach erneut mitten im Satz ab, doch diesmal nicht, weil ihn jemand unterbrach, sondern weil ihn beunruhigte, wie Geloyra die Ohren spitzte und anfing leise zu knurren.

„Was ist los?", fragte er die Werwölfin stattdessen.

„Sie kommen. In wenigen Minuten sind die Kumaya da."

„Sind das die mutierten Monster-Mücken?", fragte Leia und versuchte draußen etwas zu erkennen, doch inzwischen war es stockfinster. Elian nickte, griff nach dem Leiterwagen und drängte alle Richtung Tunnel, denn in der offenen Höhle waren sie nicht sicher.

Ohne Tageslicht wirkte es hier unten nicht mehr so einladend. Breze war sich sicher, eine Klapperschlange zu hören und war froh, dass Geloyra dabei war, sie konnte im Dunkeln sehen und gab ihnen Sicherheit.

Die Werwölfin mit ihrem weichen Fell, die ihn fortwährend so liebevoll versorgt hatte, war ihm sofort ans Herz gewachsen. Ihr schien es genauso zu gehen, denn sie wich Breze, wie eine Mutter, die ihr Junges beschützte, keinen Millimeter von der Seite.

Als sie die Treppe erreichten, die nach oben führte, blieben sie stehen. Das bedrohliche Summen der Kumaya hallte durch den Tunnel, sie hatten die Höhle erreicht.

Elian schob den Stein auf die Seite, bat die anderen aber, dem Tunnel weiter zu folgen und nicht auf ihn zu warten, er würde nachkommen. Kurz darauf gab es einen lauten Knall, dann grollte es und der Boden bebte, bevor Elian kichernd mit der polternden Stella im Leiterwagen hinter ihnen herlief.

„Haben Sie den Tunnel gerade gesprengt?", fragte Breze, der sich wie Leia und Tobi an Geloyra festhielt, weil man die Hand vor Augen nicht mehr erkennen konnte, so dunkel war es.

„Ja." Er kicherte immer noch wie ein Schuljunge, der seiner Lehrerin einen Streich gespielt hatte. „Den Sprengstoff habe ich aus den grünen

Pilzen gebaut, die unten im Wald wachsen. Da solltet ihr nicht drauftreten. Ihr seht, was eine Handvoll davon anrichten kann. So denken die Kumaya der Tunnel ist zu Ende und fliegen bei der Treppe ins Freie. Das gehört genauso zu meinem Abwehrsystem wie eine Falle weiter oben.

„Ja, die haben wir bereits entdeckt.", gab Leia zähneknirschend zu.

Sie mussten bald am Ende des Tunnels angekommen sein, denn es wurde heller. Breze konnte bereits die Umrisse der anderen erkennen und es kam ihnen ein leichter Luftzug entgegen. Plötzlich breitete Elian seine Arme aus, um die Gruppe zu stoppen.

„Das letzte Stück geht es steil bergab. Wenn ihr euch hinsetzt, könnt ihr auf dem Hosenboden hinunterrutschen."

„Hosenboden? Wer sagt denn sowas?" Tobis Lachen hallte durch den Tunnel, wurde von den anderen jedoch ignoriert. Vor allem Leia hatte ganz andere Sorgen als ein Wort, das nicht mehr angesagt war.

„Meine Hose ist schon jetzt mit Löchern übersät, auf dem steinigen Boden wird das mit Sicherheit nicht besser. Kann ich nicht Stella auf den Schoß nehmen und im Leiterwagen mitfahren?"

Elians entsetzten Blick konnte Leia in der Dunkelheit zwar nicht erkennen, aber seiner Stimme konnte man entnehmen, was er vermutlich dachte: Was ist nur aus der Jugend geworden? „Stella ist doch kein Kind, das man sich auf den Schoß setzen kann. Beißt die Zähne zusammen und los!" Damit verschwanden der alte Mann und Stella in der Tiefe.

„Ich kann dich gerne auf meinen Schoß nehmen. Nur wegen deiner Hose natürlich." Tobis Grinsen konnte man aufgrund der Finsternis nur erahnen, doch statt einer Antwort schnaufte Leia genervt, setzte sich hin und verschwand. Der Rest tat es ihr gleich.

Sie kamen direkt hinter Elian und Stella zum Stehen und seltsamerweise stand der Steinturm immer noch wie eine Eins im Leiterwagen.

Der Mond strahlte blutrot vom Himmel, gab aber genug Licht, um zu erkennen, dass sie sich nicht mehr auf dem Berg befanden, sondern vor der riesigen Wiese, die sie schon bei ihrer Ankunft von Weitem gesehen hatten. Breze sah sich um, die Kumaya waren nirgends zu sehen oder zu hören, sie hatten sie tatsächlich abgehängt.

„Haben Sie den Notausgang gegraben?", fragte Breze beeindruckt und Elian nickte.

„Als ich von Saori Linon weg bin, war ich kaum älter als ihr, also körperlich gesehen und es hat ein paar Jahre gedauert, aber ja, den Tunnel habe ich gegraben, für genau diesen Fall."

„Mit den bloßen Händen?" Leia konnte es kaum glauben.

„Ja, na ja, Stella hat mir geholfen. Ihre Beine, also der unterste Stein ist sehr flach und damit ließ es sich gut graben und nebenbei hat sie mich unterhalten, dann hat es sogar Spaß gemacht."

Die drei hatten mit eigenen Augen gesehen, wozu Stella imstande war, dennoch fiel es ihnen schwer sich vorzustellen, wie man sich mit einem Stein unterhalten konnte.

Breze wollte Geloyra fragen, ob es in ihrer Welt üblich war, dass die Steine über ein geistiges Wesen verfügten, mit dem man sogar kommunizieren könne, doch die Werwölfin war verschwunden. Breze ging noch einmal ein paar Schritte in den Tunnel zurück, sie war doch mit ihnen heruntergerutscht.

„Geloyra?", rief Breze so leise wie möglich, er wollte nicht, dass die Kumaya sie aufspürten. Dann hörte er es, ein leises Wimmern. Und es kam ihm bekannt vor, es war das Weinen, das er mit Hänsel in Saori Linon hörte.

Er ging ein Stück um den Berg herum, in die Richtung, aus der das Schluchzen kam. Dort befanden sich ein paar Bäume, kein richtiger Wald, aber genug Schutz, um sich zu verstecken. Aber warum?

Hinter einem der Bäume fand Breze ein kleines, weinendes Mädchen mit kurzen, struppigen, schwarzen Haaren im Moos sitzen.

Es trug ein knielanges Fellkleid und hatte sein Gesicht in den Händen vergraben, doch von der Größe her war es keinesfalls älter als sieben Jahre. Ein Mondstrahl schien durch die Bäume auf ihren Kopf. Erst jetzt fiel Breze auf, dass Vollmond war.

„Geloyra?", sprach Breze das Mädchen vorsichtig an.

„Geh weg! Ich will nicht, dass du mich so siehst." Es stand auf und versteckte sich hinter einem anderen Baum.

„Du hättest mir sagen können, dass du noch ein kleines Kind bist. Was ist denn mit deinen Eltern? Du kannst doch in dem Alter nicht allein unterwegs sein."

„Ich gehe erst wieder nach Hause, wenn ich bei der Verwandlung nicht mehr weine, meine Eltern schämen sich für mich vor dem restlichen Rudel. Bestimmt habt ihr mich auch ausgelacht."

„Keiner hat gelacht, dein Weinen hat niemand außer mir gehört, es war nicht einmal ein richtiges Weinen, mehr ein leises Schluchzen. Und es tut mir wirklich leid, dass dich deine Eltern nicht akzeptieren, wie du bist. Das geht mir mit meinem Vater genauso."

„Wirklich?" Geloyra lugte vorsichtig hinter dem Baum hervor.

„Ja, wirklich. Und mach nicht den gleichen Fehler wie ich. Statt ihm die Stirn zu bieten habe ich mich verunsichern lassen und lange gedacht, ich sei nicht gut genug, aber du bist so viel stärker und mutiger als ich."

Breze kam auf Geloyra zu, nahm sie in den Arm und drückte sie fest an sich, bis sie sich ausgeweint hatte.

Dann gingen sie zu den anderen zurück, die das Mädchen überrascht von oben bis unten musterten, aber auch sie verstanden sofort, was passiert war. Den Blicken von Elian und Tobi zufolge waren sie wenig begeistert von dem, was sie vor sich hatten, sie konnten auf ihrer Flucht nicht auch noch den Babysitter spielen. Nur Leia lächelte und ging auf das Mädchen zu.

„Da seid ihr ja. Schön auch deine andere Seite kennenzulernen,

Geloyra. Ziemlich cool, dass du dich verwandeln kannst, das würde ich auch gerne."

Und flüsternd fügte sie hinzu: „Dann könnte ich Tobi mal richtig in den Hintern beißen, wenn er frech wird." Sie zwinkerte Geloyra zu.

Leia hatte ein Gefühl für Menschen, sie konnte sehen, wenn es ihnen nicht gut ging und wusste immer die richtigen Worte der Aufmunterung.

Geloyra lachte und flüsterte zurück: „Das kann ich für dich übernehmen, wenn ich mich zurückverwandelt habe."

„Abgemacht." Sie gaben sich ein verschwörerisches High five.

Als sich alle mit der neuen Situation angefreundet hatten, mussten sie überlegen, in welche Richtung sie weiterlaufen sollten. Auf der Wiese standen sie wie auf dem Präsentierteller, umkehren konnten sie aber auch nicht mehr, falls die Kumaya dort auf sie warteten. Sie entschieden sich am Fuße der Berge entlangzulaufen, hier konnten sie sich im Ernstfall zwischen Bäumen oder in kleinen Höhlen verstecken, an denen sie auf ihrem Weg vorbeikamen. Elian kannte sich in dem Gebiet gut aus und so schlichen sie sich bis zum Morgengrauen von Unterschlupf zu Unterschlupf.

Um sich bei Geloyra wenigstens ein bisschen für ihre Hilfe revanchieren zu können, bot Breze ihr an, sie Huckepack zu tragen, als er sah, dass sie immer weiter zurückfiel und das Mädchen nahm das dankbar an.

„Vielleicht ist es doch gar nicht so schlecht, ein Mensch zu sein", lachte sie und legte ihren Kopf in Brezes Nacken.

„Wohin gehen wir?", wollte Leia von Elian wissen.

„Wir müssen zurück nach Saori Linon. Ich weiß, wie wir den Spuk beenden können, doch habe ich mich entschieden, es euch jetzt noch nicht zu verraten, falls einer geschnappt wird. Die Hexen werden nicht zimperlich sein, um das Geheimnis aus euch herauszubekommen."

Daran hatten sie noch gar nicht gedacht und der Gedanke daran betrübte die Stimmung der Gruppe. Die nächsten Stunden sprachen sie kaum miteinander, bis sich die ersten Müdigkeitserscheinungen bemerkbar machten und sie sich entschieden, eine der Höhlen zum Ausruhen zu nutzen. Breze entfachte mit den Feuersteinen ein kleines Lagerfeuer, vor dem sie alle den spannenden Geschichten von Geloyra und Elian lauschten. So wie das kleine Mädchen dasaß und erzählte, war sie nicht mit einer Siebenjährigen aus ihrer Welt vergleichbar, lediglich ihr Erscheinungsbild ließ das vermuten. Sie erzählte von fremden Wesen und Abenteuern, die sie erlebt hatte, von ihrem Rudel und ihrer Einsamkeit und das so lebendig und gefühlvoll, dass man nicht wusste, ob man lachen oder weinen sollte. Man sah ihr regelrecht an, wie sie aufblühte bei ihren Erzählungen, weil ihr endlich jemand zuhörte. Lediglich ihre Freundin Calabria hatte sie in Menschengestalt getroffen und das auch nur, weil sie sie nicht sehen konnte, aber das wolle sie jetzt ändern.

Der Kontakt zu anderen Menschen, die sie akzeptierten, gab ihr Selbstvertrauen.

Als Tobi, Leia und Breze an der Reihe waren, von ihrem Leben zu erzählen, konnte nicht einmal Elian glauben, was er da hörte. Er stammte zwar aus derselben Welt, doch hatte sie sich in den letzten Jahrzehnten so stark verändert, dass er sie nicht wiedererkannte. So hatte er doch noch nie etwas von Computern, dem Internet oder Smartphones gehört. Auch die Geschichte, wie sie hier gelandet waren, von ihrem Schulausflug und der Ausgrabungsstätte fand Elian höchst interessant, wie er sagte und wollte jedes Detail hören.

Am Ende waren alle erschöpft eingeschlafen.

19. Kapitel

„Sind das nicht die Sprengstoffpilze?"

Als Breze erwachte, hatte Geloyra wieder ihre Werwolfgestalt angenommen und lag eingerollt neben Leia auf dem Boden.

Er sah sich um. Von dem Lagerfeuer war nur noch ein kleiner, qualmender Haufen Asche übrig und rundherum lagen die anderen und schliefen. Alle außer Elian. Breze stand auf, um ihn zu suchen.

Vor dem Höhleneingang konnte er kaum etwas erkennen, dicker Nebel hatte sich gebildet und das Sichtfeld betrug höchstens zwei Meter. Breze verschränkte die Arme, er fror, denn der Nebel war eiskalt und es fühlte sich an, als wollten die weißen Schwaden in ihn hineinkriechen. Er war klug genug, um die Höhle nicht aus den Augen zu lassen, zu schnell könnte er die Orientierung verlieren und nicht mehr zurückfinden. Breze hatte sich nie einsamer gefühlt als in diesem Moment, als wäre er der einzige Mensch auf dieser Welt. Kraftlos stützte er sich an den kalten Steinen der Höhle ab. Die Hoffnung, jemals wieder nach Hause zu kommen, seine Mutter in den Arm nehmen zu können und mit ihr wie jeden Freitag Krimis auf der Couch anzuschauen, seine geliebten Honigpops zu essen oder Pizza in seinem, wie es ihm jetzt vorkam, superbequemen Bett, schrumpfte wie ein Schneemann in der Sonne.

„Wozu das alles?", überlegte er laut. „Bin ich für die anderen vielleicht mehr eine Last als Hilfe?"

Leia, Tobi, Geloyra, sie waren alle mutiger als er und auch wenn seine Wunde äußerlich nicht mehr sichtbar war, die Verletzung hatte ihn geschwächt und ihm wurde schlagartig bewusst, dass er eigentlich tot sein müsste. Vielleicht wäre das für die anderen besser, ohne ihn könnten sie es schaffen, nach Hause zu kommen.

Dann stieß er sich von der Wand ab und wollte gerade in die weiße Wolke eintauchen, als er ein ihm bekanntes Klappern hörte. Es war Stellas Leiterwagen.

„Was machst du hier, geh sofort zurück!"

Breze hatte Elian erst gesehen, als er direkt vor ihm stand und ihn Richtung Höhle schob.

„Das ist ein Trauernebel, wenn du nicht aufpasst, kriecht er in dein Inneres und du wirst ihn nie wieder los."

„Warum kann er dir nichts anhaben?"

„Stella hat mir einen Trick verraten, der Nebel ist wie ein Virus. Nimmt man immer wieder eine kleine Dosis, wird man immun gegen ihn." Elian schob Breze in die Höhle zurück

„Alles in Ordnung?", fragte Leia, die gerade versuchte, das Feuer wieder anzuzünden.

Breze fasste sich ins Gesicht, er hatte nicht gemerkt, dass er geweint hatte und wischte sich schnell die Tränen weg.

„Ja, alles gut. Geht nicht raus, der Nebel ist eiskalt und treibt einem die Tränen in die Augen." Breze schielte zu Elian, doch der hatte nicht vor, ihn auffliegen zu lassen.

„In einer halben Stunde ist er weg, dann geht es weiter. Bis dahin können wir frühstücken." Er packte aus, was er im Leiterwagen mitgebracht hatte. Es waren größtenteils unbekannte Früchte, Zapfen und Pilze.

„Bist du sicher, dass man das alles essen kann?" Leia nahm einen Strauch mit leuchtend roten Beeren in die Hand und betrachtete ihn genauer. „Ich finde, die sehen genauso aus wie Heckenkirschen und die sind giftig."

„Keine Sorge, Stella kennt sich gut aus und ich habe nichts mitgebracht, was ich nicht auch schon probiert habe."

„Aber sind das nicht die Sprengstoffpilze?" Tobi hielt zwei grüne Pilze in die Höhe.

„Vorsichtig! Die sind wirklich kein Spielzeug. Ein kleiner Riss im Pilzhut und deine Hand ist ab."

Tobi legte sie schnell, aber behutsam zurück in den Leiterwagen und nahm ein paar Meter Sicherheitsabstand.

„Erhitzt schmecken sie aber köstlich und sind dann auch völlig ungefährlich", fuhr Elian fort und legte die Pilze nah an das Feuer heran.

„Die werde ich nicht essen, am Ende explodieren die Dinger in meinem Mund", sagte Tobi und schüttelte den Kopf, dann nahm er sich ein paar der Beeren aus dem Leiterwagen und entfernte sich so weit wie möglich von den Pilzen. Breze, Leia und Geloyra blieben bei Elian und Stella sitzen.

Dabei ging es jedoch nicht darum, wer mutiger war, es ging um Vertrauen. Breze fühlte sich mit Stella verbunden, seit sie ihn geheilt hatte. Dabei hörte er keine Stimmen, aber es entspannte ihn in ihrer Nähe zu sein und er hatte das Gefühl, dass sie wirklich auf ihn aufpasste. Leia und Geloyra hingegen vertrauten Breze, nur Tobi vertraute niemandem. Aber als er sah, wie die anderen die gerösteten Pilze aßen und es duftete wie in einem asiatischen Restaurant, gab er sich doch einen Ruck und probierte sie. Es war das Leckerste, das sie seit dem Festmahl bei Calabria gegessen hatten. Den intensiven Geschmack konnte sogar Leia, trotz ihrer Riechstörung, herausschmecken. Außerdem waren sie sehr gehaltvoll, schon nach wenigen Pilzen und einer Handvoll Beeren waren alle pappsatt.

In der Zwischenzeit hatte sich auch der Nebel gelichtet und sie setzten ihre Reise fort. Um zurück nach Saori Linon zu gelangen, mussten sie auf die andere Seite der Insel und dann über den Fluss zum Tebileng. Dabei wählte Elian nicht den einfachsten Weg über die Berge, sondern durch die Faaru, eine Moorlandschaft, dessen

Gestank es den Kumaya schwieriger machte, sie aufzuspüren.

„Boah, wie übel!“ Tobi hielt sich die Nase zu und trotzdem musste er immer wieder würgen. Leia hingegen war noch nie so froh wie jetzt, an einer Geruchsstörung zu leiden, als sie die anderen dabei beobachtete, wie sie dagegen ankämpften, sich zu übergeben.

Auch Geloyra schien kein Problem mit dem Geruch zu haben, im Gegenteil sie schnupperte regelrecht an den dampfenden Tümpeln und schleckte hier und da ein wenig vom Boden ab, was die Menschen noch mehr anwiderte, nur Leia fand es amüsant.

„Du bist ja schlimmer als der Hund unserer Nachbarin, der frisst immer die Pferdeäpfel am Feldweg.“ Sie strich Geloyra über den Kopf, um ihr zu zeigen, dass sie sie nur necken wollte. Doch Geloyra war ganz und gar nicht beleidigt.

„Ihr wisst ja nicht, was euch entgeht. Für uns Werwölfe ist das eine Köstlichkeit, je schwefelhaltiger, desto besser.“

Tobi schüttelte sich und auch Breze wurde bei dem Gedanken übel. Er versuchte sich abzulenken, in dem er sein Wissen teilte, auch wenn sich seine näselnde Stimme sehr seltsam anhörte, denn auch er hielt sich die Nase zu.

„Moore bestehen aus Torf, der viel Wasser speichern kann und den Boden so immer nass und matschig hält. Dass man im Moor versinken kann, ist übrigens ein Ammenmärchen, das ist physikalisch gar nicht möglich. Das Moor hat eine größere Dichte als unser Körper, wir würden immer nach oben getrieben werden.“

Und Elian fügte noch hinzu: „Das ist richtig, aber ihr solltet trotzdem aufpassen, denn stecken bleiben kann man sehr wohl und das Herausziehen aus der dicken Masse dauert ewig.“

Und so tasteten sie sich Schritt für Schritt voran und mussten lediglich die festgefahrenen Räder von Stellas Leiterwagen ab und an befreien.

Als sie die Faaru verließen und damit auch das Ende der Insel erreichten, fühlten sie sich so sicher, dass sie sich entschieden, etwa siebzig Meter über dem Fluss auf einem Felsvorsprung zu rasten. Sie betraten den riesigen Stein und sogen erst einmal die frische Luft tief ein, um den stinkenden Modergeruch aus der Nase zu bekommen. Elian hatte Stella mit etwas Sicherheitsabstand zum Abgrund an der Spitze des Steines abgestellt, da sie, wie er sagte, gerne die Aussicht genoss. Vielleicht ahnte sie aber auch, was bald geschehen würde, denn als sie sich nach der Verschnaufpause gerade auf den Weg machen wollten, traten die Kumaya nahezu lautlos aus der Moorlandschaft. Sie hatten sie hereingelegt, indem sie ihnen zu Fuß folgten. Dadurch war kein Summen zu hören und da sie ihre Beute immer vor sich hatten, war auch der Geruch der Moore nutzlos. Sie saßen in der Falle. Zurück konnten sie nicht, da der Sprung aus rund siebzig Metern in den Fluss viel zu gefährlich wäre.

Beschützend stellten sich Elian, Geloyra, Leia und Breze vor Stella, denn sie wussten, dass sie selbst nicht das Ziel waren, die Kumaya wollten nur die magischen Steine. Geloyra fing bedrohlich zu knurren an, aber das schien die Kumaya nicht zu beeindrucken.

Nur Tobi versuchte abzuhauen, in dem er einfach losrannte, doch als eine der Monster-Mücken fauchend auf ihn zukam und dabei bedrohlich ihren Stachel in seine Richtung hob, ging auch er fluchend zurück auf den Felsvorsprung.

Und als sich die Kumaya in die Luft erhoben, um anzugreifen, ging alles ganz schnell. Breze sah im Augenwinkel, dass sich etwas hinter ihm bewegte und drehte sich um. Dabei sah er gerade noch, wie der Leiterwagen mit Stella nach hinten kippte und in den Abgrund stürzte.

„Neeeein!“, schrie Elian und machte einen Satz nach vorne, um nach Stella zu greifen, doch es war zu spät. In der Luft zerfiel der Turm aus Steinen in seine Einzelteile und verschwand kurz darauf im Wasser.

Der alte Mann sackte auf die Knie und starrte auf die Stelle, an der bis eben noch der Leiterwagen gestanden hatte. Er konnte nicht fassen, was gerade geschehen war. Stella, das Wunder, das ihn sein halbes Leben begleitet hatte, war weg. Versunken im Fluss. Leia kniete sich neben Elian und legte ihre Hand auf seine Schulter, doch er schüttelte sie ab. Er wollte seinen Schmerz in diesem Moment mit niemandem teilen, er gehörte ihm allein, das Einzige, das er noch hatte.

Erst jetzt bemerkte Breze, dass die Kumaya ihnen nicht mehr den Weg versperrten. Sie kreisten über dem Wasser, bis sie schließlich mit einem schrillen Schrei das Weite suchten.

Breze, Tobi, Geloyra und Leia ließen Elian den Freiraum, den er brauchte und setzten sich in der Nähe des Felsvorsprungs auf eine Wiese.

„Ich weiß, der Stein hat dir das Leben gerettet, Bruderherz, aber es ist immer noch ein Stein, kein Mensch, der in den Fluss gestürzt ist“, teilte Tobi den anderen seine Verständnislosigkeit für Elians Trauer mit.

„Nur weil du die Beziehung der beiden nicht verstehen kannst, musst du sie nicht infrage stellen“, blaffte Breze Tobi an. Er konnte Elian gut verstehen, auch er empfand Traurigkeit. Dass er sich mit Stella verbunden fühlte, wollte er den anderen aber nicht mitteilen, dafür hätte ihn sein Bruder mit Sicherheit nur ausgelacht. Leia würde er es irgendwann einmal erzählen. Geloyra verstand es auch ohne Worte und kuschelte sich an ihn.

Breze fing automatisch an, sie hinter den Ohren zu kraulen, als wäre die Werwölfin ein kleiner Welpe und kein Wesen, das ihm in Sekundenschnelle den Kopf abbeißen könnte. Sie schien das zu genießen.

„Was ich nicht verstehe…“. Leia blickte auf den Felsvorsprung und versuchte sich zu erinnern, „wie konnte das überhaupt geschehen? Stella war mindestens einen Meter vom Abgrund entfernt.“

Die anderen nickten zustimmend und beobachteten, wie Elian, der sich ein wenig gefangen hatte, zu ihnen herüberkam. Sie stellten auch ihm ihre Fragen.

„Stella ist nicht gefallen, sie ist gesprungen. Sie hat bewusst dafür gesorgt, dass der Leiterwagen über den Abgrund rollt. So wollte sie verhindern, in die falschen Hände zu geraten. Das hat sie mir kurz vor ihrem Aufprall ins Wasser gestanden. Ich wünschte, sie hätte sich mir vorher anvertraut. Wir konnten uns nicht einmal verabschieden."

Elian klang traurig, wütend und verletzt zugleich. Doch für weitere Trauer blieb keine Zeit mehr, sie mussten weiterziehen, bevor die Kumaya zurückkamen.

Ein schmaler, steiler Pfad, der aussah, als wäre er von Menschenhand in den Stein gehauen, führte an der Klippe hinunter. Doch die Natur allein konnte so manches Wunder vollbringen, was Breze wahrscheinlicher erschien, denn hier lebte weit und breit keine Menschenseele.

Als sie unten ankamen, liefen sie quer über den Strand und überlegten, wie sie über den Fluss zum Tebileng und dann an Land gelangen konnten. Schwimmen war keine Option, da sie nicht wussten, wie weit es war. Tobi hatte die Idee, nach Kretina zu rufen, aber ob der Riesenkrake sie hier hörte? Außerdem schauderte Leia bei dem Gedanken erneut durch die gefährliche Unterwasserwelt zu müssen, ein Boot wäre ihr lieber, aber das hatten sie nicht.

„Ich bin eine gute Schwimmerin und kann euch auf die andere Seite bringen", schlug Geloyra vor. „Allerdings ist nur Platz für drei von euch."

„Ich dachte, Werwölfe sind wasserscheu", überlegte Tobi mit ernster Miene.

„Das sind Katzen", prustete Leia los und verschluckte sich fast an ihrem Wasser, das sie sich gerade aus dem Fluss geholt und abgekocht hatte.

„Nicht alle Tiere mit Fell sind wasserscheu. Katzen sind süße kleine Haustiere mit Fell und winzigen, spitzen Zähnen“, erklärte Leia Geloyra.

„Was ist der Unterschied?“, grinste Tobi und spritzte Geloyra nass.

„Das kann ich dir zeigen“, lachte Geloyra und zeigte Tobi ihr riesiges Maul mit ihren messerscharfen Beißern.

„Aber jetzt mal im Ernst. Einer muss hierbleiben und warten, bis ich zurückkomme.“

„Das ist nicht nötig“, murmelte Elian. „Ohne Stella komme ich nicht mit. Ich muss sie suchen.“

„Sie ist von da oben ins Wasser gestürzt.“ Breze drehte sich um und zeigte auf den Felsvorsprung. „An der Stelle ist das Wasser bestimmt zehn Meter tief. Ohne Taucherausrüstung findest du sie nie. Außerdem brauchen wir dich, um den Weg zu finden und wir wissen auch nicht, wie wir den Alptraum beenden können.“ Erst jetzt holte Breze Luft, er war außer sich, dass Elian sie im Stich lassen wollte.

„Da die Kumaya fort sind, habe ich die Hoffnung, dass Stella mir einen Hinweis gibt, wo ich sie finden kann. Die Bernsteinkugeln helfen euch, den Weg zu finden. Die haben euch doch zu mir geführt, habe ich recht? Dafür war Stella verantwortlich und ich bin mir sicher, dass sie euch auch wieder nach Saori Linon zurückbringen.“

Breze steckte die Hand in die Hosentasche. Sie waren noch da.

„Und meine Geheimwaffe werde ich nur einem von euch anvertrauen, das ist sicherer“, fuhr Elian fort und deutete Breze ihm zu folgen. Ein paar Meter entfernt von den anderen gab er ihm etwas, das Breze in seiner Hosentasche über dem Knie verschwinden ließ, die Einzige, die man verschließen konnte.

Tobi versuchte zu erkennen, was es war und strengte sich an, ein Wort der beiden zu verstehen, aber das Rauschen des Flusses verschluckte jede Silbe.

„Warum bekommt Breze die Waffe? Das ist doch eher mein

Ding", sagte Tobi neidisch und behielt Breze und Elian dabei genau im Auge. „Auf dem Oktoberfest letztes Jahr habe ich am Schießstand alles getroffen, die wollten mir schon Hausverbot geben", prahlte er.

„So klein ist das bestimmt keine Waffe im klassischen Sinne. Zum Glück. Stell dir vor, die geht plötzlich los. Außerdem glaube ich nicht, dass man Jahrhunderte oder Jahrtausende alte Wesen einfach erschießen kann. Da braucht man vermutlich Cleverness. Und wer hat das mehr als dein Bruder?", konterte Leia.

„Du wirst es uns vermutlich nicht verraten?", fragte Tobi, als Breze zurückkam. Stumm sah ihm sein kleiner Bruder in die Augen und er wusste sofort, dass er schweigen würde wie ein Grab.

Verschwiegen war Breze schon immer. Auch als Kind hatte er ihn nie verraten, auch nicht als Tobi die Glastür im Wohnzimmer vor Wut eintrat, weil ihm seine Eltern nicht erlaubten, mit zwölf Jahren auf eine Party zu gehen, auf der keine Erwachsenen anwesend waren.

Breze erzählte sogar, der Wind hätte die Tür zuknallen lassen und dann wäre sie zerbrochen. Tobi hatte ganz vergessen, wie loyal sein kleiner Bruder war. Das wollte er jetzt wiedergutmachen, indem er ihm blind vertraute.

„Cool, Kleiner", sagte Tobi und legte seinen Arm um Breze, der ihn ganz verdattert anschaute, aber froh war, dass er nicht mehr nachbohrte. Dann verabschiedeten sich alle von Elian und vor allem Breze bedankte sich für seine und Stellas Hilfe, dann verließ sie der alte Mann und machte sich auf den Weg zu der Stelle, an der seine Weggefährtin in den Fluss gestürzt war.

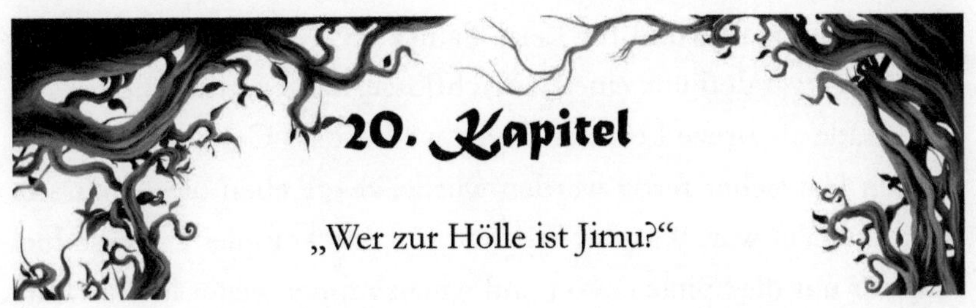

20. Kapitel

„Wer zur Hölle ist Jimu?"

Sie kamen schnell voran, als Geloyra mit Leia, Breze und Tobi durch den Fluss schwamm. Dabei suchte Leia ununterbrochen das Wasser nach den üblen Gestalten ab, die erst vor wenigen Tagen versucht hatten, sie zu zerfetzen, wäre Kretina nicht gewesen. Vielleicht hätte sie nach diesem traumatischen Erlebnis nicht vorne sitzen sollen, aber Geloyra, die als lebendiges Floß herhalten musste, hatte es so angeordnet, da Leia die leichteste Person von ihnen war. Wie ein Hund paddelte sie mit ihren großen, kräftigen Pfoten durchs Wasser und schon nach kurzer Zeit waren weder Elian noch die Insel zu sehen, nicht einmal den riesigen Felsvorsprung konnten sie noch erkennen. Momentan schwammen sie durchs Nirgendwo und hofften darauf, dass ihnen drei kleine Bernsteine den richtigen Weg zeigten.

„Was... ist das?", stotterte Leia und zeigte mit ausgestrecktem Arm auf etwas, das sich im Wasser auf sie zubewegte. Als der schwarze Punkt immer größer wurde, zog Leia panisch ihre Beine aus dem Wasser, klammerte sich an Geloyra fest und drückte sie so unter Wasser.

„Leia...", prustete Geloyra. „Geh runter von meinem Kopf, sonst werden wir alle ertrinken."

Doch Leia reagierte nicht und starrte nur auf das Wasser. Als Breze sah, dass Geloyra kaum noch Luft bekam, packte er Leia an der Hüfte und zog sie nach hinten, was nicht so einfach war, denn sie hatte sich im Fell festgekrallt und schrie wie am Spieß. Und dann sah auch Breze den Grund für Leias Panikattacke. Das schwarze Ding im Wasser war definitiv eine Haifischflosse, die genau auf sie zukam.

Gerade als Breze Leia beruhigen wollte, dass Geloyra mit einem kleinen Hai sicher fertig werden würde, zeigte eben dieser, dass er nicht so klein war. Was die Freunde für eine komplette Flosse hielten, war nur die Spitze davon und wuchs immer weiter in die Höhe, bis sie ihre Köpfe überragte.

Leia hörte abrupt auf zu schreien, was Breze noch mehr beunruhigte, denn ihre Atmung wurde hörbar schneller und sie zitterte wie Espenlaub. Dazu waren ihre Augen weit aufgerissen und sie reagierte nicht mehr, wenn man sie ansprach.

„Sie hat einen Schock und hyperventiliert. Wir müssen ihre Beine hochlagern, damit das Blut die Organe besser versorgen kann."

Während Breze sprach, drehte er Leia um, legte sie auf den Rücken und ihre Beine über seine Schulter.

Tobi versuchte unterdessen das Schaukeln, das Breze dabei verursachte, auszugleichen, damit sie nicht auch noch kenterten und gleichzeitig behielt er die Flosse im Auge, darauf vorbereitet, dem Monster notfalls einen Kinnhaken zu verpassen. Angespannt warteten sie nun darauf, was als Nächstes passierte. Sie waren auf alles gefasst, nur mit Geloyras Reaktion hatte niemand gerechnet. Die Werwölfin fing plötzlich an zu kichern und zappelte im Wasser so stark herum, dass sie sich an ihrem Fell festhalten mussten.

„Entwarnung!", lachte sie. „Das ist Jimu. Nur er weiß, an welcher Stelle ich kitzelig bin." Breze und Tobi waren verwirrt.

„Wer zur Hölle ist Jimu?", schrie Tobi nach vorne und sah zu, wie der Kopf des riesigen Raubtieres langsam aus dem Wasser auftauchte.

„Entwarnung heißt, er tut uns nichts oder kitzelt er uns, bevor er uns frisst?" Tobi wollte nicht glauben, dass man vor dem Monster mit den untertellergroßen Augen keine Angst haben sollte.

„Selbst wenn er wollte, er hat keine Zähne. Von Geburt an, deshalb ist er auch allein unterwegs, die anderen akzeptieren nicht, dass er sich nur von kleinen Fischen und Algen ernährt. Nur aufgrund seiner Größe wird er in Ruhe gelassen", erklärte Geloyra, während Jimu verlegen lächelte und aussah wie Brezes Urgroßtante Berta, als sie bei einem Familientreffen ihr Gebiss zuhause vergessen hatte.

„Leia." Breze beugte sich nach vorne und streichelte seiner Freundin über den Kopf, doch die starrte immer noch in den Himmel und reagierte nicht. „Es ist alles gut, uns geschieht nichts", versuchte er es weiter. Wieder nichts.

„Lass mich mal." Tobi drängte sich an Breze vorbei, holte aus und gab Leia eine Ohrfeige, sodass sein kompletter Handabdruck rot auf ihrer Wange leuchtete. Er wusste nicht, dass er damit eine Kettenreaktion auslöste.

Denn mit einem Ruck schoss Leia in die Höhe und traf mit ihrer Faust Tobis Kinn, der daraufhin stürzte und sich reflexartig an Breze festhielt. Der wiederum verlor das Gleichgewicht und riss Leia mit und so landeten alle drei im Wasser.

Als sie wieder auftauchten, blickte Leia Breze verwirrt an. „Was ist passiert? Das Letzte, an das ich mich erinnere, ist, dass wir uns von Elian verabschiedeten. Danach ist alles verschwommen."

Gerade als sich Leia umdrehen wollte, um zu sehen, wo sie waren, hielt Breze schnell ihren Kopf fest.

„Bevor du dich umdrehst, muss ich dich vorwarnen." Er schielte auf Jimu. „Was ist groß, hat keine Zähne und kitzelt gerne?"

Leia lachte. „Urgroßtante Berta?"

„Fast. Und jetzt stell dir vor, Urgroßtante Berta schwimmt im Wasser und ist mit Geloyra befreundet."

„Was?" Ruckartig drehte sie sich um und blickte in das breit grinsende Maul des Haifischs. Das sah so absurd aus, dass selbst Leia keine Angst mehr hatte.

„Hi", sagte sie lediglich und verkniff sich ein Lachen, drehte sich zurück zu Breze und fasste sich an ihre Wange, auf der Tobis Handabdruck immer noch deutlich zu erkennen war.

„Und warum fühle ich mich wie nach einem Boxkampf?"

Bevor Leia wieder einfiel, was passiert war, tauchte Tobi unter und suchte das Weite. Breze zuckte nur mit den Schultern und war froh, dass Geloyra sie aufforderte aufzusteigen und ihren Weg fortzusetzen. Doch als sie gerade loslegen wollten, kam der nächste Schock.

„Sie sind weg." Panisch kramte Breze in seinen Hosentaschen. „Die Bernsteinkugeln. Sie müssen mir im Wasser aus der Tasche gefallen sein."

„Wir haben keine Zeit danach zu suchen, wir müssen am anderen Ufer sein, bevor es dunkel wird. Denn dann sinkt die Wassertemperatur rapide ab und ihr bekommt einen Kälteschock", warnte Geloyra und schwamm los.

„Wenn wir in die falsche Richtung schwimmen, schaffen wir es auch nicht", gab Breze zu bedenken.

Geloyra blieb entspannt und deutete mit ihrem Kopf auf Jimu. „Wer kennt sich hier besser aus, als ein Tebileng-Bewohner und wenn wir erst mal wieder festen Boden unter den Füßen haben, sehen wir weiter. Saori Linon ist zwar nicht meine Gegend, aber ein bisschen kenne ich mich schon aus."

Es blieb den Freunden nichts anderes übrig, als der Werwölfin und dem zahnlosen Hai zu vertrauen und es stellte sich heraus, dass Jimus Begleitung noch mehr Vorteile mit sich brachte. In der Ferne entdeckte Breze immer wieder die ein oder andere Haifischflosse, die aber jedes Mal schnell das Weite suchte. Wenn er wieder eine entdeckte, versuchte Breze Leia in die andere Richtung abzulenken, das gelang zum Glück ganz gut.

Als es anfing zu dämmern, hatten sie den Tebileng bereits überquert und waren dort am Ufer an Land gegangen. Jimu hatte sie in eine Gegend gebracht, die Geloyra vertraut war.

Sie verabschiedeten sich von dem zehnlosen Hai, der, bevor er verschwand, noch ein paar Kunststückchen vorführte. Breze fragte sich, ob er einsam war, da er nirgends dazu gehörte. Von seiner Familie verstoßen und von den anderen Unterwasserbewohnern gemieden, war es bestimmt kein leichtes Leben. So ähnlich musste es Geloyra gehen. Das machte Breze nachdenklich und er fühlte Dankbarkeit dafür, dass seine Mutter ihn so annahm, wie er war, er mit Leia durch dick und dünn gehen konnte und auch dafür, dass er seinem Bruder wieder näherkam.

Nachdem sie sich mit ein paar Beeren gestärkt hatten (an die Pilze trauten sie sich ohne Elian nicht ran), machten sich die Freunde auf den Weg nach Saori Linon. Breze hatte gehofft, dass sie an ein Ufer kämen, das sie bereits kannten, zum Beispiel zu Zakul mit dem roten Vollbart oder noch besser in die Nähe von Calabria, dann wäre es nur noch ein Katzensprung, doch die Umgebung war ihnen unbekannt.

Ringsherum gab es nichts als Bäume, was die Stimmung von Breze nicht gerade aufhellte. Der Wald erinnerte ihn an die Wochenenden im Schwarzwald, die er mit seiner Familie dort verbracht hatte, als seine Eltern noch nicht getrennt waren. Während die anderen Kinder in den Hotelpool gesprungen waren, musste Breze für den IQ-Test lernen, was für ihn keinen Sinn ergeben hatte, denn es sollte ja getestet werden, wie schlau er war und nicht, wie gut er sich darauf vorbereiten konnte. Und das alles nur, damit sein Vater im Tennisclub etwas zum Angeben hatte.

Geloyra dagegen war im Wald zu Hause, deshalb fühlten sich die drei Freunde wenigstens sicher. Die Werwölfin konnte einen Hasen hören, Minuten bevor sie ihn sahen. Beeindruckt machten sie ein Spiel daraus. Mit geschlossenen Augen erzählte Geloyra ihnen, was sich links und rechts von ihnen abspielte. Ob Igel, Grashüpfer oder Glasflügler, sie lag immer richtig. Als sie erwähnte, dass eine Schlange auf sie zukam, schwang Leia sich mit einem Hops auf den Rücken der Werwölfin, die darüber herzlich lachte. Brezes Freundin gehörte zu den mutigsten Menschen, die er kannte, sie bot jedem die Stirn, der sich ihr in den Weg stellte, aber wilde Tiere waren für sie ein Graus. Beim konfliktscheuen Breze war das genau umgekehrt, Menschen machten ihm mehr Angst.

„Es steht 7:0 für mich", sagte Geloyra grinsend und öffnete die Augen wieder. „Jetzt müssen wir aber Schluss machen. Wir betreten das Revier meiner Familie und ich würde nicht meine Hand ins Feuer dafür legen, dass sie friedlich bleiben."

Um zu verhindern, dass die Werwölfe den Geruch der drei Freunde wahrnahmen und damit sie nicht gehört wurden, kletterten die drei auf Geloyras Rücken und versuchten ihre menschliche Haut so gut es ging mit Fell zu bedecken.

„Ich hätte diesen Weg nicht gewählt, wenn es eine andere Möglichkeit gäbe", flüsterte die Werwölfin und fügte hinzu: „Wenn wir den Wald passiert haben, sind wir im Sunderwrald-Gebiet, dann kann uns Calabria weiterhelfen."

„Calabria?", rief Breze viel zu laut und hielt sich selbst den Mund zu, hoffentlich hatte ihn niemand gehört. Aber er war so aufgeregt, Calabria noch einmal wiederzusehen, dass er glatt vergessen hatte, in welcher Situation sie sich befanden. Wütend trat Tobi, der hinter Breze saß, seinem Bruder gegen die Wade, der vor Schreck fast wieder aufgeschrien hätte, doch stattdessen biss er sich auf seine Unterlippe. Breze war deswegen nicht sauer auf Tobi, denn er hatte sie alle in Gefahr gebracht. Er drehte sich zu ihm um und formte ein stummes „Sorry" mit seinen Lippen.

Plötzlich blieb Geloyra stehen. „Geht jetzt nicht auf Breze los, das ist nicht seine Schuld. Sie warten vermutlich bereits auf uns, seit wir den Wald betreten haben."

Bevor die drei fragen konnten, was sie damit meinte, sahen sie es selbst. Hundert Meter weiter standen die ersten Werwölfe Spalier, um sie in Empfang zu nehmen und aus allen Richtungen kamen immer mehr, sodass sie keine Chance hatten zu flüchten. Das Rudel stellte sich links und rechts hintereinander auf und bildete so einen Weg, den sie gezwungen waren zu gehen. Einige Tiere waren einen Werwolfkopf größer als Geloyra und blickten aus rund zwei Metern Höhe auf sie herab. Von weiß über braun bis hin zu schwarz waren die Werwölfe in verschiedenen Fellfarben vertreten und wiegten nervös ihre Köpfe hin und her, als ihr verschollenes Rudelmitglied mit drei Menschen auf dem Rücken ihr Revier betrat.

Wie bei einer La-Ola-Welle streckten die Tiere nacheinander ihren Kopf in die Luft und heulten auf, was bei Geloyra für Einschüchterung sorgte, denn sie senkte ihren Kopf, als sie weiterlief.

„Seht ihnen nicht in die Augen, das könnte sie provozieren. Ich regle das schon, das kann ich aber nur, wenn wir im Ganzen bei meinem Vater ankommen."

„Wenn dein Vater so ein hohes Tier ist, warum gehen sie dann vor dir nicht auf die Knie?", zischte Tobi und schielte mit einem Auge auf das immer noch strammstehende Rudel am Wegrand. Er fühlte sich nicht gerne unterlegen, wollte aber auch nicht in Stücke gerissen werden.

„Wir werden schon geschont, das kannst du mir glauben. Was denkst du, warum sonst kein fremdes Lebewesen freiwillig unseren Wald betritt, oder jedenfalls kein zweites Mal? Denn das kann es dann nicht mehr."

Geloyra drehte ihren Kopf und blickte Tobi an, um zu verstärken, dass er ohne die Werwölfin verloren wäre. Sie war jetzt kein kleines Kind in Menschengestalt, sondern die Tochter des Rudelanführers und auch wenn sie weggelaufen war, keiner würde es wagen, sie anzugreifen.

„Und warum starrst du dann auf den Boden, wenn du die Prinzessin des Waldes bist? Dann scheinst du doch Schiss zu haben.“ Tobi konnte es nicht lassen.

„Habe ich nicht! Aber einige der Werwölfe sind meine Freunde, ich habe sie nicht vorgewarnt, dass ich das Rudel verlasse. Der schwarze Wolf da vorne, auf der rechten Seite, das ist mein kleiner Bruder. Ich habe ihn und die anderen im Stich gelassen.“

Vorsichtig blickten die drei Freunde auf das pechschwarze Tier, welches sie anstarrte und mit einem Mal auf sie zurannte. Leia packte Brezes Hand und hielt sich damit die Augen zu. Der einzige Grund, weshalb sie diesmal nicht völlig durchdrehte, war, dass sie Geloyra vertraute. Die sanfte Werwölfin mit den roten Augen war immer ehrlich zu ihnen gewesen und wenn sie sagte, ihr Bruder wäre keine Gefahr, dann war das auch so.

Als Leia ein Brummen hörte, ließ sie Brezes Hand los und öffnete langsam ihre Augen wieder. Überrascht sah sie, wie sich der schwarze Werwolf, der etwas kleiner als Geloyra war, an den Hals seiner Schwester schmiegte. Er fiepte beinahe wie ein junger Hund und schien sich richtig zu freuen, dass sie wieder da war. Dann hopste er aufgeregt neben ihnen her, als sie den Weg weiter entlangschritten.

Auch wenn Breze sich nicht traute, genau hinzusehen, konnte er spüren, dass die anderen Werwölfe nicht so viel Freude empfanden. Einige scharrten nervös mit den Pfoten und der ein oder andere knurrte leise vor sich hin.

Mit einem Mal blieb Geloyra stehen und beugte sich, die Vorderpfoten abgeknickt, nach vorne. Breze wollte wissen, was da los war und überlegte, einen Blick zu riskieren.

„Unten bleiben!“, befahl Geloyra mit ungewohnt scharfem Ton, als hätte sie seine Gedanken gelesen.

Vor lauter Aufregung fing Brezes Hand an, höllisch zu jucken, genau an der Stelle, an der sich vorher die Wunde befunden hatte. Er konnte es sich nicht erklären, bisher hatte er nur von Phantomschmerzen gehört, wenn Menschen ein Körperteil, das ihnen entfernt wurde, immer noch spüren konnten. Phantomjucken einer alten Wunde kannte er noch nicht, allerdings war sie auch nicht auf normale Art verheilt, vielleicht hatte es damit etwas zu tun. Das Gehirn kam nicht hinterher, dass die Wunde so schnell verschwunden war, so musste es sein.

Er hielt es kaum aus, durfte sich aber nicht bewegen. Vorsichtig versuchte er den Drang zu stillen, in dem er seine Hand an Geloyras Bauch rieb. Doch das machte es nur noch schlimmer, das Fell kitzelte ihn zusätzlich, sodass er nachgeben musste und anfing, sich wie wild zu kratzen.

Diese schnelle Handbewegung löste den Raubtierinstinkt der Werwölfe aus. Der Anführer, Geloyras Vater, sprang mit einem Satz neben Breze und knurrte ihn geifernd und mit nach Aas stinkendem Atem an.

Das Jucken hatte schlagartig aufgehört und Breze konzentrierte sich darauf, dem riesigen Werwolf mit demselben Fellmuster wie Geloyra nicht in die Augen zu sehen. Bis auf das leise, bedrohliche Knurren herrschte Totenstille. Breze konnte sogar spüren, wie Leia und Tobi die Luft anhielten.

Als der Anführer dann seine Zähne fletschte, geschah etwas, was vermutlich keiner erwartet hatte. Es brach Panik unter den restlichen Werwölfen aus und sie rannten wild durcheinander. Verursacht wurde das Chaos durch Geloyra. Hatte sich das Werwolfmädchen gerade noch ehrfürchtig vor ihrem Vater verbeugt, drehte sie sich jetzt ruckartig auf die rechte Seite, auf der ihr Vater stand, blickte ihn eindringlich an und knurrte ebenso bedrohlich zurück. Damit hatte sie sich nicht nur gegen ihren Vater gestellt, sie hatte den Anführer vor dem gesamten Rudel gedemütigt. Das konnte nichts Gutes bedeuten.

Das Raunen und Jaulen der Untertanen hallte durch den Wald.

Geloyras Bruder drückte sich ängstlich gegen eine ebenso schwarze

Werwölfin, vermutlich seine und Geloyras Mutter, die aufgeregt zwischen ihrem Gatten und ihrer Tochter hin und herblickte. Alle warteten auf die Reaktion des Anführers. Sie würde grausam sein, blutig, in Stücke würde er sie allesamt reißen.

Doch es kam ganz anders. Das riesige Tier lachte plötzlich lauthals los und schloss seine Tochter in die Pfoten. Das Rudel traute seinen Augen nicht. Der Grausamste aller Grausamen, der Gefürchtetste im ganzen Land schien sich über den Ungehorsam seiner Tochter zu freuen.

„So lange habe ich auf diesen Tag gewartet." Geloyras Vater sprang elegant auf einen Felsen, der ihm als Thron zu dienen schien, denn die anderen versammelten sich darunter und senkten respektvoll ihre Köpfe.

„Was kann es Mutigeres geben als einen Werwolf, der sich gegen seinen Anführer stellt. Meine Tochter…". Das riesige, pelzige Tier schluckte gerührt. „Meine Tochter ist als kleines Mädchen in die Welt gegangen und als stolze Werwölfin zurückgekehrt. Seht mich an!", sprach er nun direkt zu Breze, Leia und Tobi, die vorsichtig hinaufblickten.

„Habt ihr meiner Tochter geholfen, ihren Mut zu finden?", fragte er und sah die Menschen erwartungsvoll an.

„Na ja, eigentlich war sie es schon…", antwortete Breze zögerlich, als ihm Geloyra ins Wort fiel, denn sie kannte ihren Vater ganz genau: „Ja, Vater, dank dieser drei Menschen kehre ich stärker und mutiger zurück, als ich es je für möglich gehalten hätte." Sie verbeugte sich.

„Dann sollen deine Freunde unsere Gäste sein, solange sie möchten und unter meinem Schutz stehen." Die letzten Worte sprach der Anführer laut und deutlich an das Rudel gerichtet.

„Doch um noch eines klarzustellen", setzte er erneut bedrohlich an, „der Nächste, der sich mir entgegenstellt, bezahlt mit seinem Leben."

Ein Anführer, der Gefühle zeigte, der es guthieß, bedroht zu werden, verunsicherte seine Gefolgschaft und wirkte angreifbar. Er musste seine Macht und Unbarmherzigkeit noch einmal deutlich machen, um keinen Putsch zu riskieren.

21. Kapitel

„Ich werde das Loofhirn auf keinen Fall essen."

Breze, Leia und Tobi fühlten sich sicher genug, um von Geloyra abzusteigen und sich umzusehen. Rund achtzig Werwölfe gehörten zum Rudel. An der Fellfarbe und den Mustern konnte man größtenteils erkennen, welche Familien zusammengehörten. Einige drehten sich gelangweilt um und verschwanden, vermutlich die Älteren, denn viele hatten einen weißen Fellstrich längs auf dem Rücken. Die anderen schlichen misstrauisch um sie herum und beschnupperten die für sie seltsam riechenden Menschen von allen Seiten.

„Das reicht!" Mit einer Kopfbewegung sorgte Geloyra dafür, dass die Werwölfe den Weg frei machten. Vermutlich bringt uns das Werwolfmädchen jetzt zu ihrer Höhle, dachte Breze. Er hoffte, dass sich diese in einem Berg befand und nicht unterirdisch. Er wollte nicht schon wieder durch dunkle Gänge stolpern müssen. Doch sehr zur Überraschung der drei Freunde war es keine Höhle, in der die Werwölfe lebten. Es waren Zelte. Viele, große Zelte. Jede Familie schien ihr eigenes zu besitzen. Als Geloyra sie in das Größte führte, vermutlich für den Anführer und seine Familie, kam Breze aus dem Staunen über die Verarbeitung gar nicht mehr heraus. Er fasste das braune, planenartige Material an.

„Ist das Leder?" Er roch daran und schüttelte sich wegen des beißenden Gestanks. Von einem Schaf oder einer Kuh kam das nicht.

„Das ist getrocknete Loof-Haut. Loofs sind unsere Hauptnahrungsquelle. Gleich hinter dem Wald befindet sich die Herde. Sie vermehren sich schnell und bewegen sich wahnsinnig langsam“, erklärte Geloyra und sprach die letzten zwei Worte wie in Zeitlupe. „Das ist manchmal schon fast ein bisschen langweilig.“ Sie lachte.

„Das ist ja wie ein Fast-Food-Laden vor der Tür.“ Tobi lachte mit. Breze und Leia fanden das nicht lustig. Ihnen war bewusst, dass es sich immer noch um Lebewesen handelte, auch sie selbst hätten das Mittagessen der Werwölfe sein können. Breze war sowieso kein großer Fleischesser. Er mochte den Geruch nicht, auch wenn das kein Vergleich war zu dem Gestank, der im Zelt herrschte. Als sie es betraten, musste er würgen und es dauerte eine Weile, bis er sich daran gewöhnte. Der Geruch kam von den Fellen, die im ganzen Zelt verstreut auf dem Boden lagen. Die Loofs schienen wunderschöne Tiere zu sein. Das Fellmuster sah aus wie von einem schwarz-weißen Leoparden, nur deutlich größer.

„Die Welt kann wirklich grausam sein, auch hier“, seufzte Leia. „Aber wir Menschen sind die schlimmsten Raubtiere, deshalb schwinge ich jetzt bestimmt nicht die Moralkeule!“

„Warum lebt ihr in Zelten?“, versuchte Breze das Thema zu wechseln. „Ich hätte erwartet, dass ihr in einer Höhle haust. Das hier wirkt so…menschlich, so zivilisiert.“

„Na ja, ein Teil von uns ist ja auch menschlich“, erwiderte Geloyra. „Wenn wir unsere menschliche Gestalt annehmen, haben wir den Drang auch so zu leben und unbequem finden wir es als Werwölfe auch nicht gerade. Es ist deutlich wärmer und gemütlicher als in einer Höhle.“

Plötzlich bewegte sich eines der Felle neben Tobi, der sich vor Schreck hinter Geloyra versteckte. Doch es war kein Loof, der von den Toten auferstanden war, es war ein Wolf. Kein Werwolf, dafür war er viel zu klein.

„Keine Angst.“ Geloyra drehte sich zu Tobi. „Das ist Crele`. Jede Familie hat ihren eigenen Wolf. Sie beschützen uns, wenn wir in menschlicher Gestalt verwundbarer sind."

„Wirklich ein putziges Haustier!", sagte Tobi schnippisch und ging drei Schritte zurück, als sich Crele` an Geloyra schmiegte.

„Sie sind durch uns an Menschen gewöhnt und wenn wir entspannt sind, sind sie es auch. Du kannst ihn auch streicheln, dann freut er sich."

Als hätte er es verstanden, ging Crele` auf Tobi zu. Breze musste grinsen, als sein sonst so harter Bruder den Wolf hinter dem Ohr kraulte und er sich freute, dass es dem Tier gefiel.

Bis auf die Felle war das Zelt leer, allerdings hatte Breze auch keine Schrankwand mit teurem Sonntagsporzellan erwartet.

„Seid ihr denn nicht hungrig?" Geloyras kleiner Bruder streckte seinen Kopf durch den Zelteingang.

„Du neugieriger Zwerg", fuhr Geloyra ihn an. Doch dann lächelte sie bis über beide Ohren und gab ihm mit der Schnauze einen Stups. Der kleine Werwolf lachte und stupste noch etwas fester zurück. Das ging so lange hin und her, bis sich die Geschwister kreischend aufeinander stürzten und auf dem Boden herumwälzten. Dabei wechselte sich Spaß mit Ernst ab, bis sie keuchend nebeneinander lagen.

Geschwisterliebe ist schon eine seltsame Sache, dachte Breze, als er sich und Tobi in dem Gerangel der Werwölfe wiedererkannte.

„Das ist Svartur. Meistens eine riesige Nervensäge, aber ganz in Ordnung", stellte Geloyra ihren Bruder vor.

„Selber Nervensäge", entgegnete dieser und streckte seinen Kopf aus dem Zelt, um sich gleich darauf wieder zu ihnen umzudrehen. „Das Essen ist fertig. Dir zu Ehren gibt es dein Lieblingsessen."

„Klingt gut", sagte Tobi. „Ich habe so einen Kohldampf, ich würde jetzt sogar Loof am Spieß probieren. Auch wenn die Felle riechen, wie in Stinkers Zimmer, wenn er eine Woche durchgezockt hat."

Da mussten sogar Leia und Breze lachen, auch wenn sie hofften, dass es etwas anderes gab als gebratenen Loof. Und zu ihrer Überraschung gab es den auch nicht, denn der Loof war nicht gebraten, er war roh.

Und es kam noch schlimmer.

„Sag mir bitte, dass es nicht das ist, wofür ich es halte“, flüsterte Leia zu Breze, der neben ihr auf dem Boden kniete. „Ich befürchte schon“, antwortete Breze und traute sich nicht einmal an dem, was auf einem großen Blatt serviert wurde, zu riechen.

„Das esse ich nicht“, mischte sich jetzt auch Tobi ein. Allerdings viel zu laut, denn einige Werwölfe hörten auf zu kauen und zu schmatzen und sahen zu ihnen herüber.

„Es wird als Beleidigung angesehen, wenn ihr nicht esst, was unser Anführer persönlich für euch erlegt hat. Es tut mir leid, dass es eurem Geschmack nicht entspricht, aber ihr müsst es essen. Wenn ihr es erstmal im Mund zergehen lasst, werdet ihr merken, wie köstlich es schmeckt“, sagte Geloyra und verschlang ihre Portion gierig.

Um die beobachtenden Blicke wieder loszuwerden, beugten sich die drei über ihr Essen und fingen an mit leerem Mund zu kauen, dabei nickten sie zustimmend.

„Mmh, lecker“, sagte Leia und dann, nachdem sich die Werwölfe wieder ihrem eigenen Essen widmeten: „Ich werde das Loofhirn auf keinen Fall essen.“

„Ich auch nicht, ich überlege schon, wie wir es loswerden. Leider sehe ich Crele‘ nirgends“, antwortete Breze und versuchte den Wolf hinter einem der Bäume zu entdecken. Doch er sah weder ihn noch ein anderes Haustier in der Nähe. Vermutlich waren die Wölfe besser erzogen als der ständig bettelnde Dackel von Urgroßtante Berta.

Er musste jetzt handeln, solange sich die Werwölfe in ihrem Fressrausch befanden

Breze überprüfte, ob sie niemand beobachtete, dann griff er sich alle drei Portionen, wickelte diese in zwei Blätter und steckte sie in Sekundenschnelle in seine beiden Hosentaschen.

Er blickte sich erneut um, aber niemand schien ihn gesehen zu haben.

Schon kurze Zeit später bereute er seine Entscheidung, denn eine klebrige Flüssigkeit lief ihm den Oberschenkel herunter und würde ihn bestimmt bald verraten. Er musste sie loswerden, auch weil die triefenden Klumpen in seiner Tasche wirklich unangenehm waren. Allein bei der Vorstellung, was sich darin befand, lief es ihm kalt den Rücken herunter.

„Ich muss mal." Breze stupste Geloyra an, damit sie registrierte, dass er mit ihr sprach. Es dauerte dennoch eine Zeit lang, bis die Werwölfin mit ihrer blutverschmierten Schnauze wirklich ansprechbar war.

„Dann such dir einen Baum aus, du hast freie Wahl", sagte sie knapp, um sich dann wieder ihrem Fressen zuzuwenden.

Breze stand vorsichtig auf, damit ihm nichts aus der Tasche fiel und machte sich auf den Weg in die Richtung, aus der sie heute gekommen waren. Er musste zum Wasser und die stinkende Soße von seinen Beinen waschen, egal wie lange er dafür unterwegs war.

„Ich muss hier auch weg. Am Ende fressen die in ihrem Fressrausch noch uns." Leia stand auf und folgte Breze und auch Tobi lief ihnen hinterher.

Ihr Verschwinden blieb nicht lange unbemerkt. Als sie an den Zelten vorbeiliefen, schlüpfte ein Wolf nach dem anderen heraus und folgte ihnen. Der Geruch schien sie wahnsinnig zu machen, denn sie griffen sich gegenseitig an, um der Erste in der Schlange zu sein. Breze griff in seine Hosentasche und warf eines der Gehirne so weit er konnte in die andere Richtung. Wie Piranhas stürzte sich ein Haufen Wölfe darauf. Es war ein einziges Gezanke, Geknurre, Gebeiße und Geschmatze. Damit die Wölfe noch eine Weile beschäftigt waren, warf Breze auch die restlichen zwei Gehirne so weit weg in den Wald hinein, wie er nur konnte. Eines davon blieb an einem Ast hängen und die Tiere konnten es nicht erreichen. Vor lauter Gier sprangen sie sich gegenseitig auf den Rücken, um ein kleines Stück zu erwischen.

„Lasst uns jetzt schnell abhauen, solange sie abgelenkt sind“, sagte Breze und versuchte sich mit einem Blatt die Feuchtigkeit vom Bein zu wischen.

„Denkst du, sie können dich trotzdem noch riechen?“, fragte Leia besorgt.

„Auf jeden Fall. Kilometerweit. Euch aber auch, Wölfe sind fantastische Spurenleser. Wir haben Glück, dass eines hängengeblieben ist“, antwortete Breze und sie liefen alle drei automatisch immer schneller durch den dunklen, nicht enden wollenden Wald, bis ihnen die Seiten schmerzten.

„Da, seht ihr, der Tebileng!“, rief Tobi. Breze zog sich nicht einmal die Schuhe aus und ließ sich in voller Montur ins Wasser fallen. Dort schrubbte er so fest er konnte die durchsichtige Flüssigkeit von seinen Beinen und auch seine Hosentaschen drehte er zum Auswaschen um.

Da es bereits dunkel war, blieb Breze in der Nähe des Strandes, wer weiß, was sich in dem tiefschwarz aussehenden Gewässer alles befand. Doch die eigentliche Gefahr bemerkte Breze erst, als er den Tebileng wieder verließ, denn dort wartete bereits ein Rudel Werwölfe auf ihn.

Sie bewegten sich so lautlos und elegant, dass nicht einmal Leia und Tobi etwas gemerkt hatten, die am Strand saßen. Sie drehten sich erst um, als sie den eingefrorenen Blick von Breze im Mondschein wahrnahmen. Auch die Wölfe waren mit einigen Schrammen und hinkenden Pfoten dabei.

Mit ein wenig Abstand blieb das Rudel stehen und nur Geloyra kam auf sie zu gelaufen.

„Sie wollten euch wirklich eine Chance geben“, sagte sie traurig. „Dass ihr unsere Spezialität ablehnt, hätte ich vielleicht noch geradebiegen können, aber dass ihr Crele` und die anderen Wölfe füttert und es dabei fast zu Verlusten gekommen wäre, damit habt ihr uns alle in Gefahr gebracht. Meine Familie ist auf ihr Haustier, wie ihr es nennt, angewiesen, es ist lebensnotwendig. Da kann auch ich leider nicht mehr helfen."

„Wir wollten niemanden irgendeiner Gefahr aussetzen. Vor allem dich nicht", versuchte Leia Geloyra zu beruhigen.

„Es war wirklich ein Unfall", pflichtete Breze bei und streckte die Hand aus, um seine Freundin zu berühren, traute sich dann aber doch nicht und zog sie wieder zurück.

„Und was passiert jetzt? Werden wir auch gefressen?", sprach Tobi aus, was Leia und Breze sich nicht einmal trauten zu denken. Die Antwort überraschte die Freunde.

„Ja, das ist der Plan", antwortete Geloyra trocken und drehte sich zu ihrem Rudel um, das noch immer an Ort und Stelle wartete, aber ungeduldig schien. Leia, Breze und Tobi waren zu geschockt, um etwas darauf zu erwidern. Nur in ihren Augen konnte man sehen, wie sie versuchten ihre soeben erhaltene Todesstrafe zu verarbeiten.

„Das ist Kannibalismus." Leia fand als Erste ihre Sprache wieder. „Ein Teil von euch ist menschlich, da könnt ihr doch keine anderen Menschen fressen."

„Da habt ihr recht. Mein Rudel wird euch auch nicht fressen. Mein Vater findet es nur gerecht, wenn die Wölfe euch zerfetzen."

„Aber…aber das wirst du nicht zulassen, oder?", stammelte Leia unter Tränen. „Oder? Das wird Geloyra doch nicht zulassen?", fragte sie in ihrer Verzweiflung noch einmal, diesmal an ihre beiden Freunde gerichtet.

Breze konnte darauf nicht antworten, er hörte Leias Frage nicht einmal. Von außen gesehen stand er stocksteif da und starrte Geloyra an, während seine triefnassen Klamotten in den Sand tropften und ein Muster hinterließen. Doch innerlich passierte sehr viel. Sein Herz raste und er hatte das Gefühl keine Luft zu bekommen, seine Gedanken fuhren Karussell und er konnte sich nicht darauf konzentrieren, was gerade um ihn herum geschah, als wäre er in Trance. In seinem Kopf hörte er nur noch ein lautes Rauschen.

Als Leia anfing ihn zu schütteln und ihn anschrie, er solle sich umdrehen, war Breze wieder in der Realität zurück, nur das Rauschen war noch da. Es wurde lauter, aber erst als Leia und Tobi sich die Ohren zuhielten, verstand er, dass das Rauschen nicht in seinem Kopf war, sondern aus dem Tebileng kam. Mit einem lauten ‚Wusch' schoss etwas aus dem Wasser in die Luft, bevor es langsam auf die Erde sank. Laut jaulend und mit eingezogenem Schwanz, flüchteten die Werwölfe zurück in den Wald. Nur Geloyra blieb entspannt und auch die drei Freunde standen noch immer am Strand und beobachteten, was geschah. Was konnte schon schlimmer sein, als bei lebendigem Leib gefressen zu werden?

Auf der fliegenden Platte stand eine Person, die mit ihren Beinen das Gefährt wie eine Art Skateboard lenkte.

Leia erkannte die schwarze, mit Muscheln dekorierte, wallende Mähne als Erste.

„Calabria!", schrie sie aufgeregt und konnte es kaum erwarten, bis die Scheibe endlich gelandet war, damit sie ihre Freundin begrüßen konnte. Auch Breze und Tobi waren außer sich vor Freude, nur Geloyra schien nicht überrascht zu sein.

„Bist du dafür verantwortlich?", fragte Breze die Werwölfin und lächelte erleichtert.

„Glaubst du wirklich, ich hätte euch den Wölfen zum Fraß vorgeworfen?" Geloyra zwinkerte Breze zu, der das flauschige Tier dankbar umarmte.

„Ich habe gehört, ihr braucht meine Hilfe", sagte Calabria, während sie von der Platte stieg.

„Es gab keinen besseren Zeitpunkt. Schön dich zu sehen", sagte Leia.

Tobis Euphorie schien allerdings schneller verflogen zu sein, als sie gekommen war. Mit finsterem Blick betrachtete er die fliegende Scheibe.

„Was ich nicht ganz verstehe…“, fing er dann an und berührte die noch warme Platte mit der Hand, die durch seine Berührung aufleuchtete. „Wenn du solche Möglichkeiten hast, hättest du uns doch schon früher abholen können. Dann hätten wir uns viel Ärger erspart.“

„Das ging leider nicht. Die Rica, mit der ich mich fortbewege, galt als verschollen. Mein Bruder hatte sie versteckt und es war ein großes Glück, dass Kretina sie im Tebileng gefunden hat. Das tut mir leid, wenn du denkst, ich hätte euch im Stich gelassen. Geloyra war doch immer in eurer Nähe und ich wurde durch meine Späher immer darüber informiert, wie es euch geht. Und jetzt komm her, dich habe ich auch vermisst!“ Und damit packte Calabria Tobi am Arm, zog ihn näher an sich ran und drückte ihn so fest, dass auch er nicht anders konnte, als die Umarmung zu erwidern.

„Ihr solltet jetzt los“, drängte Geloyra.

„Du kommst nicht mit?“, fragte Breze überrascht.

„Ich kann nicht. Meine Familie ist hier und ihr braucht mich jetzt nicht mehr. Lasst uns den Abschied kurz und schmerzlos machen.“

Die Werwölfin schob ihre Freunde mit ihrer riesigen Schnauze auf die Rica. Die Platte hob ab. Leia, Breze und Tobi starrten so lange ins Dunkle, bis sie die zum Abschied jaulende Geloyra nicht mehr sehen konnten.

„Ich werde dich nie vergessen“, schrie Breze in die dunkle Nacht hinein.

„Die Reise wird eine Zeit dauern, legt euch schlafen“, sagte Calabria und als sie sah, wie Leia über den Rand spähte, fügte sie hinzu: „Keine Sorge, es ist nicht möglich, von der Rica zu fallen.“

Mit diesem beruhigenden Gedanken schliefen Leia, Breze und Tobi in wenigen Sekunden ein.

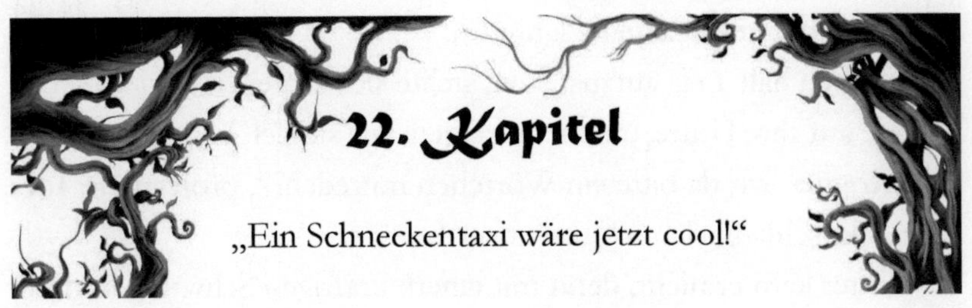

22. Kapitel

„Ein Schneckentaxi wäre jetzt cool!“

Als Breze am nächsten Morgen erwachte, rieb er sich seinen schmerzenden Nacken. Gemütlich war die harte Platte nicht gerade, dennoch hatte er das erste Mal seit langem das Gefühl, richtig tief geschlafen zu haben. Auch Leia und Tobi stöhnten auf und versuchten eine bequemere Position zu finden.

„Weißt du, woran mich das erinnert?“, fragte Tobi seinen Bruder und grinste ihn verschlafen an. Die Antwort wartete er gar nicht erst ab und fuhr fort: „An unsere Campingurlaube mit Mama in Italien. Ich habe es gehasst, mit dir ein Zelt zu teilen, du hast dich immer so breit gemacht, dass ich am Ende auf dem Boden schlafen musste. Genauso fühle ich mich gerade.“

„Stimmt und dann warst du den ganzen Tag schlecht gelaunt und ich wusste nie, warum du sauer auf mich warst“, lachte Breze.

Leia und Calabria hatten von dem Gespräch unter Brüdern nichts mitbekommen, sie bestaunten den wunderschönen Sonnenaufgang, der in einem kräftigen Orange leuchtete. Auch für die Sandfrau war es der erste Sonnenaufgang aus der Luft und einer der wenigen, den sie überhaupt sah, da sie erst vor kurzer Zeit ihr Augenlicht erhalten hatte.

„Darf ich mal steuern?“ Lange hatte Leia überlegt, ob sie das fragen sollte, aber bei Calabria sah das so einfach aus. Leia selbst fuhr, sehr zum Missfallen ihres Vaters, seit fünf Jahren Skateboard.

„Klar“, antwortete die Sandfrau. „Ich habe es auch schnell gelernt. Stell dich hier in die Mitte und bewege deine Hüften, als würdest du tanzen. Aber erst mal ganz langsam."

Calabria half Leia aufzustehen, stellte sich hinter sie und legte ihre Hände auf ihre Hüfte, um ihr zu zeigen, wie sie sich bewegen musste.

„Können wir da bitte ein Wörtchen mitreden?", protestierte Tobi. „Es geht schließlich auch um unser Leeeee…"

Weiter kam er nicht, denn mit einem kräftigen Schwung und mit unsanftem Geschaukel zischte die Rica deutlich schneller durch die Luft. Calabria flüsterte Leia etwas ins Ohr und sie lehnte sich so stark auf die rechte Seite, bis die fliegende Platte einen Looping machte. Während Tobi vor Panik schrie und auch Breze etwas grüne Gesichtsfarbe bekam, lachten die beiden Mädchen.

„Ich habe euch doch gesagt, dass man nicht herunterfallen kann. Die Rica besitzt eine magische Anziehungskraft. Es ist unmöglich, glaubt mir, ich würde euch nie in Gefahr bringen", versuchte Calabria Breze und Tobi zu beruhigen. Schon nach kurzer Zeit hatte Leia den Dreh raus und steuerte die fliegende Platte, als hätte sie nie etwas anderes gemacht. Calabria gab ihr lediglich Anweisungen, in welche Richtung sie fliegen mussten.

„Ist das da unten nicht die Wüste, in der wir dich kennengelernt haben?", fragte Breze und hielt sich die Hand über die Augen, damit er gegen die strahlende Sonne besser sehen konnte.

„Ja, das ist sie", antwortete Calabria. „Ich setze euch vor dem Berg ab, der euch nach Saori Linon bringt, aber dann kann ich euch nicht weiter begleiten. Wir landen hier."

„Und wie?", fragte Leia. „Sollen wir wieder tauschen?"

„Du schaffst das schon", entgegnete Calabria. „Die Beine fest in den Boden drücken und das Gewicht nach hinten verlagern." Die Rica wurde langsamer. „Jetzt ein wenig in die Knie gehen und abwechselnd die Beine links und rechts nach unten drücken."

Leia sah aus wie eine Skifahrerin bei der Abfahrt, was Breze und Tobi zum Schmunzeln brachte. Sie wusste, wie seltsam das von außen aussehen musste und nahm es ihren Freunden nicht übel.

„Macht ihr das mal, das ist total anstrengend", schimpfte sie scherzhaft, als das Gefährt auf den Boden sank. Die Landung war etwas holprig und nicht ganz so cool rübergekommen wie bei Calabria, aber Leia war trotzdem stolz auf sich und auch Breze und Tobi nickten ihr anerkennend zu.

Für die Sandfrau war es nun endgültig an der Zeit sich zu verabschieden, als Oberhaupt eines ganzen Staates konnte man es sich nicht leisten, tagelang auf Abenteuerreise zu gehen. Dann stieg sie auf die Rica und flog davon.

Wie die Grenze funktionierte, wussten Breze, Leia und Tobi schon von ihrer Ankunft, deshalb nahmen sie sich erneut an den Händen, erklommen den Berg und wurden wie beim ersten Mal an der Spitze verschluckt und auf der anderen Seite wieder ausgespuckt. Dort ging die Sonne gerade auf.

„Zwei Sonnenaufgänge so kurz hintereinander erlebt man auch nicht so oft", stellte Leia fest und versuchte in den verschiedenen Rottönen einen Unterschied zu der anderen Welt zu erkennen, konnte aber keinen entdecken.

Sie sahen sich um und erkannten, dass sie an genau der Stelle standen, an der die Rennschnecke Raja sie hatte aussteigen lassen.

„So ein Schneckentaxi wäre jetzt cool", sagte Tobi und suchte alle Richtungen nach einer verdächtigen Schleimspur ab.

„Alles furztrocken", stellte er enttäuscht fest. Auch Breze käme Raja jetzt gerade recht, nicht nur, weil er sich nach einem richtigen Bett sehnte, er hatte auch nicht die leiseste Ahnung, in welche Richtung sie gehen mussten.

„Wann haben wir eigentlich das letzte Mal etwas gegessen?", fragte Leia und lieferte gleich im Anschluss die Antwort: „Das war noch mit Elian. Ich finde darum sollten wir uns zuerst kümmern."

„Du hast recht. Wir müssen fit sein, für alles, was uns noch erwartet, deshalb würde ich sagen, Essen hat Priorität eins“, sagte Breze entschlossen und die anderen nickten zustimmend.

„Trotzdem sollten wir in der richtigen Richtung suchen“, fuhr Breze fort und schloss die Augen, um sich zu konzentrieren. „Als wir ausgestiegen sind, konnten wir den Berg direkt vor uns sehen und da sich die Tür auf Rajas linker Seite befindet, bedeutet das, wir sind von rechts gekommen“, schlussfolgerte er und ging in diese Richtung los. Auch die anderen beiden hatten keine Zweifel an seiner Theorie und folgten ihm über einen Sandweg, der in eine grüne Wiesenlandschaft überging. Jetzt war sich Breze sicher, dass sie den richtigen Weg gingen, denn auf der breiten Spur plattgedrückter Grashalme entdeckte er an einigen Stellen schimmernde Schleimreste, die nur von Raja stammen konnten. Diesen Abdrücken, die aussahen, als wäre eine Dampfwalze über die Wiese gebrettert, folgten sie eine ganze Weile und machten nur kurze Pausen, um das Wasser des Tebileng abzukochen und einen Schluck zu trinken.

In der Ferne entdeckte Leia etwas, das nicht so recht in das Landschaftsbild passen wollte.

„Ist das da vorne ein Haus?“ Mit dieser Frage hatte sie augenblicklich die Aufmerksamkeit von Tobi und Breze, die wie ihre Freundin versuchten, etwas zu erkennen.

„Es sieht tatsächlich so aus“, bestätigte Breze und ging noch einen Schritt weiter. „Ich glaube sogar, es ist ein Gasthaus, seht ihr das Schild an der Ecke?“

Als die drei nur noch wenige Meter von dem Steinhaus entfernt standen, erkannten sie den goldenen Pfau, der ihnen von dem Schild entgegenblickte und auf dem Kopf etwas trug, das auf den ersten Blick aussah, wie eine Krone. Doch als sie direkt unter dem Schild standen, entpuppte sich die Krone als Tasse, die der Pfau auf dem Kopf balancierte. Darunter stand der Name ‚Mokkaluma‘.

„Hört ihr das?“, fragte Leia und als die Jungs die Ohren spitzten, hörten auch sie ein Grummeln und Quieken, ähnlich wie das eines Schweines. Die drei folgten den Geräuschen, die eindeutig einem Tier zuzuordnen waren und fanden auf einem winzigen, umzäunten Stück Wiese ein Wesen, das auch optisch an ein Schwein erinnerte. Nur hatte es einen längeren Hals und ein schwarz-weiß-geflecktes Fell.

Das Fellmuster kam Breze bekannt vor. „Das muss ein Loof sein."

„Dann aber ein Babyloof", stellte Leia fest. „Die Felle in Geloyras Zelt waren mehr als doppelt so groß." Mitleidig sah sie sich das Tier an, das zutraulich auf sie zukam und sich streicheln ließ.

„Das arme Ding hat ja kaum Platz. Hoffentlich steht das Loof nicht auf der Speisekarte des Gasthauses."

„Speisekarte hört sich gut an", sagte Tobi und fing sich damit böse Blicke von Leia ein.

„Es muss ja kein Loof sein", beruhigte er sie, um sie danach wieder auf die Palme zu bringen. „Oder auf jeden Fall kein Loofhirn. So ein schönes Schnitzel aus der Lende dagegen…" Er lachte, als Leia sich vor das Tier stellte und ihn wütend mit Dreck bewarf. Erst als er merkte, dass es kein gewöhnlicher Dreck war, sondern ein stinkender Loofhaufen, wurde auch er wütend.

„Hört auf damit!", rief Breze streng. „Lasst uns lieber überlegen, ob wir in das Haus gehen oder nicht."

Nach dem, was sie in den letzten Tagen – oder waren es schon Wochen? – erlebt hatten, waren sie vorsichtiger geworden.

Noch während sie darüber diskutierten, wurde ihnen die Entscheidung abgenommen, denn die Tür flog auf und ein großer, glatzköpfiger Mann mit leichtem Buckel stand vor ihnen. „Herrrrreinspaziert, herrrrreinspaziert", sprach er, als wäre er ein Zirkusdirektor, der gleich mit seiner Show beginnt. Er lächelte, aber es wirkte aufgesetzt und auch seine tiefe Stimme hörte sich nicht gerade einladend an. Die drei rührten sich nicht von der Stelle und sahen sich an, dann drehten sie sich von dem Mann weg und steckten ihre Köpfe zusammen, um sich zu besprechen.

„Ich trau dem nicht“, fing Leia an.

„Ich auch nicht, wir müssen auf jeden Fall vorsichtig sein“, stimmte Breze zu. Bevor Tobi etwas dazu sagen konnte, schrie Leia auf, denn der Kopf neben ihr war nicht mehr der von Breze, sondern von dem seltsamen Mann. Er hatte sich unbemerkt zu ihrer Besprechung hinzugesellt.

Sein kratziges Lachen hörte sich hinterhältig an und sein übler Mundgeruch, den Breze nicht mehr aus der Nase bekam, roch nach Zwiebeln und ranziger Milch. Er wischte sich die Backe ab, die der Mann mit seinem verschwitzen Kopf berührt hatte.

„Ihr kommt mir bekannt vor“, sprach der Kahle und räusperte sich, bevor er eine Pause machte, als würde er angestrengt nachdenken, doch Breze nahm ihm das nicht ab, irgendetwas stimmte nicht mit ihm.

„Gleich hab ich´s.“ Er machte wieder eine Pause, sodass die drei Freunde ungeduldig wurden und versuchten, das Ganze zu beschleunigen.

„Wir kennen uns nicht“, fing Leia an und fügte in Gedanken ‚und das soll auch so bleiben‘ hinzu. „Wir suchen nur nach etwas Reiseproviant. Haben Sie vielleicht ein wenig übrig?“

Der Mann ignorierte Leias Frage und wiederholte noch einmal: „Ich komm gleich drauf.“ Dann grinste er breit und Breze sah, dass ihm im Ober- und Unterkiefer jeweils ein Zahn fehlte.

„Ich verkohl euch doch nur“, sprach der Glatzkopf dann weiter, dabei wurde seine Stimme ernster und er sprach leiser: „Ich weiß genau, wer ihr seid.“

Er drehte sich um, ging zum Steinhaus zurück und trat mit dem Fuß gegen die Tür, sodass diese mit lautem Knall an die Wand krachte. Jetzt konnten die drei auch das Innere des Häuschens sehen.

Es war keine Wirtschaft und auch kein richtiges Café, es gab lediglich einen kleinen Tisch mit vier Stühlen, der Rest des Raumes war vollgestellt mit Gerümpel. Es sah ein bisschen aus wie in einem Souvenirshop, überall standen oder hingen Bilder mit dem gleichen Motiv. Breze ging an dem Mann vorbei, um besser sehen zu können und wäre dabei fast über die Türschwelle gestolpert, als ihm klar wurde, was er da sah.

„Sind wir das?", fragte Leia, die Breze gefolgt war, beeindruckt. „Gar nicht mal so schlecht."

„Ich sehe aus wie Prinz Charming", bemängelte Tobi die in seinen Augen viel zu weich gezeichneten Konturen der Bilder.

„Wer hat das gemalt?", wollte Breze wissen und drehte sich zu dem Mann um. Der hatte sich erneut völlig lautlos bewegt und stand direkt hinter ihm. Schnell wich Breze zwei Schritte zur Seite und atmete durch den Mund, um seinen üblen Zwiebelgeruch nicht erneut in die Nase zu bekommen.

„Schwer zu sagen. Gebracht hat sie einer von den Skulks. Aber gemalt hat er sie mit Sicherheit nicht."

„Und wozu?", fragte Tobi, als er eines der auf Papyrus gemalten Bilder in die Hand nahm.

„Die Basisbewohner glauben an euch. Das kommt meinem Geschäft zugute." Der bucklige Mann rieb sich die Hände.

„Ihr müsst wissen, dass ich verbannt wurde, hab zu viel gequatscht bei der Hexenshow, das hat ihnen nicht gepasst und jetzt lebe ich hier in der Einsamkeit. Deshalb bin ich auf die Tauschgeschäfte der Waldbewohner angewiesen, alle kommen zu Ramon, also zu mir."

„Dann müssen wir ja ganz nah sein", rief Leia freudig, aber der Mann schüttelte den Kopf.

„Mindestens eine halbe Tagesreise, die anderen kommen nur an ihrem freien Tag hierher."

Dann müssen wir auf jeden Fall vorher etwas essen, dachte Breze.

„Haben Sie jetzt etwas Proviant für uns oder nicht?", versuchte Leia es erneut.

„Das kommt ganz darauf an, was ihr anzubieten habt", antwortete Ramon und rieb sich wieder die Hände. „Habt ihr edle Stoffe, Schmuck oder vielleicht etwas anderes, was für mich von Nutzen ist?" Er beugte sich herunter, was durch seinen vorhandenen Buckel seltsam aussah, schleckte sich die Lippen und zwinkerte Leia zu, die angewidert eine Schnute zog.

Ein zwielichtiger Kerl, dachte Breze. Zwischenzeitlich hatte er Mitleid mit ihm, weil er in die Einsamkeit verbannt wurde, doch das änderte sich schnell, als er merkte, dass der Mann nur auf seinen Vorteil aus war.

„Wir haben tatsächlich etwas", sagte Tobi und ging, obwohl Breze protestierend den Kopf schüttelte, sogar noch etwas weiter: „Es ist sozusagen eine Geheimwaffe. Damit kannst du besiegen, wen du willst."

„Bist du verrückt?", fuhr Breze seinen Bruder an. „Du weißt nicht einmal, was es ist und wie gefährlich es sein kann."

Die Uneinigkeit unter den Jungen machte Ramon neugierig, seine Augen blitzten gierig auf und in seiner Euphorie über diese Gelegenheit vergaß er, einen Beweis für die spektakuläre Geheimwaffe zu verlangen. Stattdessen schlug er einen Deal vor: „Ich mache es euch leicht. Wir spielen darum. Gewinnt ihr, dürft ihr euch die Bäuche vollschlagen, bis ihr platzt. Gewinne ich, bekomme ich die Waffe."

„Was für ein Spiel?", fragte Leia misstrauisch.

„Es ist ganz einfach. Hier habe ich zwei Damen und einen König. Den König müsst ihr nur finden und zack bekommt ihr einen Rucksack voll mit Köstlichkeiten", antwortete Ramon, als er einen Stapel Spielkarten unter dem Tresen hervorholte und drei Karten davon auf den Tisch legte.

Fasziniert nahm Breze eine der Karten und sah sie sich von allen

Seiten an. Natürlich sahen die Karten anders aus als die mit Computer bedruckte Version in seiner Welt, aber die Zeichnungen darauf waren perfekt. An den Seitenrändern konnte man erkennen, dass sie aus mehreren Schichten Papyrus bestanden, die mit irgendeiner Art Klebstoff zusammengehalten wurden.

„Wer hat die gemacht?", wollte Breze erneut wissen, doch der Mann winkte nur genervt ab.

„Was weiß ich. Die habe ich eingetauscht. Wie sieht es jetzt aus? Wir machen einen Probedurchlauf."

Er drehte die drei Karten um und begann ihre Plätze zu tauschen, allerdings so langsam, dass man die Karte mit dem König leicht verfolgen konnte.

„Na, wer hat gut aufgepasst? Wo ist der König?", fragte er in typischem Taschenspieler-Sing-Sang. Tobi sprang sofort darauf an und tippte auf die Karte in der Mitte, die Ramon auch sofort umdrehte und stolz seinem Gewinner zeigte. Tobi flippte aus vor Freude, was Breze nicht überraschte. Sein Bruder hatte bei solchen Glücksspielen noch nie den Durchblick. Schon als sie kleiner waren, hatte Breze ihn beim Poker mit den einfachsten Tricks geschlagen. Nur ging es damals um Centmünzen und nicht um ihr Leben, würden sie die Geheimwaffe verlieren. Weitere zwei Proberunden später, bei denen Tobi immer richtig lag und sich dadurch sicherer fühlte, wurde es ernst.

„Die nächste Runde zählt, alles oder nichts", sagte der Mann, schmierte sich seine dreckigen Finger an der Hose ab und besiegelte das Ganze per Handschlag mit Tobi, bevor Breze und Leia erneut protestieren konnten. Jetzt gab es kein Zurück mehr und Breze versuchte, sich zu konzentrieren.

Der Glatzkopf war gut. Er beherrschte alle Taschenspieler-Tricks, doch Breze kannte sie auch. Sein Lieblingszauberkünstler auf YouTube hatte diese in einem Spezialbeitrag verraten. Es war kaum zu erkennen, doch mit einer schnellen Handbewegung tauschte Ramon den König mit der Herzdame aus, sodass es schien, als wäre der König erneut in der Mitte gelandet. Tobi wollte gerade siegessicher auf die mittlere Karte tippen, als Leia „Stopp!“ rief. „Bei so einer wichtigen Entscheidung sollten wir uns beraten.“ Und damit zog sie Breze und Tobi in eine ruhige Ecke.

„Ich hätte auch auf die Mitte getippt, aber das kommt mir zu einfach vor. Was meinst du, Breze?“, fragte Leia ihren Freund.

„Ich habe genau gesehen, dass er die Karte in seiner linken Hand getauscht hat. Für mich ist die Karte auf der rechten Seite der König“, flüsterte er und ließ den Mann dabei nicht aus den Augen, damit er die Karte nicht auswechseln konnte. „Na schön“, gab Tobi klein bei, ging zurück und tippte auf die rechte Karte.

„Bist du dir ganz sicher?“, fragte der Mann und als Tobi nickte, deckte er die Karte auf. Es war das Herz-Ass.

„Was?“, schrie Tobi. „Die war doch gar nicht dabei.“

„Ich habe nur gesagt, dass ihr den König finden müsst“, sprach der Mann mit ruhiger Stimme, während seine Mundwinkel zuckten, als wollte er ein Lachen unterdrücken. Wütend drehte Tobi die Karten um, der König war nicht darunter.

„Du hast uns betrogen!“

„Nicht im Geringsten. Ihr habt nicht nach den Regeln gefragt“, erklärte Ramon gelassen und zuckte mit den Schultern.

„Wo ist der König dann?“, blaffte Tobi und suchte den Tisch ab.

„In seinem Ärmel“, antwortete Breze. Als die Karte umgedreht wurde, war ihm sofort klar geworden, dass Ramon die zwei Karten in seiner Hand nicht vertauscht, sondern den König durch eine neue Karte ersetzt hatte.

„Sehr gut“, gab Ramon anerkennend zu. „Doch es ist zu spät, ich habe gewonnen.“

Er hatte sie hereingelegt und ihnen blieb keine Chance, dagegen anzukommen. Das wusste auch Tobi, der zwar keine Skrupel hatte auf jemanden loszugehen, aber auch kein unnötiges Risiko einging, schließlich war Ramon nicht nur einen Kopf größer als er, sondern auch deutlich muskulöser.

Während Breze beobachtete, wie sich Tobis Fingernägel in das Holz des Tresens krallten, hatte er eine Idee, wie sie aus der Nummer herauskamen. Glücklicherweise wusste Ramon nicht, wie die Waffe aussah.

„In Ordnung, wir geben uns geschlagen, allerdings wäre es fair, wenn wir für die Geheimwaffe wenigstens ein paar Lebensmittel bekämen."

Leia kannte Breze gut genug, um zu wissen, dass er etwas im Schilde führte und auch Tobi sagte kein Wort, schließlich war er schuld an dem Schlamassel. Der Mann überlegte und auch wenn er kein Freund von Gerechtigkeit war, gab er nach und packte in Leias Säckchen etwas zu essen ein.

„Und jetzt her damit", sagte er dann und streckte seine Hand in Brezes Richtung aus. Der kramte in seinem Rucksack und betete im Kopf, dass es noch funktionierte. Es war schließlich unter Wasser gewesen und musste mehrere Schläge während ihrer Flucht aushalten. Dann hatte er es gefunden und zog es heraus.

Bitte, bitte geh an, dachte er noch einmal und drückte den Knopf. Als nichts geschah, fing Breze an zu schwitzen und sein Herz klopfte so laut, dass er sicher war, es könnten alle hören.

Endlich leuchtete das Display seines Smartphones hell auf und an der erstaunten Reaktion des Mannes erkannte er sofort, dass er so etwas noch nie gesehen hatte, sein Plan könnte funktionieren.

Als es dann auch noch laut vibrierte und wie von Zauberhand Zahlen auf dem Bildschirm erschienen, zögerte Ramon, ob er das Ding, das ihm Breze hinhielt, überhaupt anfassen sollte.

Es hatte einen großen Sprung im Display und nur fünf Prozent

Akku. Doch gerade, als Ramon es in die Hand nehmen wollte, flackerte es und ging aus.

„Was ist passiert?“, fragte der Mann sichtlich aufgeregt. „Ist es kaputt?“

„Keinesfalls“, übernahm jetzt Leia, die schlagfertiger war als Breze.

„Wir haben es nur wieder deaktiviert, damit die Waffe nicht losgeht. Du darfst den Knopf nur im Notfall drücken, wenn du die Waffe wirklich einsetzen willst. Das musst du dir gut überlegen“, log sie, nahm das Handy aus Brezes Hand und übergab es übertrieben vorsichtig an Ramon, der das ‚Ding‘ nicht aus den Augen ließ und es langsam in eine kleine Schatulle legte, die er unter dem Tresen hervorgeholt hatte. Dann schloss er den Deckel und atmete tief aus, vermutlich hatte er die ganze Zeit über die Luft angehalten.

Auch wenn sie es jetzt nicht eilig hatten, verabschiedeten sie sich kurz und knapp und waren froh, als sie den Mokkaluma-Laden wieder verlassen konnten. Der Mann würde den Knopf des Smartphones bestimmt nicht so schnell betätigen.

„Geht schon mal vor, ich komme gleich nach“, flüsterte Leia und war schon hinter dem Haus verschwunden.

Nur eine Minute später kam sie mit dem Babyloof im Schlepptau hinterher, wenn auch sehr langsam, denn genau wie Geloyra erzählt hatte, sind die Tiere mit ihren kurzen Beinen nicht die Schnellsten.

„Auf keinen Fall“, wehrte Tobi sofort ab und schüttelte den Kopf. „Das Vieh hält uns nur auf.“

„Keine Sorge“, beruhigte ihn Leia. „Ich habe aus meinen Fehlern gelernt. Ich wollte dem Loof lediglich eine Chance bieten, seine Familie zu finden.“

Damit ließ sie das Tier los und blickte sich traurig um, als sie weitergingen und das Loof an Ort und Stelle stehen blieb, um Gras zu fressen.

Obwohl sie vor lauter Hunger kaum noch klar denken konnten,

folgten sie Rajas Spur eine Weile weiter, bevor sie Platz unter einem einsam stehenden, riesengroßen Haselnussbaum nahmen. Die Lebensmittel in Leias Beutel waren kein Festmahl, vermutlich Essensreste von Ramon. Auf den halb vertrockneten Brotstücken waren eindeutig Bissspuren zu erkennen. Doch blind vor Hunger stopften sich Leia, Breze und Tobi alles in den Mund, was der Beutel hergab, selbst den matschigen, zur Hälfte gegessenen Apfel. Unter normalen Umständen hätten sie die Essensreste angewidert entsorgt, doch es waren keine normalen Umstände und so hatten sie das Gefühl, lange nicht mehr so gut gegessen zu haben. Und wenigstens ihre Trinkflaschen hatten sie, bevor sie weiterzogen, mit frischem Wasser aus dem Brunnen vor dem Steinhaus aufgefüllt. Am Ende waren sie zwar nicht richtig satt, fühlten sich aber gestärkt, um ihre Reise fortzusetzen.

Mit der Hoffnung, dass die Spur auf der Wiese sie tatsächlich an ihr Ziel bringen würde, folgten sie den Schleimresten und umgewalzten Grashalmen, bis diese plötzlich und völlig unerwartet mitten im Nirgendwo endeten. Überrascht gingen sie einige Meter zurück, um zu sehen, ob sie etwas übersehen hatten, aber rundherum gab es nichts als strammstehende Grashalme.

23. Kapitel

„Wer oder was greift uns an?“

„Ich bin dafür, dass wir geradeaus weiterlaufen“, schlug Tobi vor und auch Leia hatte keine bessere Idee. Breze hingegen hörte gar nicht zu, ging in die Hocke und sah sich die Spur im Gras noch einmal genauer an. Angewidert beobachteten die anderen beiden, wie er den Schneckenschleim in die Hand nahm und zwischen seinen Fingern zerrieb.

„Wisst ihr, was seltsam ist?“, fing er dann an und zeigte Leia und Tobi den Schleim in seiner Hand. „Der Schleim ist deutlich dicker als bei der restlichen Spur. Ich denke, sie ist hier umgedreht und auf derselben Strecke wieder zurückgekrochen.“

„Warum hätte sie das tun sollen?“, fragte Tobi und schüttelte den Kopf. „Wir gehen auf keinen Fall wieder zurück.“

Auch Leia ging in die Hocke, riss einen großen, festen Grashalm aus und stocherte damit in dem Schleim herum.

„Ich sehe da keinen Unterschied, aber was haltet ihr von einem Kompromiss. Wir gehen maximal bis zu dem Haselnussbaum zurück, finden wir bis dahin keine neuen Hinweise, wo Raja abgeblieben ist, gehen wir weiter geradeaus.“

Tobi, der eigentlich nicht damit einverstanden war, gab nach, da er immer noch ein schlechtes Gewissen hatte, dass er auf Ramon hereingefallen war.

Nach einer halben Stunde erreichten sie den Haselnussbaum, doch das Einzige, das ihnen auffiel, war die Schleimspur, die einmal rund um den Baum führte. Das brachte sie auch nicht weiter. Enttäuscht ließ sich Breze in die Wiese fallen, lehnte sich an den Baumstamm und überlegte, was sie übersehen hatten, doch er kam nicht darauf.

„Ok, ich gebe auf, dann laufen wir weiter geradeaus."

Als Breze aufstehen wollte, klebte sein T-Shirt an dem Stamm fest und ließ sich nur mit einem festen Zug und einem lauten Schmatzgeräusch entfernen. Er wusste sofort, was das war und blickte in die Baumkrone hinauf, in der er an der Spitze ein riesiges Schneckenhaus entdeckte.

„Raja!", rief er laut hinauf, doch nichts rührte sich. Sie hörte ihn ja nicht. Auch als sie zu dritt am Baumstamm rüttelten, so fest sie konnten, kam die Schnecke nicht herunter. Durch das Rütteln an dem fünf Meter dicken Baumstamm bewegten sich nicht einmal die Blätter. Es gab auch keine kleinen Steine, die sie hätten werfen können und der Apfelbutzen, den sie bei ihrer Rast liegen gelassen hatten, kam nicht einmal auf halber Höhe an. Einer von ihnen musste hochklettern. Sie entschieden sich für eine Runde Schnick-Schnack-Schnuck, die Breze verlor und sich nun für den Aufstieg bereit machte. Er zog seinen Rucksack aus und ließ sich von Tobi mit einer Räuberleiter auf den ersten Ast helfen. Von da aus ging es eine Weile einfach weiter, da die Äste nah beieinanderstanden. Erst jetzt nahm Breze wahr, wie riesig der Baum für eine Haselnuss eigentlich war, die Früchte waren so groß wie Kokosnüsse. Er riss drei von einem Ast ab, schmiss sie – wegen seiner leichten Höhenangst ohne hinzusehen – nach unten und wartete einen kurzen Moment. Als er niemanden schreien hörte, kletterte er weiter, bis er an eine kahle Stelle in der Mitte des Baumes kam.

Er hielt sich am Stamm fest und suchte alle Seiten nach einem weiteren Ast ab, aber es gab keinen. Breze dachte nach und fing an zu schwitzen. Er konnte den dicken Baum nicht umfassen, um daran hochzuklettern.

Die einzige Möglichkeit wäre, sich an dem Schleim festzukleben, doch da gab es zwei Risiken. Er könnte an eine Stelle geraten, die bereits angetrocknet war, dann würde er abstürzen und es wäre aus mit ihm. Oder er käme an eine Stelle mit zu viel Schleim, dann bliebe er am Baumstamm kleben. Er durfte die Entscheidung nicht übereilen, also setzte er sich auf den dicksten Ast und probierte mit seinen Händen die Klebekraft des Schleims aus, als er von unten Rufe hörte. Breze versuchte es zu ignorieren, er konnte Leia und Tobi nicht verstehen und auch wenn er sich getraut hätte, nach unten zu sehen, in dieser Höhe konnte man unmöglich hören, was sie ihm sagen wollten.

In dem Moment, als Breze bereit und mutig genug war, den klebrigen Aufstieg hinter sich zu bringen, spürte er am eigenen Leib, was die beiden ihm sagen wollten. Gerade als er aufstand, kroch Raja direkt über ihn hinweg und beschmierte ihn von oben bis unten mit Schneckenschleim, dass es nur so triefte. Vor lauter Schreck atmete Breze den Schleim ein und kämpfte hastig damit, ihn auszuspucken, bevor er daran erstickte. Wenigstens vom Baum fallen konnte er nicht. Im Gegenteil, es war ein klebriger Kampf, sich von dem Ast zu befreien und wieder hinunterzuklettern.

Leia und Tobi machten unterdessen die Mitfahrgelegenheit bei Raja klar, als Breze mit quietschenden Schuhen vom Baum gestiegen war.

„Das tut mir wirklich leid“, entschuldigte sich die Schnecke, als sie sah, was sie angerichtet hatte. „Ich habe dich einfach nicht gesehen.“

Breze nickte und streichelte versöhnlich den Hals der Schnecke, er musste zugeben, dass er Raja ja auch nicht hatte kommen sehen. Sonst hätte er ausweichen können.

Das Grinsen und Kichern von Tobi und Leia, die schnell die Haselnüsse aufhoben und ihm folgten, beachtete er nicht. Er öffnete die Tür im Schneckenhaus und trat ein.

Im Inneren war alles genauso, wie sie es verlassen hatten. Die drei goldenen Himmelbetten standen am selben Platz und auch der kleine Tisch im Boden stand mit Snacks und Wasser bereit. Breze blieb in der Mitte des Raumes stehen und überlegte, wie er sich von dem Schleim befreien konnte. Kurzerhand schnappte sich Leia eine der gewebten Decken, die auf den Betten lagen und warf sie Breze über den Kopf. Der rubbelte sich damit ab, was unerwartet einfach ging und zog sich mit einem lauten ‚Plopp' die Schuhe aus. Den Schleim, der sich darin gesammelt hatte, ließ er auf den Boden laufen. Er war sich sicher, dass es Raja nichts ausmachte.

Nachdem sie die Früchte und eine Art Reis gegessen hatten, versuchten sie die Haselnüsse zu knacken, indem Tobi zuerst vom Bett aus auf die Nüsse sprang. Als das keinen Erfolg brachte, schlugen Breze und Leia die Schalen gegeneinander, aber auch das klappte nicht und so gaben sie auf. Sie kickten die großen Nüsse hin und her, was Raja nicht zu gefallen schien, denn mit einem Ruck, der alles, auch die drei Gäste, durcheinanderwarf, blieb sie stehen. Breze rieb sich seine schmerzende Schulter, mit der er gegen den Bettpfosten geknallt war und stand auf. Er glaubte nicht, dass Raja wegen ihrer Spielerei so eine gefährliche Bremsung hingelegt hatte und ging zu der kleinen Luke im Schneckenhaus. Draußen war alles ruhig. Zu gerne hätte Breze Raja gefragt, was los war, doch sie konnte ihn ja nicht hören. Deshalb wollte er sich gerade auf den Weg nach draußen machen, als etwas mit voller Wucht gegen den Panzer knallte und Breze erneut zu Boden warf.

„Was war das denn?“, rief Leia erschrocken und starrte an die Decke, als würde sie darauf warten, dass durch den heftigen Aufprall ein Riss entstand.

Stattdessen spürten sie ein erneutes, aber sanfteres Ruckeln und Raja streckte ihren Kopf herein.

„Wir werden angegriffen“, erklärte die Schnecke und versuchte in ihrem eigenen Haus zwischen Möbeln und drei Menschenkindern

Platz für sich selbst zu finden. Durch einen weiteren Treffer schwankte das Schneckenhaus wie ein Blatt im Wind, doch diesmal flogen Breze, Leia und Tobi nicht quer durch den Raum, da sie sich an Raja festgeklebt hatten.

„Wer oder was greift uns an?“, wollte Breze von der Schnecke wissen, die auch ohne Ohren genau wusste, was Breze fragte.

„Das sind die Kumaya.“ Und als Raja sah, wie die drei Freunde nickten, fügte sie hinzu: „Ihr habt also ihre Bekanntschaft bereits gemacht. Dann kann ich mir ja sparen, die grauenvollen Monster zu beschreiben. Ich weiß allerdings auch nicht, was sie von mir wollen.“

„Wir schon“, antwortete Leia und zeigte auf sich und die anderen.

„Seid mal still“, flüsterte Breze und legte seinen Zeigefinger auf die Lippen, damit auch Raja nicht weitersprach. „Hört ihr das?“

„Das Summen der Kumaya ist lauter geworden! Vielleicht haben sie Verstärkung bekommen“, vermutete Leia, doch Breze schüttelte den Kopf.

„Das kam bis eben aus verschiedenen Richtungen, jetzt gebündelt nur noch von einer Stelle, deshalb hört es sich auch lauter an. Ich vermute, sie greifen gleich als geschlossene Armee…“

Bevor Breze seinen Satz beenden konnte, krachte der Schwarm mit voller Wucht gegen das Schneckenhaus, das dadurch nicht nur umstürzte, sondern auch noch einen Knacks bekam, der sich quer über das Dach zog.

„Jetzt reicht es!“, brüllte Leia, packte sich zwei der Haselnüsse und kletterte über die glücklicherweise festmontierten Betten bis zu der kleinen Wendeltreppe, die zu der Tür nach draußen führte. Breze und Tobi wussten, dass sie Leia in diesem Zustand nicht aufhalten konnten und folgten ihr. Sich über die Treppe im liegenden Zustand zu hangeln war bereits schwer, doch die größte Herausforderung war es, die Tür zu erreichen, die sich einen Meter über ihren Köpfen befand. Tobi, der schon immer gut im Weitwurf war, donnerte eine

Haselnuss gegen die Tür, die gleich beim ersten Versuch aufsprang.

„Räuberleiter!“, forderte Leia und schaffte es beim dritten Versuch bis zur Tür, nachdem sie aufgrund weiterer Detonationen zweimal abbrechen mussten.

„Ich gehe mit ihr“, entschied Tobi, als klar wurde, dass einer unten bleiben musste. Da keine Zeit zum Diskutieren blieb, half Breze seinem Bruder nach oben und kletterte zurück zu Raja, die scheinbar in Ohnmacht gefallen war.

Kein Wunder, dachte Breze. Das Haus ist nicht nur ihr Zuhause, ohne Haus können Schnecken nicht überleben. Breze stellte sich vor die Fühler der Schnecke, an der die Augen saßen und hampelte vor ihr herum, um zu sehen, ob sie wirklich weggetreten war, sie rührte sich nicht.

„Es tut mir so leid, dass du in die Schusslinie geraten bist“, flüsterte Breze und streichelte Rajas Hals, als er Tobi über sich schreien hörte. Er konnte nicht verstehen, was er sagte, doch er musste richtig wütend sein, denn er brüllte so laut, dass seine Stimme am Ende nur noch krächzte. Breze stand auf, um näher dran zu sein und versuchte sich auf das Brüllen zu konzentrieren, verstand aber immer noch nichts. Das Summen war einfach zu laut.

24. Kapitel

„Oh mein Gott!
Sie wird mich austrinken!“

Leia und Tobi standen Rücken an Rücken auf dem Schneckenhaus, umzingelt von einem Duzend Kumaya und drehten sich langsam im Kreis, um keinen möglichen Angriff der Bestien zu verpassen. Sie hatten alles getan, um die Viecher zu vertreiben, nach ihnen getreten, versucht, sie an den Beinen zu packen und Tobi hatte sie sogar angebrüllt, dass sie verschwinden sollen, da er sonst mit Anti-Mücken-Spray wieder kommen würde. Doch die Kumaya zeigten sich unbeeindruckt. Im Gegenteil, ihr Gebrumme hörte sich an, als würden sie die beiden auslachen.

„Du schaffst das“, sagte Leia, als Tobi sich bereit machte, die einzigen Waffen, die sie besaßen, einzusetzen. „Weißt du noch, warum du im letzten Jahr zwei Tage von der Schule suspendiert wurdest?“

Tobi zögerte, als versuchte er sich zu erinnern. „Weil ich nicht aufgehört habe, den Direx, also deinen Vater, zu duzen?“ Er grinste schelmisch.

„Stimmt, das war witzig“, lachte Leia. „Nein, ich meinte das andere Mal. Als du die Neulinge aus dem Gebüsch heraus mit Kastanien abgeworfen hast und sie dachten, es würde die Dinger regnen. Ich habe dich damals beobachtet und du hast nicht einmal daneben geworfen. Genau diese Zielsicherheit brauchen wir jetzt.“

Tobi kniff die Augen zusammen, holte aus und schleuderte eine der Haselnüsse mitten in den Kumaya-Schwarm hinein. Doch die Tiere wichen rechtzeitig aus und die Nuss zerschellte am Boden.

„Das macht nichts“, versuchte Leia Tobi zu beruhigen, der wütend vor sich hinstarrte.

„Der nächste Treffer sitzt. Konzentrier dich!"

Tobi dachte an Bruno, den Schäferhund von Stinker. Sie kugelten sich immer vor Lachen, wenn Stinker nur so tat, als würde er den Tennisball werfen und der Hund wie ein Verrückter hin und herrannte, um den Ball zu suchen. Diesen Trick könnte er jetzt auch anwenden, antäuschen und dann erst werfen, wenn die Biester verwirrt ihre Position verlassen.

„Dann wollen wir doch mal sehen, wie schlau ihr wirklich seid", murmelte Tobi vor sich hin und zog seinen Plan erfolgreich durch. Bevor die Insekten überhaupt verstanden, was passierte, hatte Tobi wie beim Kegeln zwei gleichzeitig abgeräumt. Eine krachte zusammen mit der Haselnuss auf den Boden, stand aber einen Moment später wieder auf und flog taumelnd davon. Der restliche Schwarm folgte ihr eingeschüchtert. Jubelnd hüpften Tobi und Leia auf und ab und freuten sich über ihren Sieg.

Erst dann sahen sie, dass die zweite Monster-Mücke auf das Schneckenhaus gestürzt und liegen geblieben war. Sie bewegte sich nicht mehr.

„Ist sie tot?", fragte Leia und ging neugierig in kleinen Schritten auf das Tier zu. Tobi folgte ihr und ließ das Kumaya-Mitglied dabei keine Sekunde aus den Augen. Er traute den Kreaturen nicht. Das Täuschungsmanöver im Moorgebiet zeigte eindeutig, wie intelligent sie waren.

Leia ging, mit einem Meter Abstand, in die Hocke, um das Tier genauer betrachten zu können. Die runden Augen der Mücke waren so groß wie Wassermelonen und bestanden aus vielen kleinen schwarzen Punkten, die nicht erkennen ließen, ob sie die Kinder genau anstarrte oder ob sie wirklich tot war.

Aus der Nähe betrachtet sah der monströse Stachel, an dessen Spitze getrocknetes Blut klebte, noch gefährlicher aus. Leia überlegte, wie viele Leben sie auf diese grausame Weise bereits auf dem Gewissen hatte.

Tobi streckte sein Bein aus und hob mit seinem Fuß den Stachel an.

„Die ist hin“, stellte Tobi fest, als der Stachel zurück auf das Schneckenhaus sank und die Mücke dabei nicht einmal zuckte.

Tobi zog seinen Fuß zurück, als das Tier plötzlich ausholte und zustach.

Er schrie auf, obwohl sie ihn nicht verletzte. Jetzt war er froh, dass er die krummen Füße seines Vaters geerbt hatte. Denn der Abstand zwischen seinem großen und seinem zweiten Zeh war so breit, dass ihn das Monster zwar in den Schuh stach, aber zwischen den Zehen im Schneckenhaus stecken blieb. Das Tier schlug wild mit den flugdinosauriergroßen Flügeln, um sich zu befreien.

Auch Tobi versuchte, sich loszulösen, hatte aber Hemmungen, die Mücke anzufassen, stattdessen wiederholte er verzweifelt immer wieder dieselben Sätze. „Oh mein Gott! Sie wird mich austrinken! Oh mein Gott, sie wird mich austrinken…“

„Wird sie nicht!“, sagte Leia entschlossen, packte das Biest an seinem Körper und drehte es wie einen Korken aus der Flasche heraus. Dann gab sie ihm einen kräftigen Schubs, sodass das Tier nicht wusste, wie ihm geschah und verwirrt flüchtete.

Zitternd blickte Tobi auf das Loch in seinem Schuh, zog seine Sneaker aus und betrachtete seine Zehen ganz genau, die nicht einen Kratzer aufwiesen.

„Danke, Leia, das werde ich dir nie vergessen. Hast was gut bei mir. Wenn wir wieder zuhause sind, könnte ich Simon aus der 8b verprügeln, der hat dir doch letztes Jahr einen Kaugummi in die Haare geklebt. Trägst du sie nicht deshalb so kurz?“

„Ja. Ich meine, nein, danke. Das ist wirklich nicht nötig“, antwortete Leia und wischte sich ihre schmierigen Hände angeekelt an ihrer Jeans ab.

„Jetzt sollten wir runter zu Breze und nachsehen, wie es Raja geht“, sagte sie dann und war schon auf dem Weg, als Tobi die Idee hatte, vorher den Riss im Schneckenhaus zu begutachten. Überrascht lobte Leia Tobi für seinen Vorschlag und sie robbten sitzend vorwärts, um nicht abzurutschen. Von außen sah der Schaden schlimmer aus als von innen. Der Sprung zog sich quer über das Haus und rundherum waren einige Panzer-Schichten abgeplatzt. Der Riss so breit, dass Tobi seinen Arm durchstrecken konnte.

„Da seid ihr ja! Alles in Ordnung?“, rief Breze von unten. „Wie ich höre, habt ihr die Kumaya erfolgreich vertrieben.“

„Dein Bruder war das ganz allein“, gab Leia durch den Spalt zu und sah im Augenwinkel, wie Tobi stolz und fast ein wenig verlegen abwinkte.

„Kein Ding!“, sagte er nur knapp.

„Das könnt ihr mir später ganz genau erklären, aber jetzt müssen wir uns erst einmal um Raja kümmern. Wir treffen uns an der Tür“, rief Breze und lief los. Als sie dort ankamen, brachte Breze sie auf den neuesten Stand.

„Raja ist vor lauter Schreck ohnmächtig geworden. Wir sollten ihr jetzt schnell helfen, bevor ihr Haus noch mehr Schaden nimmt.“ Breze machte eine kurze Pause. „Was mich schon immer an Schnecken fasziniert hat, war, dass sie ihren Panzer selbst reparieren können. Dafür brauchen sie lediglich Kalk und Calcium.“

„Und wo sollen wir das herbekommen?“, fragte Leia und beugte sich noch weiter durch die Türöffnung herunter, um Breze besser verstehen zu können.

„Wir brauchen Löwenzahn oder Brennnessel, darin befindet sich Calcium. Das wächst hier überall, dürfte also kein Problem sein“, rief Breze nach oben.

„Und was ist mit dem Kalk?“, fragte Tobi.

„Das wird schon etwas schwieriger.“ Breze dachte nach. „Ich hab´s!“, rief er dann aufgeregt. „Bei den Essensresten, die Ramon uns mitgegeben hat, waren doch auch Eierschalen dabei. Wenn wir die zermahlen können, haben wir den Kalk.

„Unser Rastplatz ist ziemlich weit weg“, gab Leia zu bedenken. „Und wie sollen wir dich hier rausholen, ganz ohne Leiter?“

„Ich weiß, aber es gibt keine andere Möglichkeit. Und ich werde bei Raja bleiben, ich kann sie jetzt nicht allein lassen“, antwortete Breze und forderte Leia und Tobi zur Eile auf.

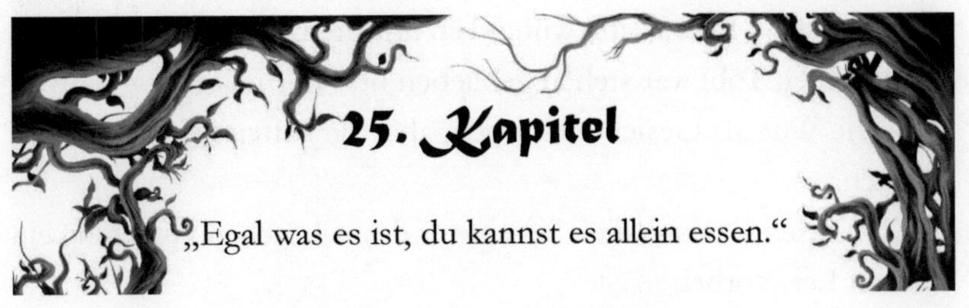

25. Kapitel

„Egal was es ist, du kannst es allein essen.“

Die beiden rutschten auf dem Schneckenhaus herunter und landeten sanft im hohen Gras, gleich neben einem Büschel Brennnessel, das Tobi als erster bemerkte, da er mit seinen nackten Unterschenkeln direkt hindurchlief und sich, als er fluchend mit dem Fuß dagegentrat, sofort noch einmal verbrannte.

„Da hilft nur Spucke“, lachte Leia und wollte sich bereits über Tobis Bein beugen, als er es schnell wegzog.

„Wehe, du spuckst mich jetzt an“, warnte er mit bösem Blick. „Das fiese Kraut kannst du pflücken.

„Das kann ich machen, aber auf dem Rückweg. Sie laufen nicht weg und die auch nicht“, sagte Leia und deutete auf den Löwenzahn, der überall auf der Wiese verstreut zu finden war.

„Gut, dass es doch so einige Parallelen zu unserer Welt gibt“, sprach sie weiter, als sie Rajas Spur zurück zu dem Haselnussbaum verfolgten.

Leia und Tobi rannten so schnell sie konnten den Weg zurück zu ihrem Rastplatz, was alle paar Minuten durch Tobi unterbrochen wurde. Er hatte Seitenstechen.

„Mensch, du hast auch nie wirklich Sport getrieben, oder?“, meckerte Leia und blickte Tobi von der Seite genervt an. „Ohne dich wäre ich schon längst wieder auf dem Rückweg“, legte sie nach und ging schneller, um Tobi bewusst abzuhängen.

„Dann geh doch, du…“, rief er ihr hinterher, wovon Leia abrupt stehen blieb, sich umdrehte und wieder auf ihn zu lief.

„Du was?“, fuhr sie ihn wütend an und stemmte ihre Arme in die Hüfte. Auch Tobi war stehen geblieben und normalerweise hätte er ihr seine Wut ins Gesicht geschrien, aber sie hatten keine Zeit zum Streiten.

„Du rasender Stinkstiefel“, sagte er deshalb lachend und ging einfach an Leia vorbei.

„Was?“, rief Leia diesmal Tobi hinterher und prustete vor Lachen, das hatte sie nicht erwartet. Dann hakte sie sich bei ihm ein und versuchte, ihn so wenigstens ein bisschen schneller vorwärtszubringen.

Dann blieb Leia plötzlich stehen. Als Tobi nachfragen wollte, was los sei, legte sie ihren Zeigefinger auf den Mund. Das Grunzen und Quieken verriet ihnen, dass das Babyloof in der Nähe sein musste. Leia fragte sich, ob es seine Herde gefunden hatte und bekam schnell die Antwort darauf, als sie weiter gingen und in der Ferne ein Gebäude entdeckten. Ramon. Loofs schienen tatsächlich nicht die schlausten Tiere zu sein, wie Geloyra es erzählt hatte. Als sie näherkamen, sahen sie das Loof eng angebunden auf seiner kleinen Koppel, es konnte sich kaum bewegen.

„So ein Mistkerl!“, schimpfte Leia und blickte sich um, ob Ramon irgendwo zu entdecken war. Das war die Chance.

Tobi, der ahnte, was Leia vorhatte, hielt sie am Arm fest. „Auf keinen Fall. Wenn Ramon uns erwischt, sind wir dran. Außerdem haben wir keine Zeit dafür, Raja und Breze brauchen uns dringender.“

Würde Tobi Leia so gut kennen wie Breze, hätte er gewusst, dass sie sich nicht aufhalten ließ. Sie riss ihren Arm los und rannte geduckt Richtung Loof los. Tobi blieb stehen, damit wenigstens er im Notfall flüchten konnte. Als Leia nach fünf Minuten noch immer nicht zurück war, wurde er unruhig. Das Loof und einen Teil der Koppel konnte er sehen, Leia jedoch nicht. Wo war sie nur? Die Tür hatte sich nicht geöffnet und einen zweiten Ausgang gab es nicht.

Aber was, wenn Ramon gar nicht im Haus war und sich dahinter aufhielt. Tobis Gedanken fuhren Karussell. Aber dann hätte sie geschrien, oder nicht? Er fing an zu schwitzen und in dem Moment, als Tobi gerade nachsehen wollte, tauchte Leia wieder auf, band das Babyloof los und rannte, das Tier hinter sich herziehend, auf ihn zu.

„Wo warst du denn?", fuhr Tobi Leia an, die sich auf das Loof schwang und schnurstracks an ihm vorbei galoppierte.

„Lauf!", schrie sie nur und als Tobi sich umdrehte und sah, wie Ramon aus dem Haus stürmte, rannte er hinterher und sprang ebenfalls auf das Tier, das zu seiner Verwunderung gar nicht so langsam war.

Leia genoss es sichtlich, nicht nur das Loof gerettet, sondern nebenbei Ramon auch noch eins ausgewischt zu haben.

Immer wieder sah sich Tobi nach hinten um und erst als der Abstand zu dem unsympathischen Mann größer wurde, fiel die Anspannung von ihm ab.

„Was hast du mit dem Loof gemacht, dass es so schnell laufen kann?", fragte er völlig außer Atem, obwohl nicht er es war, der im rasanten Galopp über die Wiese rannte.

„Gar nichts. Ich habe nur herausgefunden, dass Loofs nicht langsam sind, sondern einfach nur verfressen. Sie laufen so gemütlich, damit sie ununterbrochen Gras futtern können."

„Und wieso bleibt es dann jetzt nicht stehen? Hier gibt es doch Gras, soweit das Auge reicht", wunderte sich Tobi und versuchte, an Leia vorbeizublicken, um herauszufinden, warum sie so herumzappelte. Dabei sah er, dass Leia einen Stock in der Hand hielt, an dem eine Schnur befestigt war, an der wiederum eine lila Karotte vor der Schnauze des Tieres baumelte.

„Weil ich außerdem entdeckt habe, dass unser Baby Wurzelgemüse noch lieber hat als Gras. Und woher ich das weiß, wird dich auch sehr interessieren, denn dabei habe ich noch etwas gefunden, das uns eine

Menge Zeit erspart“, antwortete Leia und drehte sich lässig zu Tobi um. Etwas zu lässig, denn fast hätte sich das Loof die Karotte geschnappt und sie wären ihr Taxi losgeworden.

„Da bin ich jetzt aber wirklich gespannt!“

„Gerade als ich das Baby losbinden wollte, ist mir hinter dem Haus ein Komposthaufen aufgefallen. Zuerst fand ich nur faules Gemüse, das ich wegwarf, worauf sich unser Loof direkt stürzte. Und rate mal, was ich dann gefunden habe.“ Sie blickte ihn verschwörerisch an.

„Egal was es ist, du kannst es allein essen“, antwortete Tobi angewidert und zog die Mundwinkel nach hinten.

„Nichts zum Essen. Eierschalen. Ich habe Eierschalen gefunden. Wir können uns den Weg zum Haselnussbaum sparen und direkt zurückreiten!“

„Leia, du bist der Hammer!“, rief Tobi und umarmte seine Freundin, die, völlig perplex über diese ungewohnte Reaktion, fast vom Loof fiel.

26. Kapitel

„Der Riss in meinem Haus
ist schlimmer als er aussieht.“

Breze kletterte so vorsichtig wie möglich zu Raja zurück, damit der Spalt im Schneckenhaus durch Erschütterungen nicht noch größer wurde. Er streichelte seine Freundin, die sie alle gerettet hatte. Ihr schleimiger Kopf lag schlapp auf ihrem Körper und bis auf wenige Zuckungen bewegte sie sich nicht. Breze fragte sich, ob das Tier vor lauter Todesangst in diesen Schockzustand verfallen oder ob sie noch schwerer verletzt war.

Als er versuchte, das herauszufinden, hörte er Geräusche, die aus Richtung Tür kamen. Konnten Leia und Tobi so schnell zurück sein? Oder waren das die Kumaya, die jetzt beenden wollten, was sie begonnen hatten?

War die Tür verschlossen? Vermutlich nicht.

Breze wollte Raja nicht im Stich lassen, aber er musste sich verstecken, um erst einmal beobachten zu können, was auf sie zukam. Hastig blickte er sich um und kletterte dann in den kleinen Schacht, der als Stauraum für den Tisch gedient hatte. Er stand jetzt leer, da der Tisch herausgerutscht war, als Raja umstürzte.

Vorsichtig lugte er über den Boden und beobachtete ein kleines Männchen, das Raja bedrohlich nahekam und etwas aus seiner Manteltasche zog. War das ein Messer? Das konnte Breze nicht zulassen. Er nahm seinen ganzen Mut zusammen und kletterte laut schreiend aus dem Loch heraus, was gar nicht so einfach war, da er den Boden erst herunterrutschen musste.

Brezes unbeholfener Auftritt schien trotzdem Eindruck zu machen, das kleine Männchen versteckte sich winselnd unter Rajas massigen Kopf und ließ dabei die kleine silberne Flasche auf den Boden fallen, die Breze für ein Messer hielt.

Dass sich jemand vor ihm fürchtet, hatte Breze auch noch nie erlebt und er wusste zuerst nicht, wie er darauf reagieren sollte.

„Ich tue dir nichts“, sprach Breze leise, hob das Metallfläschchen auf und hielt es dem Männchen hin, das immer noch eingeschüchtert unter Raja hervorblickte.

„Ich bin Breze“, stellte er sich vor und tippte dabei mit seiner rechten Hand auf die Brust, um zu verdeutlichen, was er meinte, falls ihn der Zwerg, der kaum größer als einen Meter war, nicht verstehen sollte.

Offensichtlich tat er das jedoch, denn er sprang regelrecht aus seinem Versteck und fiel Breze um den Hals.

„Entschuldige!“, sagte er aufgeregt und ließ Breze los. „Ich… ich bin Igis. Raja hat mir so viel von euch erzählt. Du musst wissen, ich bin ihr bester Freund und kümmere mich um ihr Haus. Sie hat innen und außen das Schönste im ganzen Land.“ Er lächelte stolz, was seine perlmuttweißen Zähne aufblitzen ließ.

„Ich hatte mich schon gewundert, wer unser Schlaflager so schön hergerichtet hat“, gab Breze zu. Igis winkte geschmeichelt ab.

„Das habe ich gern gemacht. Wenn es auch richtig viel Arbeit war, ich habe alles allein gebaut und das in nur einer Nacht, aber Hänsel meinte es wäre dringend und…“ Das Männchen holte tief Luft. „Und weil er mich doch manchmal reinschmuggelt, also zum Essen, schulde ich ihm was. Aber ich habe das auch gern gemacht, weil…“

„Kannst du mir das später erzählen?“, unterbrach Breze ihn und deutete auf Raja. „Wir sollten versuchen, sie aufzuwecken. Tobi und Leia sind schon unterwegs, um na ja…, um Medizin, oder so was Ähnliches zu besorgen.“

Für Details war keine Zeit.

„Raja fällt schnell in Ohnmacht. Waren das die Kumaya? Das Schneckenhaus ist mit Einstichen übersät."

Breze nickte. „Ja, sie haben uns angegriffen. Was ist denn in dem Fläschchen?", fragte er, als er sah, wie Igis einen kleinen Korken aus dem Gefäß zog und es Raja unter die Fühler hielt.

„Das ist gewöhnliche Pfefferminze", sagte er nur knapp und fuchtelte ungeduldig mit der Flasche herum, als er merkte, dass nichts geschah.

Breze wusste, dass Schnecken die ätherischen Öle der Minze gar nicht mögen und deshalb schnell das Weite suchen. Raja konnte allerdings nicht einmal ein für sie unangenehmer Geruch aus der Ohnmacht aufwecken.

Es dauerte eine Zeit lang, bis Raja endlich ihre Fühler hob. Igis wirkte ein wenig enttäuscht, dass nicht er es geschafft hatte, sie mit seinem Pfefferminzöl zu wecken. Denn es war Brezes Idee gewesen, die Schnecke zu kitzeln. Dies brachte den gewünschten Erfolg. Breze spürte das Unbehagen von Igis und versuchte den Zwerg aufzuheitern.

„Ich denke es war die Kombination aus beidem", sagte er und legte Igis seine Hand auf die Schulter. „Das hast du gut gemacht, ohne dich wären wir ganz schön aufgeschmissen."

Die warmen Worte zeigten Wirkung. Igis richtete sich selbstbewusst auf und versuchte, mit Raja über eine Art Zeichensprache zu kommunizieren.

„Ich habe keine Schmerzen", antwortete die Schnecke und taumelte noch etwas verwirrt mit den Fühlern durch den Raum. „Aber ich befürchte, der Riss in meinem Haus ist schlimmer als er aussieht. Er droht, bald das Haus in zwei Hälften zu sprengen. Ich denke, eine kleine Erschütterung reicht schon dafür aus."

Igis ‚sprach' weiter mit ihr und übersetzte Breze, dass er Raja mitteilte, Hilfe sei bereits unterwegs.

„Das ist gut, wenn es dann noch nicht zu spät ist. Und denkt daran, jede kleinste Erschütterung…" Raja senkte ihren Kopf erschöpft wieder auf den Boden und schlief ein.

„Das heißt, auch Leia und Tobi dürfen nicht auf das Schneckenhaus klettern", schlussfolgerte Breze und überlegte leise vor sich hinmurmelnd, wie sie dieses Problem lösen konnten.

„Wir müssen ihnen eine Nachricht schicken", sagte er dann laut zu Igis. „Nur wie?"

„Das ist kein Problem", rief der Zwerg, kramte in seiner Jackentasche und zog einen etwa zehn Zentimeter langen Wurm heraus.

Was konnte der schon ausrichten, dachte Breze, wartete aber ab.

„Das ist ein Eggo. Sie sind sehr selten und haben eine besondere Gabe. Pass gut auf", erklärte Igis und drückte vorsichtig auf den Wurm, der sich daraufhin auf seine doppelte Größe aufblähte.

Dann sprach Igis laut und deutlich ein paar Sätze, die der Eggo wie ein Aufnahmegerät mit derselben Stimme wiederholte. Fasziniert beobachtete Breze diese absurde Szene, als er von draußen Stimmen hörte. Leia und Tobi waren zurück. Jetzt musste es schnell gehen, bevor sie versuchen würden, auf das Schneckenhaus zu klettern. Er nahm seine Nachricht an die beiden auf und setzte den Wurm auf den Boden. Dieser kroch in Sekundenschnelle durch den Riss im Panzer nach draußen.

27. Kapitel

„Wenn man solche Freunde hat, braucht man keine Feinde.“

Als Leia und Tobi das Haus von Raja erreichten, stiegen sie ab, gaben dem Babyloof endlich seine heißersehnte Karotte und pflückten einen riesigen Strauß Löwenzahn. Gerade als sie überlegten, wie sie hinaufkämen, sprach Breze plötzlich zu ihnen. Doch so sehr sie auch suchten, sie konnten ihn nicht entdecken.

„Stopp! Ihr dürft das Schneckenhaus nicht betreten, es ist nicht stabil genug“, warnte sie Brezes Stimme. „Ihr müsst die Zutaten so gut wie möglich zerkleinern und den Schneckenfuß damit einreiben. Beeilt euch!“

Trotz ihrer Verwirrung, weil sie Breze nur hören, aber nicht sehen konnten, suchten sie augenblicklich nach Steinen, um aus den Eierschalen und dem Löwenzahn eine Paste herzustellen. Brezes Tonfall klang ernst, nach einer Erklärung konnten sie auch später noch suchen.

Nur wenige Meter entfernt wurden sie fündig. Ein großer, flacher Stein diente als Mörser, ein kleiner, länglicher als Stößel.

Als erstes zerkleinerte Leia damit die Eierschalen zu einem feinen Pulver, anschließend kam der Löwenzahn dazu. Es dauerte eine Weile, in der sie hämmerte und rieb, drückte und quetschte, bis die richtige Konsistenz erreicht war. Am Ende blieb nur eine kleine Menge übrig, die Leia und Tobi sich auf die Hände schmierten und damit den Schneckenfuß kräftig einrieben.

„Ob das reicht?“, überlegte Leia und wischte ihre schleimverschmierten Hände im Gras ab.

„Das werden wir bald sehen. Mehr haben wir aber auch nicht“, entgegnete Tobi und legte sich neben das grasfressende Loof auf die Wiese.

Breze saß unterdessen auf dem Boden, starrte den Riss im Schneckenhaus an und überlegte, wie lange es wohl dauerte, bis er durch das Calcium und den Kalk repariert wäre. Dann fiel ihm noch etwas anderes ein. Was, wenn Leia und Tobi es nicht geschafft hatten, die Zutaten zu besorgen? Er konnte sie ja nicht danach fragen. Ihm wurde heiß und übel und er machte sich große Sorgen, was aus Raja werden würde. Igis wollte Breze beruhigen und pfiff ganz leise durch die Finger, um keine Erschütterung auszulösen. Kurz darauf kam der Eggo angeflitzt und sprang in die Hand des Zwerges.

„Mein kleiner Freund übermittelt nicht nur gezielte Nachrichten, er nimmt ununterbrochen die Geräusche der Umgebung in sich auf. Mal sehen, ob etwas Brauchbares dabei ist", erklärte Igis und drückte auf den Wurm, der daraufhin die verschiedensten Laute von sich gab. Eines erkannte Breze sofort, das Grunzen eines Loofs. Doch er hatte keine Zeit, sich darüber Gedanken zu machen, denn direkt danach folgte ein Streit von Leia und Tobi, welcher Stein zum Zerkleinern der Eierschalen und des Löwenzahns wohl am besten geeignet sei. Erleichtert entspannte sich Breze wieder und machte mit dem weiter, was er in seiner Aufregung unterbrochen hatte, den Riss anzustarren. Tatsächlich hatte er das Gefühl, dass er bereits kleiner geworden war, auch Igis war der Meinung und deshalb ganz aus dem Häuschen. Der Zwerg sprang auf und ab, bis Breze ihn bremste, schließlich wussten sie nicht, ob das Haus für diese Erschütterung stabil genug war.

Dann holte Igis erneut das kleine Fläschchen mit dem Pfefferminzöl aus seiner Westentasche. Diesmal brauchten sie nicht lange zu warten, bis Raja ihre Fühler streckte und als sie mit ihnen sprach, hörte sie sich deutlich fitter an.

„Igitt! Pfefferminze. Wenn man solche Freunde hat, braucht man keine Feinde.“

Sie kann wieder scherzen, dachte Breze erleichtert und sie lachten.

Als er erneut den Riss suchte, konnte er es kaum glauben, aber er war verschwunden. Jetzt durfte Igis endlich ohne Gefahr sein Freudentänzchen aufführen und auch Breze ließ sich dazu mitreißen.

Gerade noch rechtzeitig bekam er mit, dass Raja versuchte, sich wieder aufrecht zu drehen. Schnell fuchtelte er mit den Armen vor ihren Fühlern herum, in der Hoffnung sie würde verstehen, dass das nicht zu dem Tanz gehörte.

Sie verstand es und mithilfe von Igis Zeichensprache konnte er der tauben Schnecke erklären, dass er nicht wisse, wo sich Leia und Tobi befänden und er Angst hätte, sie könnten zerquetscht werden.

Vorsichtig streckte Raja ihren Kopf aus dem Schneckenhaus und richtete sich dann ohne weitere Vorwarnung auf.

Diesmal landete Breze sanfter, mitten auf dem Bett und auch Igis konnte er am Kragen noch festhalten.

Als sich die Tür öffnete, stürzte Leia die Treppe hinauf, stürmte auf Breze zu und wäre dabei fast über den Zwerg gestolpert, der inzwischen wieder vom Bett aufgestanden war.

„Huch, ihr habt ja Besuch. Wer bist du denn?“, fragte sie und hob Igis wie ein kleines Kind auf den Arm. Irritiert blickte der Zwerg zu Breze, der sich ein Lachen kaum verkneifen konnte.

„Leia! Wie würdest du es finden, wenn dich ein fremder Mann einfach auf den Arm nehmen würde? Das ist Igis und er ist ein erwachsener Zwerg.“

Breze nahm Igis unter den Armen und setzte ihn wieder auf den Boden.

„Aber er ist so süß!“, schwärmte Leia, was bei Igis für eine verlegene Röte im Gesicht sorgte.

„Du aber auch“, gab der Zwerg zurück und kicherte. Da konnten sich auch die anderen nicht mehr zurückhalten und lachten so laut, dass das Schneckenhaus zu wackeln begann und Raja kurz ihren Kopf hineinstreckte, um nachzusehen, ob alles in Ordnung war.

„Wir sollten jetzt weiter“, sagte die Schnecke und sie verabschiedeten sich von Igis. Der Zwerg hatte ein gutes Herz und war einverstanden, das Babyloof zu seiner Herde zurückzubringen. Vorsichtshalber übergab er vorher das Pfefferminzölfläschchen an Leia.

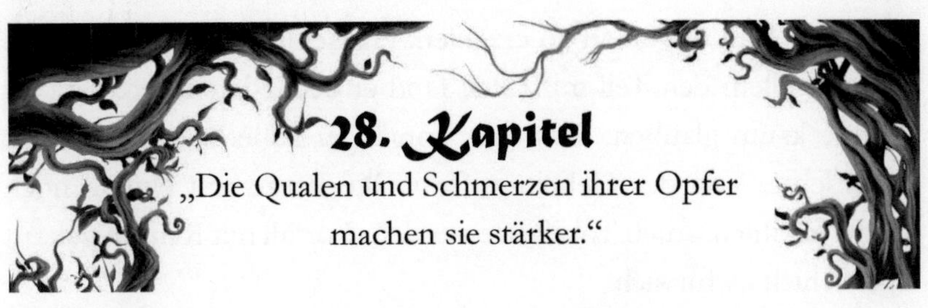

28. Kapitel

„Die Qualen und Schmerzen ihrer Opfer machen sie stärker."

Den Rest der Reise kamen sie ohne Probleme durch und als sie am nächsten Morgen erwachten, befanden sie sich bereits an der Quelle, an der sie sich von Hänsel verabschiedet hatten. Zu ihrer Überraschung wurden sie bereits erwartet.

„Hänsel! Woher wusstest du…"

Doch als Breze den kleinen Eggo auf seiner Schulter sitzen saß, wusste er schon Bescheid und Leia und Tobi, die den Wurm noch nicht kannten, bekamen eine Vorführung seiner besonderen Fähigkeiten. Fasziniert beobachteten die beiden das Spektakel, vor allem Tobi war begeistert.

„Kann ich den mitnehmen? Wäre bestimmt lustig, Frau Schröder mit Stimmen in ihrem eigenen Haus zu erschrecken", lachte er und stellte sich vor, wie seine Englischlehrerin schreiend nach draußen rannte.

„Leider nicht", grinste Hänsel und setzte den kleinen Kerl auf den Boden, der sofort im Gras verschwand. „Er dient als eine Art Sprachrohr zwischen Igis und mir."

Bevor sich die Freunde mit Hänsel austauschten, was sie alles erlebt hatten, sprangen sie in das klare Wasser, um sich abzukühlen und den Schneckenschleim abzuwaschen. Leia blieb dabei besonders aufmerksam, sie wollte nicht noch einmal von den kleinen Wassernixen für ihren Spaß benutzt werden. Sie wurde schon rot, wenn sie nur daran dachte.

Nach der Erfrischung setzten sie sich an den Strand und Breze,

Leia und Tobi fingen an zu erzählen. Hänsel hörte aufmerksam zu und vor allem den Teil mit Elian fand er besonders interessant, er konnte kaum glauben, dass sein Vorgänger außerhalb dieser Welt noch lebte. Von der Geheimwaffe wollte Breze erst einmal noch nichts erzählen. Auch Tobi hatte aus dem Vorfall mit Ramon gelernt und behielt es für sich.

Hänsel konnte hingegen nicht viel Neues berichten, sie durchlebten dieselben Qualen wie jeden Tag, darüber hinaus gab es allerdings nur noch ein Thema: Wann kommen die Erlöser zurück?

Erlöser. So ein großes Wort, dachte Breze. Er wusste nicht einmal sicher, ob sie das waren. Vielleicht funktionierte die Geheimwaffe auch gar nicht und gegen wen sollte er sie überhaupt einsetzen? Elian hatte ihn gewarnt, dass die Waffe nur bei der Oberhexe funktionieren würde. Das wusste er von Stella.

Nachdem sie vorsichtig den gelben Wald durchquert hatten und die Basis erreichten, sprach sich die Ankunft der Rückkehrer wie ein Lauffeuer herum. Aus allen Richtungen strömten die Waldbewohner auf sie zu, Kinder zerrten an ihren Armen und jeder redete auf sie ein, sodass sie nicht wussten, welche Frage sie zuerst beantworten sollten.

„Lasst sie doch erst mal ankommen!“, stöhnte Hänsel und versuchte Breze, Leia und Tobi abzuschirmen, bis sie die große Holzhütte erreichten. Lediglich Gretel, Dornröschen, Schneewittchen, einer der Prinzen und Gilda durften mit hinein, der Rest musste lautstark protestierend draußen warten.

„So würde ich auch gerne mal in der Schule empfangen werden“, grinste Tobi und setzte sich gleich auf den ersten Stuhl.

„Da laufen sie eher weg vor dir.“ Leia setzte sich neben Tobi und legte ihm die Hand auf die Schulter. „Ein Mittelding wäre gut, aber das liegt allein an dir. Versuch doch mal netter zu den anderen zu sein. Das tut nicht weh, versprochen.“

„Du kannst sie doch selbst nicht leiden, wie oft haben sie dich schon aufgezogen, weil dein Vater der Direx ist, Prinzesschen?“, entgegnete Tobi.

„Da hast du recht, aber darum geht es ja nicht. Ich muss sie nicht mögen und sie mich auch nicht, aber ich versuche trotzdem einigermaßen mit ihnen klarzukommen.“ Dann stupste Leia Tobi an, denn Hänsel ergriff das Wort.

„Erst einmal möchte ich mich für den Überfall entschuldigen, ich hatte eigentlich alle gebeten, ruhig zu bleiben. Und dann würde ich euch bitten noch einmal zu erzählen, was ihr alles erlebt habt, vor allem den Teil mit Elian. Er…“

„Elian?“, unterbrach ihn Gilda. „Unser Elian?“

Hänsel und Breze nickten gleichzeitig.

„Er lebt?“, fragte Gilda verwundert. „Wo ist er? Das sind fantastische Neuigkeiten!“

„Der Reihe nach“, sagte Hänsel und forderte Breze auf zu sprechen, der allerdings gar nicht zuhörte, sondern abwesend Gilda anstarrte. Er versuchte zu verstehen, was gerade passierte. Der furchtbar bittere, unangenehme Geruch, der ihm in die Nase stieg und den nur er roch, weil er immer noch die Pflanze von Calabria in der Nase hatte, zeigte ihm eindeutig, dass Gilda log. Das konnte nur bedeuten, dass sie ein falsches Spiel spielte. Er musste sich jetzt zusammenreißen, damit sie keinen Verdacht schöpfte, enttarnt worden zu sein, das gab ihnen einen Vorteil.

„Entschuldigung“, sagte Breze und stand unter den überraschten Blicken der anderen auf. „Können wir das später besprechen? Ich bin hundemüde und muss mich erstmal hinlegen.“ Er konnte jetzt unmöglich alles erzählen.

Auch Leia stand auf, sie wusste, dass Breze niemals ohne triftigen Grund so unhöflich gewesen wäre. „Ich brauche auch eine kurze Pause, können wir ins Zelt, um uns auszuruhen?“

„Ja, natürlich“, sagte Dornröschen sichtlich enttäuscht und führte die drei durch einen anderen Eingang als sie hereingekommen waren nach draußen, damit sie ohne aufdringliche Begleiter zur Ruhe kommen konnten.

„Was ist denn eigentlich los?“, fragte Leia, als Dornröschen sie allein gelassen hatte. Bevor Breze antwortete, blickte er noch einmal aus dem Zelt, um sicherzugehen, nicht belauscht zu werden, dann ließ er die Bombe platzen.

„Gilda gehört zu den Hexen.“

„Was?“, rief Leia und musste sich erst einmal setzen. „Wie kommst du darauf?“

Breze erzählte ihnen von Calabrias Geschenk.

Fassungslos blickten Leia und Tobi ihn an.

„Warum habe ich sowas nicht bekommen?“, beschwerte sich Tobi, erntete dafür aber nur böse Blicke von seiner Freundin.

„Was machen wir jetzt?“, fragte Leia und zuckte zusammen, als die laute Sirene ertönte, um die Bewohner an ihr grausames Spektakel zu erinnern. Gleich würden die Hexen ihre tägliche Rache ausleben.

„Los!“, rief Breze und sprang auf. „Wir verfolgen Gilda!“

Sie rannten los, vorbei an den Waldbewohnern, die sich bereits auf den Weg gemacht hatten, und suchten Gilda erfolglos in ihrem Zelt, dem Supermarkt und am großen Holzhaus.

Leia fragte die sieben Zwerge, die ihnen begegneten, doch sie schüttelten nur ihre Köpfe. Niemand hatte sie gesehen. Als sie tiefer in den Wald liefen, hörten sie die Menschen bereits weinend um Gnade betteln, schmerzverzerrtes Stöhnen und grausame Schreie, die einem ins Mark gingen. Umso entschlossener war Breze, diesen Spuk zu beenden, koste es, was es wolle. Leia hielt sich die Ohren zu und sogar Tobi wirkte sehr mitgenommen.

Mit einem Mal sahen sie Gilda, die im Moos kniete und aussah, als würde sie beten. Sie hatten Glück, dass sie tief konzentriert war und sie nicht kommen hörte, denn sie war nur wenige Meter von ihnen entfernt und so konnten sie sich noch rechtzeitig hinter einem breiten Baumstamm verstecken.

Zuerst hockte Gilda zusammengesackt, den Kopf nach vorne geneigt auf dem Boden, dann bäumte sie sich plötzlich auf, streckte die Arme in die Luft und begann einen schwarzen Nebel, der aus allen Richtungen des Waldes kam, in sich aufzusaugen. Dadurch gab sie die Sicht auf ihren Schoß frei, auf dem sich verschiedene Gegenstände befanden. Breze konnte sie den Waldbewohnern zuordnen. Gretels Haarreif, eine Mütze von Hänsel und ein kleines Hemd, das einem der Zwerge gehören musste.

„Ich denke, die Qualen und Schmerzen ihrer Opfer machen sie stärker, sie ernährt sich regelrecht davon", flüsterte Breze. „Gilda muss die Oberhexe sein."

„Worauf warten wir dann noch?", fragte Tobi. „Sie ist allein, lasst sie uns schnappen!"

„Bist du verrückt?" Leia hielt Tobi vorsichtshalber am Arm fest, damit er keine Dummheiten machen konnte. „Du weißt nicht, wozu sie noch fähig ist."

Doch Tobi war fest entschlossen. „Wo ist die Geheimwaffe? Breze, los!"

„Sprich leiser!", mahnte Breze. „So funktioniert die Waffe nicht. Lasst uns lieber verschwinden!"

Leia und Breze zogen Tobi rückwärtsgehend mit sich und hofften, dass Gilda sich nicht umdrehen würde. Sie hatten Glück, dass die Hexe in ihrer Konzentration das Knacken der Äste und Knistern der Blätter nicht hörte. Erst als sie außer Hörweite waren, drehten sie sich um und rannten zu der großen Holzhütte, in der die ersten Waldbewohner bereits das üppige Buffet plünderten. Breze fragte sich, ob der grausame Tod und die Wiederkehr so anstrengend waren oder ob sie versuchten, die schrecklichen Erlebnisse mit Essen zu verdrängen, denn die Leute aßen, als gäbe es kein Morgen mehr. Um keine Unruhe reinzubringen und um ihren Vorteil nicht zu gefährden, waren Breze und Leia dafür, den anderen erst einmal nichts zu erzählen. Tobi hingegen war anderer Meinung: „Die Alte kann doch nicht mächtiger sein als wir alle zusammen."

„Das wissen wir nicht", entgegnete Leia und ging Richtung Buffet.

„Das heißt, wir schlagen uns jetzt entspannt die Bäuche voll und sitzen womöglich noch mit ihr an einem Tisch?"

Breze nickte. „Uns bleibt nichts anderes übrig. Wir müssen uns erst einmal einen Überblick verschaffen, Beweise sammeln und die Basisbewohner auf unsere Seite ziehen, falls die Geheimwaffe nicht funktioniert."

Tobi schwieg dazu, doch sein verschwörerisches Lächeln zeigte, dass er sich bereits einen Plan ausdachte, den er den anderen nicht verriet.

Da Gilda immer später kam, konnten sie erst einmal in Ruhe essen, wenn auch unter den Blicken der Waldbewohner, die ihre ‚Auferstehung' langsam verkraftet hatten und lebendiger wurden.

Tobi war als Erster fertig und stand auf.

„Wo gehst du hin?", fragte Breze, als er sah, dass sein Bruder Richtung Ausgang lief.

„Ich gehe nur kurz vor die Tür", antwortete Tobi, ohne sich umzudrehen. „Ich brauch' frische Luft."

Spätestens, als Breze laute Stimmen von draußen hörte, wusste er, dass sein Bruder etwas im Schilde führte. Das verbale Gerangel wurde immer lauter und er konnte neben Tobis Stimme auch die von Gilda erkennen.

Verdammt, dachte Breze und stürzte zusammen mit Leia zur Tür, die einige Waldbewohner bereits belagerten. Die lautstarke Auseinandersetzung war schließlich nicht zu überhören.

„Dann erzähl doch mal den anderen, was du vorhin im Wald

getrieben hast", schrie Tobi Gilda an. Er kam gerade erst richtig in Fahrt. „Gib zu, dass du die Oberhexe bist. Schaut euch alle genau an, wer euch das angetan hat, wer für eure Schmerzen und Qualen verantwortlich ist."

„Das glaubt ihr doch nicht wirklich", verteidigte sich Gilda. „Ihre Reise scheint erfolglos gewesen zu sein, deshalb wollten sie heute Morgen auch nichts erzählen. Und nur weil sie sich dafür schämen, denken sie sich so einen Unsinn aus."

Wie erwartet, schüttelten die Waldbewohner die Köpfe, tuschelten und zeigten mit dem Finger auf Tobi.

Was hatte er sich nur dabei gedacht, Gilda, die für viele eine gute Freundin oder Mutterersatz war, ohne Beweise zu beschuldigen? Doch jetzt gab es kein Zurück mehr. Breze wusste nicht sicher, ob und wie die Waffe funktionieren würde, deshalb konnte er nicht das Risiko eingehen, eingesperrt oder womöglich umgebracht zu werden. Es wäre besser, sie hätten die Waldbewohner auf ihrer Seite.

„Er sagt die Wahrheit", sprach Breze direkt Hänsel an, er musste nur einen auf ihre Seite bekommen.

„Durchsucht sie", fuhr er fort. „Sie hat von jedem von euch einen Gegenstand, um eure Schmerzen und Ängste in sich aufzusaugen."

Breze ballte seine Hände vor Anspannung zu Fäusten. Die Wahrscheinlichkeit, dass Gilda die Gegenstände noch bei sich trug, war gering und er könnte seine Glaubwürdigkeit endgültig verlieren. Zuerst geschah nichts. Auch Hänsel schien nicht überzeugt zu sein. Dann ging jemand auf Gilda zu, von der Breze es am wenigsten erwartet hätte. Sascha. Das Aschenputtel und Mitglied der Skulks, das sich bisher aus allem herausgehalten hatte. Es herrschte Totenstille, als Sascha die grinsende Gilda abtastete.

„Sie ist sauber", sagte sie dann und ging wieder auf ihren Platz.

Jetzt haben wir alles verspielt, dachte Breze, wer würde uns jetzt noch glauben?

Gilda nickte zwei Prinzen zu, die direkt auf die drei Freunde zukamen. Gerade als sie zugreifen wollten, stürzte der kleinste der sieben Zwerge, Peter, in die Mitte. Er öffnete einen Beutel, den er mitgebracht hatte und zeigte die persönlichen Gegenstände der Waldbewohner.

„Die habe ich in Gildas Zelt gefunden", schnaufte er völlig außer Atem und nahm Leia an die Hand.

„Das ist die Kette meiner Mutter, ich dachte, ich hätte sie verloren", rief Dornröschen und auch die anderen konnten ihren persönlichen Besitz erkennen.

In die Enge gedrängt, veränderte sich mit einem Mal Gildas Gesichtsausdruck und auch ihre sonst sehr sanfte Stimme hörte sich rau und bösartig an. „Ich muss zugeben, ich habe euch unterschätzt, sonst hätten euch die Kumaya bei eurem ersten Zusammentreffen sofort erledigt."

„Die Mistviecher gehören zu dir? Das passt ja", sagte Tobi und sah Gilda mit verachtendem Blick an.

„Dann war die Flöte, die wir von dir bekommen haben, nicht kaputt, sondern ein Instrument, um die Kumaya anzulocken?", fragte Breze und deutete das breite Grinsen von Gilda als ein Ja.

„Ist das wirklich wahr?", fragte Hänsel mit zusammengekniffenen Augen. Seine Stimme hörte sich tieftraurig an. „Wie oft saßen wir abends zusammen und haben darüber gesprochen, wann dieser grausame Alptraum endlich vorbei ist?"

„Das hat am meisten Spaß gemacht", grinste Gilda Hänsel direkt ins Gesicht.

„Aber warum hast du uns geholfen, das alles hier aufzubauen? Unseren Supermarkt, die Bücher? Warum?", fragte Dornröschen sichtlich enttäuscht, als könne sie das alles nicht glauben. Sie stand Gilda am nächsten.

„Das kann ich dir sagen. Nicht nur eure Ängste und Schmerzen geben mir Kraft, auch eure Hoffnung, die ihr jedes Mal aufs Neue bei eurem Tod verliert. Diese Hoffnung musste ich euch dann wieder geben. Tut mir leid, dass ich dir keine romantischeren Gründe dafür liefern kann.“ Gilda verzog entnervt das Gesicht, als Dornröschen anfing zu weinen.

Als selbst die treuen Prinzen ihr nicht mehr gehorchten, hatte sie nichts mehr zu verlieren.

Mit einem lauten, schrillen Schrei rief sie ihre Schwestern und Cousinen zu sich. Am panischen Gesichtsausdruck der Waldbewohner, konnte Breze sehen, dass die ankommenden Hexen ihnen von ihren qualvollen Spielchen, die sie täglich durchleben mussten, bekannt waren.

„So, und nun zu dir, Bürschchen.“ Bedrohlich ging Gilda auf Tobi zu. „Du weißt ja nicht, mit wem du dich angelegt hast. Aber keine Sorge, du bekommst, was du verdienst.“

Das konnte Breze nicht zulassen und versuchte Gilda von seinem Bruder abzulenken.

„Denkst du wirklich, er hat das herausgefunden? Der kann doch nicht einmal eine Fliege von einer Mücke unterscheiden. Nein, ich war das. Ich allein.“

Es funktionierte. Gilda drehte sich von Tobi weg und ging auf Breze zu.

„Lass das“, rief Tobi. „Schön und gut, dass du deinen Kopf nicht mehr in den Sand stecken willst, wenn es ernst wird, aber üb das doch erst mal an mir!“

Es war zu spät, Gilda war jetzt voll und ganz auf Breze konzentriert und gab Tobi, der sich ihr in den Weg stellte, einen Schubs, sodass dieser im hohen Bogen gegen einen Baum flog und stöhnend liegen blieb.

„Das war nicht nötig“, sagte Breze ruhig und griff in seine Hosentasche. Leia machte sich bereit, dass Breze die Geheimwaffe aus seiner Tasche ziehen und auf die Oberhexe richten würde.

Doch dazu kam es nicht mehr. Ohne Vorwarnung streckte Gilda ihren Arm aus und ein Blitz, der aus ihren Fingern schoss, traf Breze genau ins Herz. Der sackte in sich zusammen und blieb leblos auf dem Boden liegen.

„Neeeeein!“, schrie Leia unter Tränen und stürzte zu ihrem Freund, dessen Herz bereits aufgehört hatte zu schlagen.

Als Leia merkte, dass sie ihm nicht mehr helfen konnte, wollte sie es zu Ende bringen und griff in Brezes Hosentasche, in der immer noch seine Hand steckte.

„Das wirst du bereuen!“, murmelte sie und zog heraus, was sich darin befand. Entsetzt starrte sie auf das Ding, das sie in der Hand hielt.

Es war keine Waffe, sondern der versteinerte Haifischzahn, den Leia Breze geschenkt hatte. Jetzt verstand sie gar nichts mehr und in ihrer Verzweiflung überlegte sie fieberhaft. Und ihr kam eine Idee. Sie benutzte das einzige Mittel, das sie noch hatte, das Pfefferminzöl von Igis. Schreiend sprang Leia auf und sprühte Gilda das Öl ins Gesicht. Leia wusste selbst nicht, was sie erwartet hatte, vermutlich hoffte sie, die Pfefferminze würde die Hexe vernichten, oder wenigstens in den Augen brennen, sodass sie alle flüchten konnten. Doch damit hatte sie nicht gerechnet. Gilda brach in schallendes Gelächter aus und nahm ihr das Fläschchen mit einer schnellen Handbewegung ab.

„Das nehme ich mit. Gibt ein gutes Aroma für meine Äpfel.“ Und damit verschwand sie in der Holzhütte und auch die anderen Hexen folgten ihr.

„Der Nächste, der mich stört, kommt nicht so glimpflich davon“, schimpfte Gilda vor sich hin und nahm sich gleich zwei ihrer rot leuchtenden Äpfel aus der Schale. Diese besprühte sie mit dem Pfefferminzöl und biss in einen davon herzhaft hinein.

„Köstlich", sagte sie noch, als sie den ersten verspeist hatte und gleich in den zweiten beißen wollte. Doch dazu kam es nicht mehr. Ihre Augen wurden trüb, ein starkes Zittern erfasste sie und der Schweiß lief ihr über das Gesicht. Sie wusste, was das war.

„Nein!", stieß sie hervor und versuchte den enganliegenden Kragen ihres Kleides zu lockern. Die anderen Hexen beobachteten sie mit weit aufgerissenen Augen und wussten nicht, was sie tun sollten.

Gilda verstand sofort, dass sie nun sterben würde. „Dahergelaufene Menschenkinder… wie kann das sein… reingelegt haben sie mich. MICH!", krächzte sie, bevor sie taumelte und mitsamt dem Stuhl, an dem sie noch versucht hatte, sich festzuhalten, auf den Boden stürzte.

Die anderen, die draußen geblieben waren, bekamen davon nichts mit. Leia setzte sich weinend neben Breze und nahm seine Hand. Als Hänsel und Dornröschen dazu kamen, um sie in den Arm zu nehmen, stieß sie die beiden von sich weg.

„Das tut mir so leid", sagte Hänsel sichtlich betroffen. „Wir hätten euch glauben sollen. Aber das konnte ja keiner ahhhh…"

Hänsels Stimme wurde immer leiser, bis Leia sie gar nicht mehr verstand. Sie blickte auf und fragte sich, ob sie einen Nervenzusammenbruch hatte, denn die Waldbewohner wurden plötzlich durchsichtig und verschwanden einer nach dem anderen. Leia versuchte Breze festzuhalten, doch auch er löste sich auf. Sie selbst fühlte sich so kraftlos, dass sie auf den Boden sank. Um sie herum wurde es dunkel und sie schloss die Augen.

29. Kapitel

„Denkt ihr,
das ist wirklich alles passiert?“

Etwas benommen nahm Leia ihre Umgebung wahr, als jemand sie schüttelte und ihren Namen rief.

„Da bist du ja endlich wieder“, lächelte Breze sie an.

Sie blinzelte, um wieder klar sehen zu können und blickte tatsächlich in das Gesicht ihres Freundes.

„Ich?“, rief sie überrascht und setzte sich auf. „Du warst doch gerade noch tot. Was ist denn nur passiert?“

„Schau dich doch mal um“, antwortete Tobi und deutete auf eine leerstehende U-Bahn.

„Wo sind wir?“, fragte Leia verwirrt.

„Ich denke, wir sind in einem Wartungshof, in dem U-Bahnen repariert werden“, sagte Breze, doch das war nicht die Antwort, die Leia hören wollte.

„Aber warum? Wie sind wir hierhergekommen?“, fragte sie weiter.

Und dann erzählte er Leia das, was er seinem Bruder vor wenigen Minuten schon mal erklärt hatte. Die Waffe, die Elian ihm gab, war ein Gift. Kein normales, sondern das einzige, das die Oberhexe töten konnte. Es wurde aus einer Pflanze hergestellt, die es nur noch einmal gab und die unterirdisch wuchs. Das war auch der Grund, warum Elian in dieser Höhle wohnte, nicht nur um sich zu verstecken, sondern auch, um mit Stellas Hilfe diese Pflanze zu finden. Doch am Ende fühlte er sich zu alt, um es selbst gegen die Hexe einzusetzen.

„Aber wann hast du es Gilda gegeben und warum hat sie es überhaupt eingenommen?“ Leia verstand nur Bahnhof.

„Ich wusste, dass sie später zum Essen kommen würde und dass sie sich jedes Mal sofort auf ihre Äpfel stürzt. Also habe ich sie mit dem Gift eingerieben."

„Die Hexe und ein vergifteter Apfel, das kommt mir irgendwie bekannt vor", rief Tobi dazwischen.

„Ja", sagte Breze. „Wir haben sie mit ihren eigenen Waffen geschlagen. Ein bisschen wundert mich aber, dass sie es nicht herausgeschmeckt hat. Elian meinte, das wäre ein Grund, warum es scheitern könnte, denn das Gift schmeckt wohl nicht besonders gut und es ist eine größere Menge davon nötig, um die Oberhexe zu töten."

„Das kann ich erklären." Leia erzählte Breze und Tobi, wie Gilda ihr das Pfefferminzöl abnahm, um die Äpfel damit einzusprühen.

„Und woher wusstest du von deiner Wiederauferstehung?", brannte es Leia noch unter den Nägeln.

„Das war nur eine Vermutung, sicher wusste ich es nicht, aber ehrlich gesagt hatte ich auch nicht erwartet, dass sie sofort auf mich schießt, ich dachte, sie sperrt uns erst mal ein. Zum Glück ist alles gut gegangen."

Nachdem das Wichtigste geklärt war, nahm Leia Breze in den Arm und wollte ihn erst gar nicht mehr loslassen, doch die Aussicht auf eine warme Dusche war einfach zu verlockend. Sie standen auf und verließen den Wartungshof.

Nur wenige Meter entfernt befand sich die U-Bahn-Station, an der sie vor langer Zeit mit ihrer Klasse angekommen waren, um die Ausgrabungsstätte zu besichtigen.

„Was meint ihr, wie lange wir weg waren?", fragte Leia nachdenklich. „Ob unsere Eltern die Hoffnung, uns zu finden, schon aufgegeben haben?"

„Schwer zu sagen." Breze rechnete nach. „Ich schätze mal ein guter Monat müsste es schon gewesen sein."

Gerade als sie mit der Rolltreppe in die U-Bahn-Station fahren wollten, rief eine bekannte Stimme nach Tobi.

„Wo wart ihr denn? Der Direktor ist stinksauer!". Es war Tobis Freund Marc.

„Und der Erzähler-Heini auch, er wollte schon die Polizei rufen. Seit einer Stunde suchen sie euch.

„Wie meinst du das, seit einer Stunde?", fragte Leia und sah erst jetzt, dass ihre dreckige, zerschlissene Kleidung wieder aussah wie neu. Außer die von Tobi, aber die Hose war schon vorher mit Löchern übersät.

„Da kommen die anderen. Jetzt wird es lustig", grinste Marc.

Mit hochrotem Kopf und die Schüler der gesamten Schule im Schlepptau, kam Leias Vater auf sie zugelaufen. Doch als ihn seine Tochter mit Tränen in den Augen umarmte und ihm sagte, wie sehr sie ihn vermisst hatte, wurde selbst der sonst so harte Direktor weich.

„Ihr müsst das nächste Mal unbedingt Bescheid geben, wenn ihr euch von eurer Klasse entfernt, wir haben uns Sorgen gemacht."

Leia, Breze und Tobi nickten und damit war das Ganze irgendwie auch schon erledigt. In Zweierreihen liefen sie in die U-Bahn-Station hinab. Als sie Platz nahmen und noch warten mussten, weil der Fahrer das stille Örtchen aufsuchte, musterte Marc Leia und Breze. Es kam ihm komisch vor, dass sich die beiden neben ihn und Tobi setzten. Und Tobi sprach auch noch mit ihnen.

„Denkt ihr, das ist wirklich alles passiert?", fragte Leia. „Was denn sonst?", antwortete Tobi. „Wir werden ja nicht alle drei denselben Traum gehabt haben."

„Vielleicht war in der Ausgrabungsstätte eine Gasleitung undicht und wir haben eine Vergiftung erlitten", überlegte Breze laut.

Der Fahrer stieg wieder ein und kurz bevor die U-Bahn losfuhr, zeigte Marc lachend auf einen Mann am gegenüberliegenden Gleis.

„Seht euch den Spinner an! Der hält ein Schild mit der Aufschrift ‚Ihr seid nicht verrückt' in die Luft, hat aber selbst einen Haufen Steine in einem Leiterwagen dabei."

„Was, Steine in einem Leiterwagen?", rief Breze und alle drei sprangen schreiend auf, um Elian zu winken, bis die U-Bahn im Tunnel verschwand.

„Was ist denn mit euch passiert?", fragte Marc verwirrt

„Du hast ja keine Ahnung", lachte Tobi. „Du hast ja keine Ahnung!"

Epilog

Elian war kurz davor, aufzugeben, Stella wiederzufinden. Zu lange hatte er in dem eiskalten Wasser bis zur Erschöpfung nach den magischen Steinen gesucht. Das ständige Tauchen hinterließ bereits Spuren, die Haut war aufgeschwemmt und er zitterte vor Unterkühlung und Mangelernährung. Er erinnerte sich nicht, wann er zuletzt etwas anderes als Algen gegessen hatte. Kraftlos krabbelte er ans Ufer und starrte auf das Wasser. Es war Zeit, Abschied zu nehmen. Stella, seine jahrelange Begleitung, die ihn vor der Einsamkeit rettete, war weg und er musste das akzeptieren. Gerade als ihm vor Müdigkeit die Augen zufielen, erregte ein Aufblitzen seine Aufmerksamkeit. Elian fragte sich, ob es aus dem Wasser kam und setzte sich ruckartig auf. Doch es war weg, vielleicht hatte ihm sein Gehirn einen Streich gespielt.

Er wollte sich gerade wieder hinlegen, als es erneut blitzte und es schien tatsächlich aus dem Wasser zu kommen. Elian versuchte aufzustehen, schaffte es aber nicht auf seine wackligen Beine zu kommen. Hoffnungsvoll hielt er an dem Gedanken fest, dass Stella ihm nun doch endlich ein Zeichen gab. Die nächsten Blitze leuchteten jeweils einen Moment länger als davor, bis das Strahlen, das nun in ein kräftiges Violett überging, dauerhaft anhielt.

Das musste sie sein. Mit letzter Kraft, die Elian nicht mehr geglaubt hatte in sich zu haben, rutschte er ins Wasser zurück und begab sich auf seinen letzten Tauchgang. Das Leuchten wurde immer stärker, sodass er keine Mühe hatte, ihm zu folgen. Kurz bevor er den Grund erreichte, wusste er, dass er es nicht mehr zurück an die Wasseroberfläche schaffen würde. Trotzdem kämpfte er sich weiter nach unten und griff, ohne zu sehen, was es war, in das beißend grelle Licht hinein. Dann wurde er ohnmächtig.

Als Elian erwachte, befand er sich nicht mehr unter Wasser und sah sich verwirrt die ihm bekannte Umgebung an. Wie war das möglich? Er saß hinter der großen Windmühle seines Großvaters, von der er nicht dachte, sie jemals wiederzusehen. Vor lauter Staunen hielt er sich die Hand vor den Mund und konnte kaum glauben, was er spürte. Sein Bart war weg. Auch ohne Spiegel wusste er, dass er wieder jung war.

„Verdammt noch mal!“, schrie er. „Ihr habt es tatsächlich geschafft.“

Und als er dann auch noch sah, was neben ihm im Gras lag, liefen ihm die Tränen über die Wangen. Er hatte Stella gefunden.

***Katinka Meerkat**, geboren 1981 und in München aufgewachsen, ist die Autorin hinter "**Saori Linon**".*
Was ursprünglich als Geburtstagsgeschenk für ihre Fantasy begeisterte Schwester gedacht war, entwickelte sich schnell zu einer echten Leidenschaft. Beim Schreiben entdeckte Katinka, dass sie nichts lieber macht, als neue Welten zu erschaffen und ihre Figuren darin zum Leben zu erwecken.
Nach einem spannenden Volontariat in einer großen Produktionsfirma, arbeitete sie erfolgreich als TV-Redakteurin. Ihr Talent, Geschichten zu erzählen, machte sie auch dort zur gefragten Expertin für spannende und unterhaltsame Inhalte.

Katinka lebt mit ihrem Mann, drei Kindern und einem ebenso abenteuerlustigen Hund in der Nähe von Landsberg am Lech. Dort jongliert sie geschickt zwischen Familienchaos und Schreibprojekten und findet immer wieder Zeit, ihre Leser in magische Welten zu entführen.